本书获湖南师范大学中国语言文学一流学科资助

Nietzsche's literary criticism

尼采的文学批评

黄怀军 ——— 著

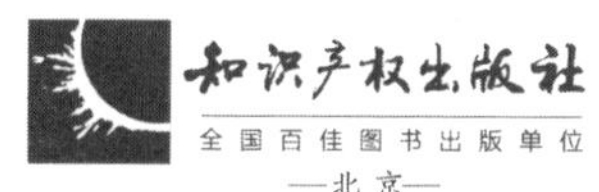

图书在版编目（CIP）数据

尼采的文学批评/黄怀军著．—北京：知识产权出版社，2019.12
ISBN 978-7-5130-6662-4

Ⅰ.①尼… Ⅱ.①黄… Ⅲ.①尼采（Nietzsche，Friedrich Wilhelm 1844-1900）—文学评论 Ⅳ.①I516.064

中国版本图书馆 CIP 数据核字（2019）第 276689 号

内容提要

本书梳理了德国哲学家、美学家和诗人尼采在各种著作中对西方戏剧家、诗人、小说家、文学批评家的评论情况，并结合他的哲学与美学思想剖析其文学批评的理论依据，总结其文学批评的基本特征。本书研究德国哲学家尼采的文学批评，是国内学术界第一次在这一领域的尝试与突破。

策划编辑：蔡　虹

责任编辑：兰　涛　　　　**责任校对**：谷　洋

封面设计：郑　重　　　　**责任印制**：刘译文

尼采的文学批评

黄怀军　著

出版发行：知识产权出版社有限责任公司	**网　　址**：http://www.ipph.cn
社　　址：北京市海淀区气象路50号院	**邮　　编**：100081
责编电话：010-82000860 转 8325	**责编邮箱**：lantao@cnipr.com
发行电话：010-82000860 转 8101/8102	**发行传真**：010-82000893/82005070/82000270
印　　刷：北京嘉恒彩色印刷有限责任公司	**经　　销**：各大网上书店、新华书店及相关专业书店
开　　本：720mm×1000mm　1/16	**印　　张**：15.25
版　　次：2019年12月第1版	**印　　次**：2019年12月第1次印刷
字　　数：234千字	**定　　价**：69.00元

ISBN 978-7-5130-6662-4

尼采的文学才情（代序）

按照早年的兴趣，弗里德里希·威廉·尼采（F. W. Nietzsche，1844—1900）最有可能成为一个诗人，其次是音乐家，最后才是哲学家，但最终他以哲学家闻名于世，尽管也小有诗名。德国诗人格奥尔格（S. George）在《尼采》一诗中就尼采的哲学著作风格写道："应当吟唱，而不是言说，这个'新的灵魂'。"英美诗人 T. S. 艾略特（T. S. Eliot）年轻时就意识到尼采哲学著作的"文学"品质不能同其"哲学"内容割裂开来。他在《尼采的哲学》（*The Philosophy of Nietzsche*，1916）一文中指出："尼采是这样的作家之一，他们的哲学在与其文学品质分开后就不复存在。"

中外不少学者、批评家和思想家都对尼采的艺术才华和艺术理论赞不绝口。早在 1910 年年底，英国的尼采研究专家卢多维奇（A. M. Ludovici）就在伦敦大学专门讲授尼采的艺术理论，后结集《尼采艺术论》（*Nietzsche On Art*）出版。他明确指出："不管尼采还会是别的什么，他至少是一个伟大的艺术家和一个伟大的艺术思想家。因为他仅仅并纯粹是一个艺术家，一些人甚至否认他的哲学家的称号。"[1]"从其文学职业之初，艺术就好像成为尼采最恒定专注的事物之一。"[2]卢多维奇还专门谈到尼采著作的艺术（文学）品质："甚至他的受普遍争议的最后著作《权力意志》，也是一部完完全全的艺术作品。"[3]"尼采的著作，无论如何，全是一种艺术气质的证据。"[4]针对尼采著作中

---

[1] （英）卢多维奇．尼采艺术论［M］．李关富，译．北京：新星出版社，2010：9.

[2] （英）卢多维奇．尼采艺术论［M］．李关富，译．北京：新星出版社，2010：9.

[3] （英）卢多维奇．尼采艺术论［M］．李关富，译．北京：新星出版社，2010：9.

[4] （英）卢多维奇．尼采艺术论［M］．李关富，译．北京：新星出版社，2010：10.

洋溢的激情和创造性主题，卢多维奇断定："除了艺术家，谁能了解创造的喜悦，例如能够把创造性当作苦难的巨大拯救和生命的慰藉寄予如此厚望？除了艺术家，谁能从他的强烈创造欲望中成为一名无神论者？"❶ 英国学者布里奇沃特（P. Bridgwater）甚至在《尼采在盎格鲁—撒克逊》（*Nietzsche in Anglo - Saxony*，1972）一书中系统地梳理了尼采作为一位诗人在英美的被接受史。

尼采著作最常采用的文体是格言和随笔，最常用的修辞方法是隐喻和夸张。格言和随笔不是系统的，也不是论证的，其断片式风格常常让人感到困惑，多半要显得比初看起来更难以理解。尼采在《瓦格纳事件》一书第7节中对"颓废风格"的描述很可能是对格言和随笔体裁和风格的最佳评判。他写道："文学的颓废通过什么特点显示自身？通过生命不再居留于整体中。词语变得独立，从句子中跳跃而出，句子越出边界，模糊页面的意义，而页面以牺牲整体为代价，赢得生命——整体不再是整体。不过，这只是对于每种颓废风格的譬喻：每次可见的是原子的杂乱无序，意志的支离破碎，'个体的自由'，用道德的口吻说，——扩展为一种政治理论，即'人人具有同样的权利'。生命，那同样的生命力，生命的勃勃生机，被挤压进最小的构形，那残余的部分便乏于生命。到处是瘫痪，艰辛，僵化或者敌对和混乱：人们登上的组织形式越高，敌对和混乱这两者，就会越多地进入人们的视野。整体不再生存；它是拼装起来的，被计算出的，假造的，是一种人工制品。"❷ 外形属于"拼装起来"的"最小的构形"，杂乱无序、支离破碎，内容常常"敌对和混乱"，尼采的格言和随笔的断片风格自然就不容易把捉。唯其如此，也才引起诸多尼采研究专家和知名学者的关注和讨论，如美国的尼采研究专家布林顿（C. Briton）、考夫曼（W. Kaufmann）和丹图（A. C. Danto），法国哲学家德里达（J. Derrida）和尼采研究专家柯夫曼（S. Kofman），德国哲学家海德格尔（M. Heidegger）等，都发表了或支持或反对的看法，表明或美化或

---

❶ （英）卢多维奇．尼采艺术论［M］．李关富，译．北京：新星出版社，2010：10.

❷ （德）尼采．瓦格纳事件/尼采反瓦格纳［M］．卫茂平，译，上海：华东师范大学出版社，2007：45 - 46.

质疑的态度。可以毫不夸张地说，从来没有哪一位哲学家享受到尼采这样的待遇，其著作的语言、文体和风格受到如此密集和持久的关注。

针对纷纭众说，美国普林斯顿大学教授内哈马斯（A. Nehamas）在《尼采：生命之为文学》（*Nietzsche*：*Life as Literature*，1985）一书中深入考察并破解了尼采著作语言、文体和风格的矛盾，高屋建瓴地提出这样的观点：尼采所有著作的目的都是构建一个承载其价值观的文学形象。内哈马斯在该书第1章《最为多样的风格技巧》里集中考察了尼采著作的文学模型，宣称："尼采的作品并没有展现出我们惯于期待哲学论著的那些特征。由于忘记了哲学论著自身书写可能运用过极其多样的风格，这种说法就常常被认为是在表明，在某种意义上，尼采的作品并不是哲学的论著。因此，'尼采实际上是一位诗人，而不是一位哲学家'这个观点广为流传。"❶ 内哈马斯旗帜鲜明地确立尼采著作的风格多元论，并认为这一问题几乎完全被忽视。他指出，格言仅仅是尼采众多风格中的一种，主要体现在其中期著作如《朝霞》《人性的，太人性的》和《快乐的科学》之中；尼采还频繁采用笔记体，如晚年未刊遗稿《强力意志》（又译《权力意志》）和其他未发表的大量论著就大多采用这种文体；《不合时宜的沉思》和早期其他未发表的论著是最经典意义上的随笔；《查拉图斯特拉如是说》难以分类，有时被称为"叙事诗"，有时被称为"酒神颂"，有时被称为"福音书"；《超善恶》主要是独白体和对话体；《瓦格纳事件》《尼采反瓦格纳》与《反基督者》是论战性小册子；《瞧，这个人》是自传体；《悲剧的诞生》和《论道德的谱系》是正统的学术性的哲学论著；此外，尼采还创作了大量的抒情诗、警句诗与酒神颂诗，并留下大量的书信。❷ 就"尼采以如此频繁的方式转换着风格与体裁"的事实，内哈马斯断言："尼采的风格多元论是他的视角主义（又译透视主义）的另一个方面：

❶ （美）亚历山大·内哈马斯. 尼采：生命之为文学［M］. 郝苑，译. 杭州：浙江大学出版社，2016：13－14.

❷ （美）亚历山大·内哈马斯. 尼采：生命之为文学［M］. 郝苑，译. 杭州：浙江大学出版社，2016：19－21.

它是尼采努力将自己从他所构想的哲学传统中区分出来的基本武器之一。”[1] 内哈马斯独具慧眼地发现了尼采文体的夸张风格或特征，并指出：“该特征从《悲剧的诞生》的时期到《瞧，这个人》的时期都引人注目地保持不变，它本身构成的是一种笼统的修辞手段：夸大或夸张的修辞手段。他的文体的这个最普遍特征，为他吸引了一类特定的读者，排斥了另一类读者，导致第三类读者徘徊于理解与茫然，欣喜与绝望之间，并因此最终与尼采擦肩而过。……尼采的文体具有无法减弱的夸张性。”[2] “尼采的格言就像他其余的大多数作品一样，通常都是夸张的。事实上，夸张尤其适合于格言的风格，因为它帮助格言吸引注意力，并以令人震惊的方式揭示出完全预料不到的关联。但格言从根本上是孤立的语句或简短的文本，而恰恰是因为格言的孤立性，它在突出夸张的同时，又使之无害。”[3] 为什么尼采严重地依赖夸张这种最不适合哲学家或者学者身份的修辞方法，以致“很多人认为，尼采没有说出任何严肃的东西”并因此“冷漠地回应尼采的作品”[4] 呢？内哈马斯别开生面地指出尼采对夸张风格的追求同古希腊哲学家苏格拉底的做法的相似之处：“尼采与苏格拉底两者都是热情的个体思想家，他们以某种方式积极参与了改变他们周围人生命的道德品质的活动，尽管他们以从根本上不同的方式追求着他们的目标。……恰恰是尼采规划方案中的这种个人的、苏格拉底式的要素，解释了他的那些夸大的、趾高气扬的、喜好论辩的、具有自我意识和谋求自我扩张的非苏格拉底式的风格。两者都极度渴望获得他们的观众的注意。苏格拉底试图在对话中通过他那反讽的谦恭与傲慢的自谦来获得观众的注意……尼采尝试通过他那夸大的风格来吸引注意，这种风格通常是无

---

[1] （美）亚历山大·内哈马斯．尼采：生命之为文学［M］．郝苑，译．杭州：浙江大学出版社，2016：21.

[2] （美）亚历山大·内哈马斯．尼采：生命之为文学［M］．郝苑，译．杭州：浙江大学出版社，2016：24.

[3] （美）亚历山大·内哈马斯．尼采：生命之为文学［M］．郝苑，译．杭州：浙江大学出版社，2016：25.

[4] （美）亚历山大·内哈马斯．尼采：生命之为文学［M］．郝苑，译．杭州：浙江大学出版社，2016：26.

礼而粗鲁的。”[1] 内哈马斯甚至猜测尼采使用多种风格的目的正在于期盼在文学史上留名：“尼采使用不断变化的体裁与风格，这是为了让他作为一位作者的存在在文学上不会被人们忘怀”。[2]

不仅如此，内哈马斯还注意到尼采对西方文学史上经典作家作品的特别关注。他说：“尼采钦佩的人物与他尊重的成就绝大多数都是文学角色与艺术成就。他在某处赞扬了他那个世纪的‘伟大的欧洲人’。在尼采看来，它们的成就是铺就了一条通向统一欧洲的道路。考虑到这个事实，令人惊讶的是，这些人不是政客或政治家，而是像歌德、贝多芬、司汤达、海涅、叔本华、瓦格纳、巴尔扎克这样的人物——当然还有拿破仑……拿破仑与所有其他的人物一样，也‘渗透于世界文学之中’！尼采坚持认为，他们的文学维度是这些人物‘既在崇高的领域，又在丑恶与可憎的领域成为伟大发现者’的唯一理由。尼采在别处以赞同的态度援引了丹纳对拿破仑的描述。丹纳将拿破仑描述为一个艺术家，描述为‘但丁与米开朗基罗的兄弟’，尼采则强调了这种关系。他写道，在最伟大的人类中，我们发现最强大的本能相互冲突，但它们都在控制之中，此时，他给出的例证正是莎士比亚——也就是说，莎士比亚的戏剧。”[3] 即使不是文学领域的人物如拿破仑，尼采也将从其渗透于世界文学的影响的范畴来考量，足见尼采对文学艺术的偏爱，正如内哈马斯所言：“尼采的观点始终以他有关文学艺术的观点为模型。他被这个模型所控制，以至于他甚至将历史的人物转变为文学的角色，因而他能将他发现的伟大的根本统一性归于这些文学角色。”[4] 内哈马斯考察尼采著作的语言、文体和风格，最终得出的结论是：“本书所尝试的解读的最终结果是，不仅尼采的模型是文学，而且

[1] （美）亚历山大·内哈马斯．尼采：生命之为文学［M］．郝苑，译．杭州：浙江大学出版社，2016：28－29.

[2] （美）亚历山大·内哈马斯．尼采：生命之为文学［M］．郝苑，译．杭州：浙江大学出版社，2016：40.

[3] （美）亚历山大·内哈马斯．尼采：生命之为文学［M］．郝苑，译．杭州：浙江大学出版社，2016：250－251.

[4] （美）亚历山大·内哈马斯．尼采：生命之为文学［M］．郝苑，译．杭州：浙江大学出版社，2016：251.

在一种严格的意义上，他的产物也是文学。尼采从自身中创造出了一个角色。”[1] 内哈马斯的说法即使不算石破天惊之语，至少也给人耳目一新之感。

不过，比内哈马斯早40余年，中国有位学者已经表达了类似看法，只是略显简单，加上出于体悟，更显神秘。1944年，战国策派领袖人物林同济应陈铨之约，为后者的《从叔本华到尼采》一书写序。林同济大笔一挥，写下这些话：“我觉得读尼采，第一秘诀是要先把它当作艺术看。……据我个人的经验，能够尽先以艺术还他的艺术，我们不但可以了解他的艺术，并且对他的思想的了解，不啻也打开了一条大门径！什么叫做尽先以艺术还他的艺术呢？就是放开你脑筋中现有的一切问题，把尼采的写作当作纯艺术来欣赏，就同你欣赏达文奇（通译达·芬奇）的雕画，贝多汾（通译贝多芬）的交响曲一般。换句话说：审它的美！”[2] “尼采是人间极罕见的天才，显然脱离了年华的支配；他那管如椽大笔，真是愈挥霍愈生花，鬼使神呵，直到最后一刹那也不少挫。尼采的写作，是生命的淋漓。热腔积中，光华突外。他创造，因为他欲罢不能。他的写作，竟就像米薛安琪（通译米开朗基罗）所描绘的上帝创世，纯是一种生命力磅礴所至的生理必需，为创造而创造，为生命力的舞蹈而创造。在这点上看，他的文字，真是艺术之艺术了。”[3] “把尼采的写作（哪怕是哲学著作！）当作纯艺术来欣赏”，这是解读尼采哲学进而与尼采神交的第一秘诀，林同济不愧为尼采的铁杆粉丝，奉上的赞语也那么由衷而酣畅淋漓！

其实，中国学人、作家早从王国维开始，后经茅盾、郁达夫、陈铨、丽尼等续接，都异口同声地称赞尼采的艺术家或文学家才华。据笔者所知，中国学人中最早称尼采为“艺术家/文学家”的是王国维。1904年，他编译《尼采氏之教育观》一文时就指出：“尼氏（即尼采——引者）

---

[1] （美）亚历山大·内哈马斯．尼采：生命之为文学［M］．郝苑，译．杭州：浙江大学出版社，2016：258.

[2] 林同济．我看尼采——《从叔本华到尼采》序言［M］//陈铨．从叔本华到尼采．上海：上海大东书局，1946：2－3.

[3] 林同济．我看尼采——《从叔本华到尼采》序言［M］//陈铨．从叔本华到尼采．上海：上海大东书局，1946：4.

常藉崭新之熟语与流丽之文章，发表其奇拔无匹之哲学思想。故世人或目之为哲学家，或指之为文学家。……言乎著想之高，实不愧为思索家，言乎文笔之美，亦不失为艺术家。”❶ 中国作家中最早明确指出尼采的艺术家气质、尼采著作的文学特质并称尼采为“大文豪”的是茅盾。1919 年，他在翻译尼采《查拉图斯特拉如是说》的《新偶像》一章时，在译文前特别说明：“尼采是大文豪，他的笔是锋快的，骇人的话，是常见的。就他的 *Thus Spake Zarathustra*（《查拉图斯特拉如是说》英译名——引者）看，可称是文学中少有的书。”❷ 茅盾还在《尼采的学说》（1920）一文中声称：“尼采实在有诗的天才，与其说他是大哲学家，不如说他是大文豪”❸；《查拉图斯特拉如是说》是“一部奇异的道德的心理的评论的诗体小说”，“单论文学上的价值，也就可以决定这是天地间一部杰作”。❹ 郁达夫不仅将尼采的《查拉图斯特拉如是说》列为歌德以后的德国文学经典，而且宣称该书“神妙飘逸，有类于我国的楚辞，真是一卷绝好的散文诗”❺。1934 年，陈铨在翻译《萨亚屠师贾的序言》（即《查拉图斯特拉如是说·序言》——笔者）时，特别在译文前写了一篇介绍性文字，多次提及尼采的文豪才华与诗人才情：“德国近代哲学家里边，没有一个人的气魄，有尼采那样大，没有一个人的才气，有尼采那样高，没有一个人的情感，有尼采那样激烈……尼采用的方法，不是干枯艰深死无生气的逻辑，乃是充满了诗意，充满了情感，充满了神秘性的教训。……尼采不单是第一流的思想家，同时又是第一流的诗人。他的文章在世界文学史上，也

---

❶ 佚名（王国维）．尼采氏之教育观［M］//成芳．我看尼采．南京：南京大学出版社，2000：2.

❷ 茅盾．《新偶像》《市场之蝇》小引//［M］许子铭，余斌．沈雁冰译文集（下册）．南京：译林出版社，1999：401.

❸ 雁冰．尼采的学说［M］//郜元宝．尼采在中国．上海：上海三联书店，2001：69.

❹ 雁冰．尼采的学说［M］//郜元宝．尼采在中国．上海：上海三联书店，2001：75－76.

❺ 郁达夫．歌德以后的德国文学举目［M］//郁达夫文集（第6卷）．广州：花城出版社、北京三联书店香港分店，1983：91.

要占很高的位置。”❶ 1934 年，散文家、诗人丽尼翻译法国的尼采研究者里奇伯格（H. Lichtenberger）的《尼采的性格》一文，坦承自己之所以翻译此文，是因为特别欣赏尼采这个“极品的诗人”❷。

尼采诗歌的中译者对尼采的诗歌和文学才华更是赞不绝口。据查证，中国最早翻译尼采诗歌的是诗人、文学批评家梁宗岱。1934 年，他翻译尼采的《流浪人》等 9 首诗，以《尼采底诗》为题发表在《文学》1934 年第 3 号上。他在“译序”里指出：“尼采一生，曾几度作诗。他底诗思往往缄默了数年之久，忽然，间或由于美景良辰底启发，大部分由于强烈的内在工作底丰收，又泉涌起来了。所以他底诗虽只薄薄的一本，却差不多没有一首——从奇诡的幽思如《流浪人》以至于讽刺或寓意的箴言，尤其是晚年作的《太阳落了》等——没有一首不反映着，沸腾着作者底傲岸、焦躁、狂热或幽深的生命。在德国底抒情诗里，我敢大胆说他是哥德（通译歌德——引者）以后第一人。”❸ 众所周知，歌德是德国乃至全世界最伟大的诗人之一，梁氏将尼采与歌德并提，足以看出他对尼采诗作的评价之高，对尼采在文学史上的地位之推重。冯至是 20 世纪前期翻译尼采诗歌最多的诗人、学者。他在抗日战争全面打响前夕翻译尼采的 11 首诗，分别发表在《文学》第 8 卷第 1 期“新诗专号”（1937 年 1 月 1 日）与《译文》新 3 卷第 3 期（1937 年 5 月 16 日）上，两者均以《尼采诗钞》为题。后来，冯至又在 1945 年 1 月 1 日复刊的西南联大师生自办刊物《文聚》杂志第 2 卷第 2 期上刊发《译尼采诗七首》。他对尼采著作的诗化文体极为推崇，曾经断言：仅凭《查拉图斯特拉如是说》一书，尼采“对于德国语言的贡献，可以与路德和歌德并肩”，因为它奠定了“新的德国文艺的基础”❹。我国新时期翻译尼采诗歌的两大名家是钱春绮和周

---

❶ 陈铨．萨亚屠师贾的序言·说明［J］//（德）尼采．萨亚屠师贾的序言．陈铨，译．政治评论，1934（120）：600－601.

❷ Lichtenberger. 尼采底性格［M］//成芳．我看尼采．丽尼，译．南京：南京大学出版社，2000：272.

❸ 梁宗岱．《尼采底诗》译序［J］．文学，1934（3）：721.

❹ 冯至．《萨拉图斯特拉》的文体［M］//冯至全集（第 8 卷）．石家庄：河北教育出版社，1999：286，288.

国平，两人于1986年分别翻译出版了《尼采诗选》和《尼采诗集》。钱春绮称尼采是“集思想家和诗人于一身”的名家❶。周国平则说：“大哲学家写诗而有成就的，恐怕要数尼采了。哲学和诗两全是一件难事，在同一个人身上，逻辑与缪斯似乎不大相容，往往互相干扰，互相冲突，甚至两败俱伤。……但这种冲突在尼采身上并不明显，也许正是如此，他的哲学已经不是那种抽象思维的哲学，而是一种诗化的哲学，他的诗又是一种富有哲理的诗，所以二者本身有着内在的一致。”❷ 意思与钱春绮相去不远，但感佩之情显然浓烈得多。

诚如内哈马斯所言，尼采特别关注西方文学史的杰出人物。系统地阅读尼采的各体著作，不难发现他从著书立说的第一天起，就或详或略地评论过多位诗人、戏剧家、小说家和多种文学流派，无形之中构成了一套独特的文学批评话语。应该指出的是，尼采没有文学批评专著——《悲剧的诞生》虽然讨论古希腊悲剧的起源与本质，但绝非一般意义上的文学批评专著，而属于美学或艺术哲学著作，其文学批评散见于各种著作之中。这些文学批评，有的是片言只语，有的是长篇大论，有的是严谨精准的分析，有的是生动形象的诗化表达，形式和方式多种多样，不一而足。放在更大的背景下来看，尼采的文学批评是其艺术哲学和美学思想的有机组成部分，正如其艺术哲学体系是庞杂而流动的一样，尼采的文学批评话语也是庞杂而流动的。本书拟根据散见于其晚年未刊遗稿（中文通译《权力意志》）以及《悲剧的诞生》《查拉图斯特拉如是说》《偶像的黄昏》《快乐的科学》《朝霞》《看啦这人！》等著述中的段落或语句，扼要而又系统地梳理尼采所建构的文学批评话语。旨在抛砖引玉，以祈方家指正。

❶ 钱春绮．尼采诗选［M］．桂林：漓江出版社，1986：1.

❷ 周国平．尼采诗集［M］．北京：中国文联出版公司，1986：3－4.

目 录

1. 尼采的戏剧家论

尼采的文学批评始于戏剧批评和戏剧家批评。在 1872 年正式出版的第一部著作《悲剧的诞生》里，尼采就系统而且深入地讨论了古希腊悲剧的起源、本质与特征问题。一般认为，西方戏剧史上出现了 3 座巍峨的高峰：一是古希腊悲剧；二是莎士比亚悲剧；三是易卜生社会问题剧。继在《悲剧的诞生》集中谈论古希腊悲剧之后，尼采又在生前发表过和身后由别人整理出版的各种著作里根据自己独特的戏剧观讨论过莎士比亚、易卜生的戏剧创作。

需要指出的是，尼采在各种著作中对某些戏剧家只是略有提及，并未加以评价。如他在晚年未刊遗稿（通译《强力意志》或《权力意志》，下同——笔者）第 9［183］条中提及 18 世纪意大利戏剧家和诗人阿尔菲爱里（V. Alfieri，1700—1767），认为后者“对伟大的风格有感觉”❶。这里所谓伟大的风格，是指西方文艺界和美学界一直推崇的崇高之美。再如，第 10［41］条中提及德国诗人和戏剧家席勒（J. C. F. von Schiller，1759—1805），认为他是一个“戏剧大师”❷。众所周知，席勒的《阴谋与爱情》是一部启蒙主义名剧，他还创作了众多戏剧作品，但尼采没有具体谈论席勒的戏剧作品。再如，第 10［53］条中提及 3 位法国戏剧家，即当古（F. C. Dancourt，1661—1725）、勒萨热（A. R. Lesage，通译勒萨日，1668—1747）和勒尼亚尔（F. C. Dancourt，1655—1709），认为他们的戏剧表现了“十七世纪末的趣味”❸。所谓“十七世纪末的趣味”，是指 17 世纪末期在法国开始兴起而后流传全欧的洛可可（Rococo）风格，这种艺术风格引入与古

❶ （德）尼采．权力意志（上卷）［M］．孙周兴，译．北京：商务印书馆，2007：511.
❷ （德）尼采．权力意志（上卷）［M］．孙周兴，译．北京：商务印书馆，2007：545.
❸ （德）尼采．权力意志（上卷）［M］．孙周兴，译．北京：商务印书馆，2007：555.

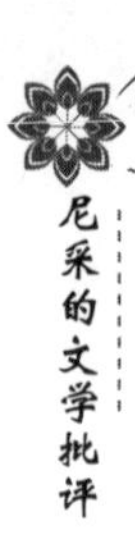

典主义不同的新观念，以反讽的方式，表达一种打破现存秩序和规范、追求自然、理性的新世界的愿望，开启启蒙主义诉求。如勒萨日创作的小型喜剧，通俗易懂，讽刺性强，以暗示手法揭露封建社会的黑暗，具有浓郁的现实主义因素，颇受普通观众欢迎。对这些尼采只是略有提及而并未展开分析的戏剧家，本书就不加以讨论了。

1.1 尼采的戏剧观

尼采主要是在《悲剧的诞生》和晚年未刊遗稿里阐发自己的戏剧（悲剧）理论的。

尼采借用古希腊神话中的两位神灵即日神阿波罗（Apollo）和酒神狄俄尼索斯（Dionysus，又译狄奥尼索斯）来阐述自己的悲剧理论。酒神属于古希腊第二代提坦巨人神，日神是第三代奥林匹斯神系的十二主神之一。按照尼采的说法，酒神精神与日神精神是两种“本能”与“生理现象”，是两种“自然的艺术冲动”[1]。基于此，尼采断言：酒神和日神是“希腊的两位艺术之神”，“他们是两个至深本质和至高目的皆不相同的艺术境界的生动形象的代表。在我看来，日神是美化个体化原理的守护神，惟有通过它才能真正在外观中获得解脱；相反，在酒神神秘的欢呼下，个体化的魅力烟消云散，通向存在之母、万物核心的道路敞开了。”[2] 尼采关于古希腊悲剧的基本看法是，古希腊悲剧起源于音乐，其实质是酒神精神与日神精神的有机整合。

尼采将日神的特征概括为“梦”。他在《悲剧的诞生》第1节中说：“日神，作为一切造型力量的之神，同时是预言之神。按照其语源，他是‘发光者’，是光明之神，也支配着内心幻想世界的美丽外观。”[3] “在日神的形象中同样不可缺少：适度的克制，免受强烈的刺

---

[1] （德）尼采．悲剧的诞生：尼采美学文选（修订本）［M］．周国平，译．太原：北岳文艺出版社，2004：3，7.

[2] （德）尼采．悲剧的诞生：尼采美学文选（修订本）［M］．周国平，译．太原．北岳文艺出版社，2004：62.

[3] （德）尼采．悲剧的诞生：尼采美学文选（修订本）［M］．周国平，译．太原：北岳文艺出版社，2004：4.

激，造型之神的大智大慧的静穆。”[1] 尼采在《悲剧的诞生》第 4 节中说：“梦恰恰应当受到人们所拒绝给予的重视。因为，我愈是在自然中察觉到那最强大的艺术冲动，又在这冲动中察觉到一种对于外观以及对通过外观而获得解脱的热烈渴望，我就愈感到自己不得不承认这一形而上的假定：真正的存在者和太一，作为永恒的受苦者和冲突体，既需要振奋人心的幻觉，也需要充满快乐的外观，以求不断得到解脱。”[2] 换言之，日神精神的表现形态是梦、幻觉，其本质是冷静的、间离的和愉悦的观照，用美仑美奂的外观来掩饰或遮蔽生命内在的痛苦，其根源或缘由是：发现生命的痛苦，用日神的眼光将痛苦转变为美丽的外观与景象，以逃避生命的痛苦或苦难的本质。关于这一点，尼采多次反复强调过。如在《悲剧的诞生》第 16 节中，他指出：“日神通过颂扬现象的永恒来克服个体的苦难，在这里，美战胜了生命固有的苦恼，在某种意义上痛苦已从自然的面容上消失。”[3] 再如，在《悲剧的诞生》第 25 节中，尼采又说：“在人生中，必须有一种新的美化的外观，以使生气勃勃的个体化世界执着于生命。……我们用日神的名字统称美的外观的无数幻觉，它们在每一瞬间使人生一般来说值得一过，推动人去经历这每一瞬间。”[4] 凭借美丽的外观与景象以逃避生命的痛苦或苦难，多少具有自欺欺人和掩耳盗铃的味道。但尼采认为这是处于痛苦甚至绝境中的人类的必然选择。

尼采将酒神精神的本质概括为“醉”。他在《悲剧的诞生》第 1 节中指出：“我们就瞥见了酒神的本质，把它比拟为醉乃是最贴切的。或者由于所有原始人群和民族的颂诗里都说到的那种麻醉饮料的威力，或者在春日熠熠照临万物欣欣向荣的季节，酒神的激情就苏醒了，随

---

[1] （德）尼采．悲剧的诞生：尼采美学文选（修订本）［M］．周国平，译．太原：北岳文艺出版社，2004：5.

[2] （德）尼采．悲剧的诞生：尼采美学文选（修订本）［M］．周国平，译．太原：北岳文艺出版社，2004：14.

[3] （德）尼采．悲剧的诞生：尼采美学文选（修订本）［M］．周国平，译．太原：北岳文艺出版社，2004：66.

[4] （德）尼采．悲剧的诞生：尼采美学文选（修订本）［M］．周国平，译．太原：北岳文艺出版社，2004：99.

着这激情的高涨，主观逐渐化入浑然忘我之境。”❶ 尼采还特别描绘感染酒神精神的人们进入“醉”境后的情状：“人轻歌曼舞，俨然是一更高共同体的成员，他陶然忘步忘言，飘飘然乘风飞飏。他的神态表明他着了魔。……此刻他觉得自己就是神，他如此欣喜若狂、居高临下地变幻，正如他梦见的众神的变幻一样。人不再是艺术家，而成了艺术品：整个大自然的艺术能力，以太一的极乐满足为鹄的，在这里透过醉的颤栗显示出来了。人，这最贵重的黏土，最珍贵的大理石，在这里被捏制和雕琢，而应和着酒神的宇宙艺术家的斧凿声，响起厄流息斯秘仪上的呼喊：‘苍生啊，你们肃然倒地了吗？宇宙啊，你感悟到那创造者了吗？’”❷ 酒神精神或酒神冲动的表现形态是醉、狂欢，其本质是通过激情的亲身参与狂欢和“醉的颤栗”，消解一切界限，追求与原始、本原的融为一体。尼采在《悲剧的诞生》第 4 节中还指出：“在日神式的希腊人看来，酒神冲动的作用也是‘提坦的’和‘蛮夷的’；同时他又不能不承认，他自己同那些被推翻了的提坦诸神和英雄毕竟有着内在的血亲关系。他甚至感觉到：他的整个生存及其全部美和适度，都建立在某种隐蔽的痛苦和知识之根基上，酒神冲动向他揭露了这种根基。”❸ 生存或生命的根基就是痛苦，人类通过酒神冲动这种“醉的颤栗”的方式融入并遗忘、消解痛苦。

通过多年的思考，尼采在晚年未刊遗稿中对酒神精神和日神精神的内涵和本质有了更为深刻的看法。他这样解释两者的含义：“‘狄奥尼索斯的’这个词表达的是：一种追求统一的欲望，一种对个人、日常、社会、现实的超越，作为遗忘的深渊，充满激情和痛苦的高涨而进入更晦暗、更丰富、更飘忽的状态之中；一种对生命总体特征的欣喜若狂的肯定……‘阿波罗的’一词表达的是：追求完美的自为存在的欲望，追求典型‘个体’的欲望，追求简化、突显、强化、清晰化、

---

❶ （德）尼采．悲剧的诞生：尼采美学文选（修订本）［M］．周国平，译．太原：北岳文艺出版社，2004：5．

❷ （德）尼采．悲剧的诞生：尼采美学文选（修订本）［M］．周国平，译．太原：北岳文艺出版社，2004：6.

❸ （德）尼采．悲剧的诞生：尼采美学文选（修订本）［M］．周国平，译．太原：北岳文艺出版社，2004：15.

明朗化和典型化之一切的欲望，即：受法则限制的自由。”❶ 如果说日神精神的本质是个体化，追求个体的自为存在，体现个体的欲望，而同时又强调“受法则限制的自由”，那么，酒神精神的本质则是对个体化的超越，通过遗忘乃至毁灭，追求统一的欲望，肯定生命总体。尼采的这种看法具有明显的哲学意蕴。

在尼采看来，酒神精神与日神精神是相互对立、斗争，又相互依靠、包容的。他在《悲剧的诞生》第25节里指出：“一切存在的基础，世界的酒神根基，它们侵入人类个体意识中的成分，恰好能够被日神美化力量重新加以克服。所以，这两种艺术冲动，必定按照严格的相互比率，遵循永恒公正的法则，发挥它们的威力。”❷ 作为两种艺术冲动和古希腊悲剧的两种构成成分，酒神精神与日神精神是相互依存、有机融合的。尼采在《悲剧的诞生》第22节里说：“悲剧神话只能理解为酒神智慧借日神艺术手段而达到的形象化。悲剧神话引导现象世界到其界限，使它否定自己，渴望重新逃回唯一真正的实在的怀抱。”❸ 他《悲剧的诞生》第24节里则强调：“悲剧神话具有日神艺术领域那种对于外观和静观的充分快感，同时它又否定这种快感，而从可见的外观世界的毁灭中获得更高的满足。”❹ 不管是酒神智慧借日神艺术手段而达到的形象化，还是酒神精神通过否定和毁灭日神外观和静观的快感而获得更高的满足，都是强调日神精神和酒神精神两者的相杀相生。尼采在晚年未刊遗稿第14［14］条中将狄俄尼索斯精神与阿波罗精神视为相互对立的两种艺术的自然力量，并断言：“艺术的发展必然是与上述两者的对抗相联系的，正如人类的发展与两性对抗联系在一起。权力的丰盈与节制，处于一种清冷、高贵、脆弱的美当中的自我

❶ （德）尼采．权力意志（下卷）［M］．孙周兴，译，北京：商务印书馆，2007：941－942.

❷ （德）尼采．悲剧的诞生：尼采美学文选（修订本）［M］．周国平，译．太原：北岳文艺出版社，2004. 99.

❸ （德）尼采．悲剧的诞生：尼采美学文选（修订本）［M］．周国平，译．太原：北岳文艺出版社，2004：89.

❹ （德）尼采．悲剧的诞生：尼采美学文选（修订本）［M］．周国平，译．太原：北岳文艺出版社，2004：96.

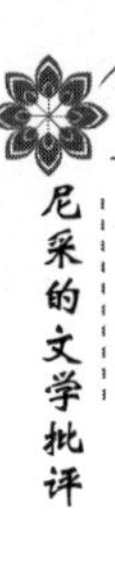

肯定的最高形式：希腊意志的阿波罗主义。”[1] 尼采这里所说的艺术主要是指古希腊悲剧。饶有趣味的是，尼采将古希腊悲剧中的酒神精神和日神精神的相互对抗、相互平衡和相互依存的状态，跟人类男女两性相互对抗和依存的关系打通了。

不过在日神精神和酒神精神这两者之中，尼采更看重酒神精神。他在《悲剧的诞生》第 25 节里指出：“酒神因素比之于日神因素，显示为永恒的本原的艺术力量，归根到底，是它呼唤整个现象世界进入人生。”[2] 在悲剧中，酒神因素与酒神智慧都占主要地位。他在《悲剧的诞生》第 24 节里强调：“酒神冲动及其在痛苦中所感觉到的原始快乐，乃是生育音乐和悲剧神话的共同母腹。”[3] 也就是说，古希腊悲剧诞生于音乐，而生育或孕育音乐的酒神痛苦或酒神冲动同时也是古希腊悲剧的母本。关于这一点，尼采在《悲剧的诞生》的其他地方说的更明确。如第 21 节指出：“在悲剧的总效果中，酒神因素重新占据优势；……酒神效果毕竟如此强大，以致在终场时把日神戏剧本身推入一种境地，使它开始用酒神的智慧说话，使它否定它自己和它的日神的清晰性。”[4] 酒神因素“占据优势”，日神戏剧“用酒神的智慧说话”，甚至否定日神自身，都说明酒神精神的巨大优势。再如，第 22 节指出：“酒神魔力看来似乎刺激日神冲动达于顶点，却又能够迫使日神力量的这种横溢为它服务。悲剧神话只能理解为酒神智慧借日神艺术手段而达到的形象化。悲剧神话引导现象世界到其界限，使它否定自己，渴望重新逃回惟一真正的实在的怀抱。”[5] 酒神魔力推动日神冲动达到顶点，悲剧艺术的实质是“酒神智慧借日神艺术手段而达到的形象化”，可见酒神精神的巨大魅力。尼采在晚年未刊遗稿中也强调酒

---

[1] （德）尼采．权力意志（下卷）［M］．孙周兴，译．北京：商务印书馆，2007：942.

[2] （德）尼采．悲剧的诞生：尼采美学文选（修订本）［M］．周国平，译．太原：北岳文艺出版社，2004：99.

[3] （德）尼采．悲剧的诞生：尼采美学文选（修订本）［M］．周国平，译．太原：北岳文艺出版社，2004：97.

[4] （德）尼采．悲剧的诞生：尼采美学文选（修订本）［M］．周国平，译．太原：北岳文艺出版社，2004：88.

[5] （德）尼采．悲剧的诞生：尼采美学文选（修订本）［M］．周国平，译．太原：北岳文艺出版社，2004：89.

神精神比日神精神更为重要的观点。如第 24 ［1］ 条中指出："惟有在狄奥尼索斯的神秘中才表达出希腊本能的整个基础。因为，古希腊人以这种神秘为自己担保了什么呢？那就是永恒的生命，生命的永恒轮回，在生殖中得到预兆和奉献的将来，超越死亡和变化之外对生命的胜利肯定，那种作为社群、城邦、种类联系中的总体永生的真实生命。"❶ 在尼采看来，酒神精神可以而且只有它才可以揭示希腊本能的基础即永恒的生命和生命的永恒轮回。也许正是基于对酒神精神的极端重视，尼采有时甚至将日神精神的特征也概括为"陶醉"，将日神精神视为酒神精神的一种形态。所以他说："在狄奥尼索斯的陶醉中，包含着性欲和肉欲；在阿波罗的陶醉中也有性欲和肉欲。这两种状态之间一定还有速度上的差异……某些陶醉感的极度宁静往往反映在最宁静的神情和心灵行为的幻觉中。"❷ 除了速度上的某些差异之外，尼采认为日神精神即"阿波罗的陶醉"像酒神精神即"狄奥尼索斯的陶醉"一样，同样有着放纵的性欲和肉欲，本质上是一样的。

尼采的悲剧理论最终达到了悲剧哲学的高度，因为它最突出的特点是揭示并凸显悲剧艺术的形而上学本质。尼采认为古希腊悲剧最重要的效果就是它能够提供"形而上慰藉"即"玄思的安慰"。关于古希腊悲剧的"形而上慰藉"问题，尼采在《悲剧的诞生》一书中反复强调。如该书第 7 节说："每部真正的悲剧都用一种形而上的慰藉来解脱我们：不管现象如何变化，事物基础之中的生命仍是坚不可摧和充满欢乐的。这一个慰藉异常清楚地体现为萨提儿歌队，体现为自然生灵的歌队，这些自然生灵简直是不可消灭地生活在一切文明的背后，尽管世代更替，民族历史变迁，它们却永远存在。"❸ 再如，该书第 8 节说："悲剧以其形而上的安慰在现象的不断毁灭中指出那生存核心的永生。"❹ 又如该书第 16 节说："通过个体毁灭的单个事例，我们只是

---

❶ （德）尼采．权力意志（下卷）［M］．孙周兴，译．北京：商务印书馆，2007：1420.

❷ （德）尼采．权力意志（下卷）［M］．孙周兴，译．北京：商务印书馆，2007：960.

❸ （德）尼采．悲剧的诞生：尼采美学文选（修订本）［M］．周国平，译．太原：北岳文艺出版社，2004：27.

❹ （德）尼采．悲剧的诞生：尼采美学文选（修订本）［M］．周国平，译．太原：北岳文艺出版社，2004：29.

领悟了酒神艺术的永恒现象，这种艺术表现了那似乎隐藏在个体化原理背后的全能的意志，那在一切现象之彼岸的历万劫而长存的永恒生命。对于悲剧性所生的形而上快感，乃是本能的无意识的酒神智慧向形象世界的一种移置。悲剧主角，这意志的最高现象，为了我们的快感而遭否定，因为他它毕竟只是现象，他的毁灭丝毫无损于意志的永恒生命。悲剧如此疾呼：'我们信仰永恒生命。'……在酒神艺术及其悲剧象征中，同一个自然却以真诚坦率的声音向我们喊道：'像我一样吧！在万象变幻中，做永远创造、永远生气勃勃、永远热爱现象之变化的始母！"[1] 还如，该书第 17 节指出："酒神艺术也要使我们相信生存的永恒乐趣，不过我们不应在现象之中，而应在现象背后寻找这种乐趣。我们应当认识到，存在的一切必须准备着异常痛苦的衰亡，我们被迫正视个体生存的恐怖——但是终究用不着吓瘫，一种形而上的慰藉使我们暂时逃脱世态变迁的纷扰。我们在短促的瞬间真的成为原始生灵本身，感觉到它的不可遏止的生存欲望和生存快乐。"[2] 在这些文字里，尼采有时直接将悲剧称为酒神艺术，认为它会通过个体毁灭揭示对个体化原理的克服、对个体生存的痛苦、恐怖和死亡的超越，而感受到"成为原始生灵本身"，或者认识到永恒生命或生存的永恒乐趣。

尼采在晚年未刊遗稿中也明确揭示立基于日神精神与酒神精神的悲剧所拥有的"形而上慰藉"。他在第 2［110］条中指出："用'阿波罗的'这个名称来表示在一个虚构和梦想世界面前、在美的假象（作为对生成的解脱）世界面前欣喜若狂的坚持；另一方面，把生成生动地把握——主观同感——为同样也知道摧毁者之愤怒的创造者的暴躁狂喜。这两种经验以及以之为基础的欲望的对抗：前一种欲望永远意求现象，在它面前人变得寂静，心满意足，大海般平滑，得到了康复，得以与自身和万物相契合；第二种欲望力求生成，力求使之生成的快

---

❶ （德）尼采. 悲剧的诞生：尼采美学文选（修订本）［M］. 周国平，译. 太原：北岳文艺出版社，2004：66.

❷ （德）尼采. 悲剧的诞生：尼采美学文选（修订本）［M］. 周国平，译. 太原：北岳文艺出版社，2004：66.

感，亦即创造和毁灭的快感。……悲剧艺术，富于上述两种经验，被描写为阿波罗与狄奥尼索斯的和解：现象被赋予最深的意蕴，通过狄奥尼索斯，这种现象其实被否定了，并且是因为快乐而被否定掉的。”[1]否定现象是为了进入本质，毁灭现象是为了获得对永恒生命的认知，这是尼采对古希腊悲剧的形而上慰藉的又一次诠释。

1.2 古希腊悲剧家论

古希腊悲剧创作繁荣、作家众多，其中有公认的三大悲剧家或悲剧诗人，即“悲剧之父”埃斯库罗斯、“戏剧艺术的荷马”索福克勒斯和“舞台上的哲学家”欧里庇得斯。尼采对他们的戏剧的主旨和价值都发表过自己的看法。

埃斯库罗斯（Aeschylus，前525—前458）是古希腊悲剧诗人，与索福克勒斯和欧里庇得斯一起被称为是古希腊最伟大的悲剧作家，有“悲剧之父”之美誉。代表作有《被缚的普罗米修斯》以及《俄瑞斯忒斯》三联剧等。

尼采认为埃斯库罗斯的悲剧创作体现了希腊人的形而上学冲动，为此，他甚至耸人听闻地称埃斯库罗斯为“思想家”。他在《悲剧的诞生》中指出：

> 思想家埃斯库罗斯在剧中要告诉我们的东西，他作为诗人却只是让我们从他的譬喻形象去猜度……埃斯库罗斯世界观的核心和主旨，他认为命数是统治着神和人的永恒正义。埃斯库罗斯如此胆大包天，竟然把奥林匹斯神界放在他的正义天秤上去衡量，使我们不能不鲜明地想到，深沉的希腊人在其秘仪中有一种牢不可破的形而上学思想基础，他们的全部怀疑情绪会对着奥林匹斯突然爆发。尤其是希腊艺术家，在想到这些神灵时，体验到了一种相互依赖的隐秘感情。正是在埃斯库罗斯的普罗米修斯身上，这种感情得到了象征的表现。这位提坦艺术家怀有一种坚定的信

[1] （德）尼采．权力意志（上卷）［M］．孙周兴，译．北京：商务印书馆，2007：136－137.

> 念，相信自己能够创造人，至少能够毁灭奥林匹斯众神。这要靠他的高度智慧来办到，为此他不得不永远受苦来赎罪。为了伟大天才的这个气壮山河的“能够”，完全值得付出永远受苦的代价，艺术家的崇高的自豪——这便是埃斯库罗斯剧诗的内涵和灵魂。……然而，用埃斯库罗斯这部剧诗，还是不能测出神话本身深不可测的恐怖。❶

在埃斯库罗斯看来，命数或命运不仅是古希腊人尊崇的正义之化身，也是奥林匹斯众神必须敬奉的正义之象征，这就让后来的读者和观众感悟到古希腊人的神灵崇拜仪式中暗含着一种形而上学诉求。作为戏剧家，埃斯库罗斯常常通过笔下的人物形象等“譬喻形象”来传达这种形而上学思想。

尼采特别结合埃斯库罗斯的代表作《普罗米修斯》三联剧，向读者揭示埃斯库罗斯的“思想家”与“(悲剧）诗人”的身份是如何统一的。在古希腊神话中，提坦神普罗米修斯用泥土创造人类，并用芦苇杆从众神那里偷天火给人类取暖煮食，即使众神之主宙斯派火神和暴力神将他捆绑在高加索悬崖上，派神鹰啄食他的肝脏，他也依然不屈服，默默然而坚定地忍受着各种折磨和痛苦。在尼采看来，普罗米修斯这位“提坦神艺术家”，不仅自始至终“相信自己能够创造人，至少能够毁灭奥林匹斯众神”，而且也相信为了“这个气壮山河的‘能够’，完全值得付出永远受苦的代价”。

不过，尼采也看到了埃斯库罗斯的戏剧诗《普罗米修斯》在表达命数或命运正义性方面的局限性，认为它“还是不能测出神话本身深不可测的恐怖”，即尚未能够有效地显示命运对古希腊人的无处可逃的压抑和钳制。普罗米修斯因造人、盗火而受到宙斯的惩罚，但他始终坚信自己有获释的那一天，因为他掌握着有关宙斯命运的一个秘密，即宙斯跟某位女神私通生下的孩子将会推翻他的主神之位。这样，这部戏剧以及埃斯库罗斯大多数悲剧都流露出一种多少带有理想化甚至

---

❶ （德）尼采．悲剧的诞生：尼采美学文选（修订本）[M]．周国平，译．太原：北岳文艺出版社，2004：35－36.

盲目色彩的积极或乐观的情调。古希腊神话中最典型地表现命运的巨大力量和深不可测的恐怖的故事，当属酒神之师和森林之神西勒诺斯的智慧之言。当弥达斯国王向西勒诺斯请教“对人来说，什么是最好最妙的东西”时，后者给出的答案是：“那最好的东西是你根本得不到的，这就是不要降生，不要存在，成为虚无。不过对于你还有次好的东西——立刻就死。”[1] 因为人生充满痛苦和恐怖，所以西勒诺斯认为人类最高的幸福是不要出生和存在，次要的幸福是尽快死掉，尼采将这种极度悲观的人生观称为“西勒诺斯的可怕智慧”或酒神的智慧。尼采认为，相对埃斯库罗斯多少有点盲目的乐观态度而言，“西勒诺斯的可怕智慧”才真正揭示出了“神话本身深不可测的恐怖”。

尼采进一步指出：“埃斯库罗斯的普罗米修斯的二重人格，他兼备的酒神和日神本性，或许能够用一个抽象公式来表达：‘一切现存的都兼是合理的和不合理的，在两种情况下有同等的权利。’”[2] 换言之，埃斯库罗斯笔下的普罗米修斯一方面受到命运的拨弄，只能默默忍受；另一方面又坚信自己“能够创造人，至少能够毁灭奥林匹斯众神”，能够以独特的方式向命运“说不”，这样，“合理的”和“不合理的”两种成分都具备了。

索福克勒斯（Sophocles，前 496—前 406），古希腊三大悲剧作家之一。他在长达 70 年的创作生涯中，共创作 123 部悲剧和滑稽剧，但流传至今的只有 7 部，其中《安提戈涅》和《俄狄浦斯王》最能反映索福克勒斯的创作才能。

尼采认为索福克勒斯的作品也阐释了形而上理念，不过这种理念体现的是希腊人的乐观主义思想，尼采称之为“希腊的乐天”。尼采认为，如果说埃斯库罗斯通过自己的戏剧“还是不能测出神话本身深不可测的恐怖”，那么，索福克勒斯则做到了这一点，因为后者的作品阐释了古希腊人蕴含悲观底色的乐观主义思想即“希腊的乐天”理念。

[1] （德）尼采．悲剧的诞生：尼采美学文选（修订本）［M］．周国平，译．太原：北岳文艺出版社，2004：11.

[2] （德）尼采．悲剧的诞生：尼采美学文选（修订本）［M］．周国平，译．太原：北岳文艺出版社，2004：38.

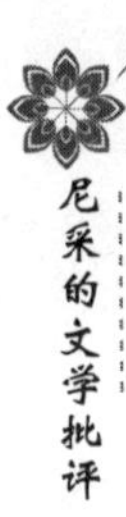

尼采宣称："索福克勒斯的英雄的光影形象，简言之，化妆的日神形象，却是瞥见了自然之秘奥和恐怖的必然产物，就像用来医治因恐怖黑夜而失明的眼睛的闪光斑点。只有在这个意义上，我们才可自信正确理解了'希腊的乐天'这一严肃重要的概念。"❶ 透过各种光鲜、美丽的"英雄的光影现象"即"化妆的日神现象"，得以瞥见或彰显"自然之秘奥和恐怖的必然产物"，这些光影现象就成了医治和矫正因恐怖黑夜而失明的眼睛的闪光斑点。换言之，底子是恐怖的、黑暗的，但形式是乐观的、光明的，这就是尼采所说的"希腊的乐天"理念的深刻内涵。

尼采结合《俄狄浦斯王》中的主人公俄狄浦斯形象细致地阐述了索福克勒斯剧作中的"希腊的乐天"理念。他指出：

> 希腊舞台上最悲惨的人物，不幸的俄狄浦斯，在索福克勒斯笔下是一位高尚的人。他尽管聪慧，却命定要陷入错误和灾难，但终于通过他的大苦大难在自己周围施展了一种神秘的赐福力量，这种力量在他去世后仍起作用。深沉的诗人想告诉我们，这位高尚的人并没有犯罪。每种法律，每种自然秩序，甚至道德世界，都会因他的行为而毁灭，一个更高的神秘的影响范围却通过这行为而产生了，它把一个新世界建立在被推翻的旧世界的废墟之上。这就是诗人想告诉我们的东西，因为他同时是一位宗教思想家。作为诗人，他首先指给我们看一个错综复杂的过程之结，执法者一环一环地渐渐把它解开，导致他自己的毁灭。这种辩证地解决所引起的真正希腊式的快乐如此之大，以致明智的乐天气氛弥漫全剧，处处缓解了对这过程的恐惧的预见。❷

与对埃斯库罗斯的身份定位相同，尼采也认为索福克勒斯是集"宗教思想家"和"诗人"于一身的悲剧家。上面这段话主要讲了两层意思：第一，俄狄浦斯尽管高尚、聪慧，"却命定要陷入错误和灾

---

❶ （德）尼采．悲剧的诞生：尼采美学文选（修订本）［M］．周国平，译．太原：北岳文艺出版社，2004：33.

❷ （德）尼采．悲剧的诞生：尼采美学文选（修订本）［M］．周国平，译．太原：北岳文艺出版社，2004：33－34.

难”，也就是说，无论怎样反抗和抵制，他都会落入“杀父娶母”的命运圈套，因而成为“希腊舞台上最悲惨的人物”。通过如此这般的情节和结局，索福克勒斯昭示了命运的不可抗拒性以及命运对人类和神灵的控制力量，因而成功地“测出神话本身深不可测的恐怖”；第二，俄狄浦斯通过坚定不移地追查16年前发生的命案的真凶，并在弄清楚自己是这起命案的真凶之后坚持用金针刺瞎自己的双眼流浪山野以示惩罚，不仅向世人宣示一种责任感和正义心，而且也昭示自己“并没有犯罪”，一切都是不合理的命运操纵的结果，传统的法律、自然秩序甚至道德世界都在这种正义面前宣布毁灭和失效，最终，这出悲剧不仅“缓解了对这过程的恐惧的预见”，反而洋溢着“真正希腊式的快乐”或“明智的乐天气氛”。

如果说尼采对埃斯库罗斯和索福克勒斯奉上了不少溢美之词，那么，他对欧里庇得斯则颇多微词。

古希腊三大悲剧大师之一的欧里庇得斯（Euripides，前480—前406），一生共创作90多部作品，保留至今的有18部，代表作是悲剧《美狄亚》《特洛伊妇女》。他之所以被誉为“舞台上的哲学家”，主要是因为常常通过自己的戏剧甚至透过戏剧中人物之口宣讲某些哲学思想，如智者哲学。对于欧里庇得斯的评价，古往今来一向褒贬不一，有人说他是伟大的悲剧作家，也有人说悲剧在他的手中衰亡，无论这些评价如何自相矛盾，毋庸置疑的一点是，欧里庇得斯的作品对于后世的影响是深远的。

尼采对欧里庇得斯是明确否定甚至痛斥的。他指出：“把那原始的全能的酒神因素从悲剧中排除出去，把悲剧完全和重新建立在非酒神的艺术、风俗和世界观基础之上——这就是现在已经暴露在光天化日之下的欧里庇得斯的意图。”❶ 尼采虽然认为古希腊悲剧由日神精神和酒神精神两种心理状态和艺术冲动构成，但他更看重酒神精神，所以，当他认定欧里庇得斯致力于“把那原始的全能的酒神因素从悲剧中排

❶ （德）尼采．悲剧的诞生：尼采美学文选（修订本）［M］．周国平，译．太原：北岳文艺出版社，2004：46.

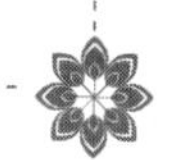

除出去”时，差不多是怒不可遏了。

从根本上讲，尼采之所以贬低欧里庇得斯，是因为后者是古希腊哲学家苏格拉底的代言人。作为苏格拉底的代言人，欧里庇得斯通过自己的戏剧作品大力宣传与酒神精神对立的苏格拉底精神即理性主义。所以尼采说：

> 欧里庇得斯在某种意义上也是面具，借他之口说话的神祇不是酒神，也不是日神，而是一个崭新的灵物，名叫苏格拉底。这是新的对立，酒神精神与苏格拉底精神的对立，而希腊悲剧的艺术作品就毁灭于苏格拉底精神。❶

尼采以调侃的口气称苏格拉底是“新的灵物”和新的“神祇”。只不过这个神祇所宣讲的的理性主义恰恰成了使古希腊悲剧变味甚至使古希腊悲剧窒息而亡的重要因素。尼采不无痛心地发现：“哲学家们的确是希腊文化的颓废者，是对古典趣味的反动，是对高贵趣味的反动！苏格拉底的德性得到传布，是因为希腊人开始失去德性了。”❷在尼采看来，悲剧艺术同理性主义或科学主义势不两立：“因为科学是乐观主义的，因为科学相信逻辑。在生理学上来推算，一个强大种族的没落时代就是科学人这个类型在其中成熟的时代。……苏格拉底乃是对生命和艺术的最大误解：道德、辩证法、理论人的知足常乐，乃是疲乏无力的一种形式。”❸ 按照尼采的理解，古希腊人认为生命的本质是痛苦或苦难的，他们通过神话和悲剧等艺术来揭示生命的本质，因此古希腊悲剧等艺术的底色是悲观与乐观的二合一，现在理性或科学只有乐观主义的一面，既显得单薄肤浅，又完全同悲剧等艺术构成对立，最终扼杀神话和悲剧等艺术。

果不其然，欧里庇得斯作为苏格拉底的代言人，最终成了悲剧艺术的葬送者。尼采言之凿凿地指出：

---

❶ （德）尼采．悲剧的诞生：尼采美学文选（修订本）[M]．周国平，译．太原：北岳文艺出版社，2004：47.

❷ （德）尼采．权力意志（下卷）[M]．孙周兴，译．北京：商务印书馆，2007：1418－1419.

❸ （德）尼采．权力意志（下卷）[M]．孙周兴，译．北京：商务印书馆，2007：946.

> 欧里庇得斯是一个心脏悸动、毛骨悚然的演员；他作为苏格拉底式的思想家制订计划，作为情绪激昂的演员执行计划。无论在制订计划时还是在执行计划时，他都不是纯粹艺术家。所以，欧里庇得斯戏剧是一种又冷又烫的东西，既可冻结又可燃烧。它一方面尽其所能地摆脱酒神因素，另一方面又无能达到史诗的日神效果。……它既是冷漠悖理的思考——以取代日神的直观——和炽烈的情感——以取代酒神的兴奋，而且是惟妙惟肖地伪造出来的、绝对不能进入艺术氛围的思想和情感。❶

尼采给欧里庇得斯的身份定位是“苏格拉底式的思想家”和“情绪激昂的演员”。“演员”在尼采眼里更多的是一个贬义词，代表做作、煽情而又肤浅。在欧里庇得斯的悲剧作品里，有的只是“冷漠悖理的思考”和“炽烈的情感”，前者不如日神精神通过梦幻或幻觉显示出沉思，后者不如酒神精神通过“醉的颤栗”暗示生命的本质，总之是显得生硬和肤浅。所谓“又冷又烫”“既可冻结又可燃烧”的东西，是指欧里庇得斯的悲剧作品将“冷漠悖理的思考”和“炽烈的情感”混合为一体，而事实上这两者是无法融为一体的，两者的混合体只能是一种生拉硬拽的“伪造”品，“绝对不能进入艺术氛围”。

1.3 近代戏剧家论

除了古希腊三大悲剧家之外，尼采还曾经将眼光转向文艺复兴运动开启的近代社会里的戏剧家如莎士比亚和莫里哀。

虽然尼采在晚年自传《瞧，这个人》（或译《看哪这人!》）里说过“我的艺术鉴赏力……对莎士比亚这样放荡的天才不免生出愤怒”❷这样的话，从而在特定时刻也曾对莎翁表现出一定程度的不满，但总体而言，尼采是极为推崇文艺复兴时期英国乃至欧洲最伟大的戏剧家

❶ （德）尼采．悲剧的诞生：尼采美学文选（修订本）［M］．周国平，译．太原：北岳文艺出版社，2004：48－49．

❷ （德）尼采．瞧，这个人［M］//瓦格纳事件、偶像的黄昏、敌基督者、瞧，这个人、狄奥尼索斯颂歌、尼采反瓦格纳．孙周兴，译．北京：商务印书馆，2016：355．

莎士比亚及其戏剧的。

莎士比亚（William Shakespeare，1564—1616）是英国文学史上最杰出的戏剧家，也是欧洲文艺复兴时期最重要、最伟大的作家。他一共创作37部戏剧、2部叙事长诗、1部十四行诗集，戏剧包括悲剧、喜剧、历史剧、传奇剧，代表作是四大悲剧《哈姆雷特》《奥赛罗》《李尔王》《麦克白》和喜剧《威尼斯商人》。与莎士比亚同时代的英国戏剧家本·琼生称他的戏剧“不属于一个时代，而属于所有的世纪”；马克思称他为“人类最伟大的天才之一”。

尼采曾经讨论过传统道德与经典作家之间的冲突，认为经典作家必然是反对传统道德或超越传统道德的，而莎士比亚正是这样一位反道德或超道德的“经典作家”。尼采在晚年未刊遗稿中指出：

> 为了成为经典作家们，人们必须具备所有强大的、表面看来充满矛盾的天赋和欲望：但这样一来，这些天赋和欲望就会在同一枷锁下结伴而行（原文无标点，下同——引者）。
>
> ……
>
> 必须反映一种总体状况（无论是民众还是一种文化）的最深刻和最内在的核心，时间要凑在它还存在着，还没有因为对外来之物的摹仿而变了本色的时候不是一种反作用的精神，而是一种推论性的和向前指引的精神，在任何情形下都表示肯定，即使带着它的仇恨。
>
> 这难道不是就包含着最高的人格价值吗？……也许我们必须考量一下，这里是不是有道德的偏见在起作用，还有，伟大的道德高度是不是兴许本身就构成一种与经典的矛盾呢？……
>
> 道德怪胎是不是在言行上都势必成为浪漫主义者呢？……一个特性压倒其他特性，这样一种优势正好与经典权力处于敌对之中，旗鼓相当：假如人们拥有这种高度，而依然成为经典作家，那么，甚至就可以大胆地得出结论：人们也拥有同样高度的非道德性。这也许就是莎士比亚的情形。[1]

---

[1] （德）尼采．权力意志（上卷）［M］．孙周兴，译．北京：商务印书馆，2007：496－497.

显然，尼采认为“道德的偏见”或者“伟大的道德高度”都与经典作家构成一种矛盾，“道德怪胎”同“经典权力”处于敌对之中。相反，是否拥有“高度的非道德性”乃是成为经典作家的重要条件。所谓非道德性，是指作家真实地描绘人物的本性和欲望，而不从道德的角度来考虑是与非。这与学界认为莎士比亚的悲剧是性格悲剧的看法完全一致。

尼采特别欣赏莎士比亚的悲剧《尤利乌斯·凯撒》(1623)，认为剧中主人公布鲁图斯的光辉甚至超过了哈姆雷特。该剧主要讲述这样一个故事：公元前44年，罗马大将凯撒（又译恺撒）战胜庞培返回城邦，权倾一时。共和派贵族盖乌斯·凯歇斯与凯撒交恶，为了保障自己的利益，用伪造信件的方式，打着荣誉、自由等旗号召集一帮人准备谋刺凯撒，这些人中就有长期与凯撒亲厚的布鲁图斯。布鲁图斯因为答应参与此事，心情极为复杂，却无法向爱妻坡西娅道出真相。古罗马历3月15日这天，凯撒受盖乌斯·凯歇斯等人蛊惑，不顾支持者阿特米多罗斯、妻子凯尔帕妮娅的警告和劝阻，执意前往元老院，结果落入阴谋者的罗网，被刺死，血溅元老院。布鲁图斯为此向罗马民众发表演说，为自己和同仁刺杀凯撒提供了看似无懈可击的说辞，也一度获得民众的认可；但凯撒的忠实拥护者安东尼在演说中巧妙地反击了布鲁图斯，再次为凯撒赢得民心。愤怒的民众将布鲁图斯、凯歇斯等人逐出罗马。此时凯撒的养子屋大维率军回到罗马，与安东尼一起讨伐布鲁图斯、凯歇斯。布鲁图斯、凯歇斯在刺杀凯撒之后问心有愧，罪恶感深重，最后均命部下协助，以了结自己的性命。安东尼在布鲁图斯死后对他给予很高的评价，认为他虽受人蛊惑背叛凯撒，但这最后的败笔并不能完全抹杀他的高贵，“他一生善良，德厚流光，堪使造物肃然起立，向世人宣告：‘这才是一条好汉！’”。

尼采曾经在《快乐的科学》一书中专门设置“心仪莎士比亚”一节（第98节），详细讨论《尤利乌斯·凯撒》一剧的人物形象以及莎士比亚的思想与艺术追求。全节文字如下：

> 我最心仪莎士比亚的是，他相信布鲁图斯，并且对布鲁图斯所表现的那种美德没有丝毫的怀疑。莎翁将他那部最佳的悲剧

（即《尤利乌斯·凯撒》——引者）……献给了布氏，也就献给了崇高道德的典范，即心灵的自主！

一个人热爱自由，并把它视为伟大心灵之必需，一旦它受到挚友的威胁，那么，他就不得不牺牲挚友，哪怕挚友是完人、无与伦比的奇才、光耀世界者。世间再也没有比这更惨痛的牺牲了！对此莎翁定然大有所感！他给予恺撒的崇高地位亦即是他给予布鲁图斯的崇高荣誉，所以，他才把布鲁图斯的内心问题以及那能解开这个“心结”的精神力量提升到惊人的高度。

难道真是政治自由促使莎翁同情布鲁图斯并使自己沦为他的从犯吗？或者，政治自由仅仅是某些不可言说之物的象征吗？也许，我们是面对隐藏在莎翁心灵中的某个不为人知的、而他也只能用象征手法谈及的事件和奇遇吗？与布鲁图斯的忧郁相比，哈姆雷特的忧郁又算得什么呢？大概莎翁也熟悉布鲁图斯的忧郁，就像他由于自己的体验而熟悉哈姆雷特的忧郁一样！或者，他也曾经历过幽暗伤心的时刻，有过类似布鲁图斯那样的凶恶天使！不管他们有这样的相似性和隐秘关系，但莎翁对布鲁图斯的形象和美德钦佩得五体投地，简直有点自惭形秽了！

关于这点，在悲剧中有所证实。莎翁两次让一位诗人出场，而且倾泻了对他极不耐烦和无以复加的轻蔑——听起来像自我轻蔑的呐喊。诗人出场时表现出一副诗人惯有的派头，自以为是、伤感、咄咄逼人、了不起、德行伟大，可在实际生活上却鲜有普通人的诚实。每逢这些场合，布鲁图斯便不可忍受。

“如果说他识时务，那么我就识他的脾气，带小铃铛的傻瓜，滚开吧！”布鲁图斯吼道。我们不妨把这话反过来演绎为莎翁的本心。[1]

尼采这篇长文谈及三个方面的内容。首先，分析莎士比亚对布鲁图斯的内心矛盾的揭示与崇高品德的彰显。在莎士比亚笔下，布鲁图

[1] （德）尼采．快乐的科学［M］．黄明嘉，译．上海：华东师范大学出版社，2007：171－173.

斯孜孜以求的“美德”或“崇高道德”是“心灵的自主”。布鲁图斯“热爱自由，并把它视为伟大心灵之必需”，当这种自由受到自己的挚友凯撒的破坏，即使这个挚友是“完人、无与伦比的奇才、光耀世界者”，他还是选择牺牲挚友以换取自己以及众人、国家的自由。尽管从个人感情来说，布鲁图斯感觉到“没有比这更惨痛的牺牲”。的确，是坚守个人友谊，还是维护自己与众人、国家的自由，一直是布鲁图斯的内心问题或“心结”。最终莎士比亚让国家利益至上的原则成为帮助布鲁图斯“解开这个‘心结’的精神力量”，而这种精神力量因为来自人文主义理想，具有“惊人的高度”。

其次，尼采断定布鲁图斯的忧郁超过哈姆雷特的忧郁，并分析由此折射出的莎士比亚的思想立场。尼采曾经认为，哈姆雷特王子因为在报复杀父仇人方面的延宕以及“生存还是毁灭”问题上的犹豫，从而得以成为现代人的第一个代表，但现在他却认为：“与布鲁图斯的忧郁相比，哈姆雷特的忧郁又算得什么呢?”也就是说，布鲁特斯的忧郁是在个人友谊同国家利益之间产生冲突而形成的，出于前者，他应该友善凯撒，更别说去谋杀凯撒了，而考虑到共和制即将被凯撒的集权专制所破坏，布鲁图斯又只得舍弃挚友，坚持国家利益至上的原则。所以布鲁图斯的忧郁产生于个人友谊与国家利益这个更高层面的因素之间的冲突。相比之下，哈姆雷特的忧郁则缘起于家庭利益，缘起于应该为父报仇还是不该为父报仇，始终停留在个人恩怨或利益这同一个层面。所以尼采认为，比起布鲁图斯的忧郁来，哈姆雷特忧郁所反映的境界要低一等。

最后，尼采剖析了莎士比亚所钦佩的布鲁图斯美德的具体表现及其内涵。尼采认为，莎士比亚安排一位诗人两次出场，目的是想让这位诗人成为自己的化身，让自己在布鲁图斯面前感觉自愧不如。该诗人每次出场，总是显得“自以为是、伤感、咄咄逼人、了不起、德行伟大”，而实际上却“鲜有普通人的诚实”。同时，莎士比亚还通过布鲁图斯之口称这位诗人是哗众取宠的“带小铃铛的傻瓜”。上述种种都旨在表明，莎士比亚“倾泻了对他（指诗人——笔者）极不耐烦和无以复加的轻蔑”，而这实质上是莎翁的一种“自我轻蔑”。莎翁的自嘲或者自我轻蔑，不仅凸显布鲁图斯的道德之崇高，而且也说明，莎翁在骨子里认同布鲁图斯所追求的精神独立和心灵自主是自由精神的最核心本质。正是基于这些，尼采曾经将莎士比亚树立为“超人”形象之一。

尼采在晚年自传《看哪这人!》中再次谈及莎士比亚的《尤利乌斯·凯撒》和《哈姆雷特》这两部悲剧的主人公形象，依然是对前者的评价高于后者。那段话是这样的：

> 假如我要为莎士比亚寻找一个最高级的公式，那我总会找到这个公式，即他勾画了凯撒这个典型。别人想不出这类典型——别人要么是他，要么不是他。伟大的诗人只能从自己的现实中汲取营养——直到他无法维持自己写作的程度……我真不知道还有比莎士比亚更刺痛心灵的读物。为了不得不当这样的傻瓜，一个人要受些什么罪呀！——你们了解这个哈姆雷特吗？令人发狂的不是怀疑，而是肯定……但是，为着这样去感觉，你得是深邃的，是深渊，是哲学家……我们大家都害怕真理……❶

在这段文字里，尼采认为莎士比亚塑造了凯撒这一“别人想不出”的人物形象而确立了“最高级的公式”或模式，并因此而成为“伟大的诗人”。与此同时，尼采认为莎士比亚的《哈姆雷特》是“刺痛心灵的读物”，其主人公哈姆雷特承受了常人无法承受的罪，他在德国威登堡大学求学期间突然接到父亲暴死、母亲改嫁以及王位旁落的噩耗，最终通过“戏中戏”查找到杀父真凶，却发现整个丹麦世风日下、道德沦丧，他最好的、最理想的复仇之举必须是重整乾坤，而这又是他力所不能及的。明白该怎么做（也就是尼采所说的“肯定”），却发现自己无法行动，这就是令哈姆雷特“发狂”的真正原因。尼采的解读应该是探得其中的精髓了。

尼采评论过的第二位近现代戏剧家是17世纪法国古典主义最重要的作家莫里哀。他曾经引用波德莱尔在《遗稿及未刊书信集》（1887）

---

❶ （德）尼采．看哪这人！［M］//权力意志．张念东，凌素心，译．北京：商务印书馆，1991：30－31.

中的原话评价莫里哀的主要代表作《伪君子》。

莫里哀（Molière，1622—1673）是古典主义喜剧大师，在欧洲戏剧史上占有十分重要的地位。他的主要作品有《无病呻吟》《唐璜》《伪君子》和《悭吝人》。尼采所引用的波德莱尔原话是这样的：

> 《伪君子》不是一则喜剧，而是一个诽谤性小册子。一个无神论者，如果他恰好是一个受过良好教育的人，看过这个本子后就会想，人们决不应该向这个流氓提出一些难题的。❶

在这段转引的文字里，波德莱尔认为莫里哀讽刺喜剧《伪君子》的思想倾向压倒其艺术成就，因此它最醒目之处不在于它是“一则喜剧”，而在于它是“一个诽谤性小册子”，是对当时在法国大城市尤其是巴黎横行霸道、权倾一时的天主教组织“圣体会”的“诽谤”。正是因为此剧对天主教教士丑行丑态的曝光，此剧初演之后即受到皇太后的禁演，连一向支持莫里哀的时任法国国王路易十四都劝他修改剧本，最后在多次修改后才重登舞台。即使如此，莫里哀死后依然受到宗教界的冷遇，其葬礼极为凄凉。遗憾的是，常常跟主流社会唱对台戏的法国诗人波德莱尔却不能理解自己这位反叛性极强的前辈。同样感到遗憾的是，这段文字只是波德莱尔对莫里哀代表作的零星看法，至于尼采本人对这部作品的真实看法究竟如何，读者还是不得而知。

幸好尼采在晚年自传《瞧，这个人》（或译《看哪这人!》）里直接提及过莫里哀，只是过于简略。尼采是将他和同时期法国古典主义戏剧家一起说的，而且将这些古典主义戏剧家放在莎士比亚的对立面。原话是这样的：“我的艺术鉴赏力为莫里哀、高乃依和拉辛这等大家辩护，而对莎士比亚这样放荡的天才不免生出愤怒。”❷ 尼采为莫里哀等人“辩护”的理由是什么？要辩护的具体内容是什么？莎士比亚“放荡的天才”究竟表现在哪些方面？尼采为什么会对此“生出愤怒”？可惜尼采就这些问题并未给出明确的解释和说明。虽然尼采并未解释这

❶ （德）尼采．权力意志（下卷）［M］．孙周兴，译．北京：商务印书馆，2007：755.

❷ （德）尼采．瞧，这个人［M］//瓦格纳事件、偶像的黄昏、敌基督者、瞧，这个人、狄奥尼索斯颂歌、尼采反瓦格纳．孙周兴，译．北京：商务印书馆，2016：355.

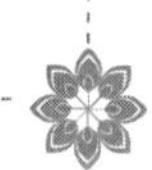

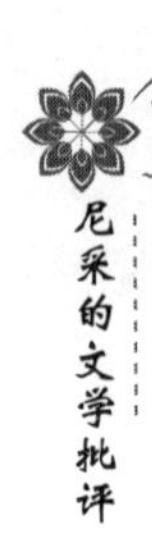

些问题，但从他将莫里哀等人定位为“大家”这一点，还是明显可以看出他对莫里哀和古典主义戏剧的肯定态度。

1.4 现代戏剧家论

尼采还关注过同时代的挪威戏剧家易卜生。

易卜生（Henrik Johan Ibsen，1828—1906）是19世纪中后期影响深远的挪威剧作家，被认为是现代现实主义戏剧即社会问题剧的创始人。据说易卜生是继莎士比亚之后其剧目在世界上被上演最多的剧作家。易卜生共出版过26部戏剧和一部诗集，其作品常被划分为浪漫历史剧、思想剧、社会问题剧和象征剧等类别，名作有《玩偶之家》(1879)、《社会支柱》(1877)、《群鬼》(1881)、《人民公敌》(1873)等。但对这样一位闻名欧洲和西方的戏剧家，尼采奉上的却似乎全是一边倒的贬词。

勃兰兑斯（1842—1927）是丹麦著名的文学批评家、文学史家，也是最早在北欧大学开专题讲座介绍尼采思想、并向欧洲思想界推荐尼采想的学者，尼采视为自己的知音，称其为“优秀的欧洲人”和“文化传教士”。两人往来20多封书信。后来勃兰兑斯将自己研究尼采思想、介绍尼采生平与遭遇的文字，连同这些书信结集出版，安延明中译题为《尼采》(1985)。尼采在与勃兰兑斯的通信中谈及易卜生。针对勃兰兑斯1888年1月11日和3月7日的来信，尼采在回信中说：

> 你们的亨利克·易卜生是我十分清楚的。以他所有的“求真理的意志”，他未敢放弃道德的物质世界幻觉说，后者说的是“自由”，而不愿承认什么是自由：“权力意志”在那些缺失权力意志的人们那里发生的变形的第二个阶段。在第一个阶段，人要求来自那些权力拥有者方面的“公正”。在第二个阶段，人们说的是“自由”，也就是想要摆脱那些拥有权力的人。在第三个阶段，人们说“权利平等”，也就是说，只要人们还不具有优势，人们也就

想要阻碍竞争者的权力增长。[1]

大概因为丹麦和挪威同属北欧国家，所以尼采对勃兰兑斯称易卜生为“你们的亨利克·易卜生”。在尼采看来，易卜生所提倡的“求真理的意志”只是缺乏强力意志（又译权力意志）的人“想要摆脱那些拥有权力的人”的表现形态而已，实质上是本身缺乏强力意志。尼采鼓励人们追求强力意志，但现实生活中更多的是缺失强力意志的人。按照尼采的说法，缺失强力意志有三种表现形态即“变形”：一是要从强力拥有者那里获取所谓的公正，实际上是希冀那些拥有强力意志的人给予或施舍缺乏强力意志的人以公正；二是要摆脱或逃避拥有强力意志者的征服与管束，以追求所谓的自由；三是要阻止与自己竞争者的强力意志的增长、丰富，让他人和自己一样缺乏强力意志，以求得所谓的平等。按照这种说法，易卜生剧作的主旨即“求真理的意志”就属于缺乏强力意志的第二种表现形态。值得一提的是，尼采在这里说的不是社会学和政治学意义上的公正、自由和平等，而是哲学层面的公正、自由和平等。

众所周知，易卜生在西方戏剧史上的独特贡献是创立了社会问题剧，大力宣扬个人精神反叛的诉求，也即提倡尼采所说的“求真理的意志”。但在尼采看来，易卜生所提倡的“求真理的意志”，乃是真正缺乏权力意志的人“想要摆脱那些拥有权力的人”的表现形态而已。原来在尼采那里，强力意志的本质就是战斗、对抗和征服的本能冲动。尼采在晚年未刊遗稿中说：“权力意志只能在对抗中表现出来；它要搜寻与自己对抗的东西。”[2]“什么是好的？——所有能提高人类身上的权力感、权力意志、权力本身的东西。什么是坏的？——所有来自虚弱的东西。什么是幸福？——关于权力在增长的感觉，——关于一种阻力被克服了的感觉。”[3]不过，尼采认为，强力意志既包括战斗、对抗和征服，也包括心悦诚服的服从。所以他又说出了这类似乎自相矛

[1]（德）尼采．权力意志（上卷）[M]．孙周兴，译．北京：商务印书馆，2007：566－567.

[2]（德）尼采．权力意志（上卷）[M]．孙周兴，译．北京：商务印书馆，2007：485－486.

[3]（德）尼采．权力意志（下卷）[M]．孙周兴，译．北京：商务印书馆，2007：903－904.

盾的话："反抗——这是在奴隶身上显示的高贵。让你们显示的高贵就是服从！让你们发出的命令本身就是服从！"[1] 当然，这种服从是对于更高级的事物、最高的理想的服从，是对真正拥有强力意志的人的服从。正是在这个意义上，尼采反对对公正、自由和平等的追求，认为这些追求的实质是缺乏强力意志的表现，是一种托词。落实到易卜生的戏剧上来，《玩偶之家》中的家庭主妇娜拉，通过丈夫海尔茂对待妻子假冒父亲之名签字借钱为他治病一事败露前后的反复变脸，真真切切地发现了丈夫的自私和对自己爱情的虚假，并无情地发现了自己作为女人在丈夫家里以及出嫁之前在父亲家里的"玩偶"地位，终于醒悟过来，为了追求身心的自由，她勇敢地挑战自己在男权社会中的"玩偶"地位，以离家出走的方式，勇敢地质疑与否定维护男权社会的国家法律与全民宗教。还有，易卜生的名剧《人民公敌》中的斯多克芒医生，因为毫不动摇地为"真理""公理"（公共利益、人的尊严、科学态度）而战斗，被市民投票选为"人民公敌"，但他始终不悔。表面看来，易卜生笔下的这些普通人是在张扬个人意志，进行决绝的个人精神反叛，但在尼采这里，他们根本上是缺乏强力意志，因而是追求本不该追求的自由、公正、平等的行为。而这，就是尼采对易卜生的社会问题剧"求真理的意志"主题持保留甚至憎恶的态度的根本原因。

尼采在自传《看哪这人!》中曾经详细阐述自己的女性观，并在此基础上明确否定挪威戏剧家易卜生同情女性的态度，认为这种态度实际上是对女性心理的无知。尼采说：

> 也许我就是永恒女性的第一位心理学家。她们大都爱我……失身的女人，"解放了的"，不能生育的不计在内。——幸运的是，我不愿意让人撕碎：假如一个完美的女人爱你，她会把你撕碎的……我了解这些可爱的狂妇……啊！多么危险的、鬼鬼祟祟的、潜行的小小食肉动物！而同她们在一起时，又是那么惬意！……一个

[1] （德）尼采．查拉图斯特拉如是说［M］．钱春绮，译．北京：生活·读书·新知三联书店，2007：48.

倾心报复的妇人，说不定会冲撞命运本身。——女人不知要比男人邪恶多少倍，也远比男人聪明；女人身上的善早就是蜕化的一种形式了……争取平等权的斗争简直就是一种病症：医生都知道这一点。——女人，越是女人味道浓时，就越是疯狂反对一切权利。天性，两性间的战争，这方面的确让女人占据了第一把交椅。——人们听见了我给爱情下的定义了吗？这是唯一值得哲学家来下的定义。爱情之法就是战争，基础就是两性之间不共戴天的仇恨。——你们听见了我对如何解救——"拯救"女人这个问题的回答了吗？让她生一个孩子。女人离不了孩子，而女人总不过是工具：《查拉图斯特拉如是说》。——"女人的解放"——这是有缺陷的即不孕女人仇恨健全者的本能——反对"男人"的战争总不过是手段、借口、策略。因为她们要抬高自己，要当"自在的女人"，当"高等的女人"，当"理想主义的"女人，所以她们就降低了女人的一般等级——水平。为此，没有比文科中学式的教育、长裤汉和让政治畜生投票选举更便当的手段了。从根本上说，解放了的女人是"永恒女人"世界的无政府主义者，是败类，她们最低下的本能就是复仇……一整套恶毒阴险到极点的"理想主义"的种类——这种"理想主义"有时也表现在男人身上，例如，在易卜生这个典型的老处女那里——理想主义的目的就在于毒害良知，毒害性爱的天然性……为了不让别人怀疑我在这方面既正派又严肃的信念，我还想从我反恶习道德法典中选出如下信条告诉你们：我用恶习一词向任何种类的、违背自然的行为开战。或者，——假如你们喜欢文雅字眼的话——，向理想主义开战。这一信条说："宣扬贞洁就是公开煽动违背自然的行为。任何对性生活的蔑视，任何用'不贞洁'这个概念玷污性生活，都是对生命的犯罪——都是违背生命这个神圣精神的重大罪行。"❶

从这段话不难看出，尼采不仅相当狂傲，而且其女性观也是相当

❶ （德）尼采．看哪这人！［M］//权力意志．张念东，凌素心，译．北京：商务印书馆，1998：47－49.

偏激的。首先，他将“失身的”“解放了的”即追求女性独立与解放的、“不能生育的”即缺乏生育能力的女人，全都排除在外，不算作女人之列。这显然毫无道理可言。其次，尼采对女人的品质特征的概括也是毫无道理可言。他称女人们为“危险的、鬼鬼祟祟的、潜行的小小食肉动物”，她们虽然“远比男人聪明”，但“不知要比男人邪恶多少倍”“女人身上的善早就是蜕化的一种形式”，她们“倾心报复”，甚至不惜“冲撞命运本身”。这些关于女性的形体、行为和性格等方面的定性和定位，充满着对女性的极端鄙视和歧视。再次，尼采在此基础上阐述的男女两性关系的实质与爱情观，也是让人大跌眼镜的。他认为男女两性之间关系的“天性”或实质就是“战争”，而且就面前的情况来看，“女人占据了第一把交椅”。为此，尼采以哲学家的眼界给爱情下了一个定义：“爱情之法就是战争，基础就是两性之间不共戴天的仇恨。”如何才能解救或者“拯救”女人呢？尼采开出的药方是：“让她生一个孩子。”理由是：“女人离不了孩子，而女人总不过是工具。”也就是说，女人天生是生育和哺育孩子的高等动物。最后，也是最重要的，尼采特别仇视争取自身权利和解放的女性及其言行。他认为“争取平等权的斗争简直就是一种病症”“女人味道浓时，就愈是疯狂反对一切权利”。尼采认为追求“女人的解放”的言行是“有缺陷的即不孕女人仇恨健全者的本能”“反对‘男人’的战争总不过是手段、借口、策略”。在尼采看来，女性追求解放的真正目的，无非是“要抬高自己”，要当“自在的女人”“高等的女人”和“理想主义的”女人，而这种所谓“解放了”的女人恰恰“是‘永恒女人’世界的无政府主义者，是败类”，因为“她们最低下的本能就是复仇”，她们秉持“一整套恶毒阴险到极点的‘理想主义’”，而这种理想主义的目的“就在于毒害良知，毒害性爱的天然性”。

尼采正是在谈及追求“女人的解放”的女权主义者秉持“恶毒阴险到极点的‘理想主义’”时提到易卜生的。他痛斥易卜生为“典型的老处女”，其用意在于讥讽支持甚至倡导妇女解放的易卜生对天然性爱的无知，讥讽易卜生“毒害良知，毒害性爱的天然性”。其实正是在这个问题上，易卜生是有所纠结的。他生活在 19 世纪中后期，此时英、法等西欧国家兴起了第一次女权主义运动，北欧社会步其后尘，也出现了女权主义思想和运动。易卜生纠结的是什么呢？一方面，他婉言谢绝了1892年世界女权主义者大会组织者对他的邀请，声称自己不是女权主义的鼓吹者，甚至连同情者都不是；但另一方面，易卜生又同本国的女权主义理论家和运动领袖卡米拉·科莱特以及奥斯塔·汉斯泰均有交往，并坦诚受到了她们的影响。如在给前者的信中，易卜生明确承认："您开始通过您的精神生活道路，以某种形式进入我的作品。"尼采如果知道这些事实，是不是会收回对易卜生的负面评价呢？

尼采主张男女本性有别，绝不平等，也就是所谓性爱的天然性。他在主要代表作《查拉图斯特拉如是说》的《年老的和年轻的女人》一节里，让查拉图斯特拉跟年老的女人讨论女人的问题。在老女人的请求之下，古波斯拜火教的先知查拉图斯特拉抛出了自己思考已久的关于男女两性的特质和责任的长篇大论：

关于女人的一切都是一个谜，关于女人的一切只有一个解答：它叫做怀孕。

对于女人，男人是一种手段：目的总是小孩。可是女人对男人却是什么呢？

真正的男人想要的有两样：危险和游戏。因此，他想要女人，作为最危险的玩具。

男人，应当培养他去打仗，女人，应当培养她供战士娱乐：其余一切都是愚蠢。

太甜的果子——战士不喜欢。因此，他喜欢女人；最甜的女人也还是苦的。

女人比男人更了解孩子，可是男人比女人更有孩子气。

在真正的男人的身心里藏着一个孩子：他想要游戏。来，你们妇女们，去发现男人身心里的孩子吧！

让女人做个玩具吧，又纯洁，又精美，就像一颗闪烁着一个尚未存在的世界的道德之光芒的宝石。

让一颗星的光芒闪耀在你们的爱情之中！让你们的希望是："但愿我生出超人！"

让你们的爱情中有勇敢！你们应当用你们的爱去袭击使你们感到恐惧的男人。

让你们的荣誉就在你们的爱情之中！女人一般不大懂得荣誉。可是让这点成为你们的荣誉：永远去爱，超过你们被爱的程度，决不后人。

当女人在爱时，让男人怕她：因为此时她献上一切牺牲，其他任何一切，她都觉得毫无价值。

当女人恨时，让男人怕她：因为在男人的灵魂深处只有罪恶，而女人的那里则是卑劣。

女人最恨的是什么人？——铁对磁石这样说："我最恨你，因为你吸引我，但是你的吸力不够强，吸不住我。"

男人的幸福是：我想要。女人的幸福是：他想要。

"瞧，现在世界简直变得完美了！"——当女人出于完全的爱心而听从时，任何一个都这样想。

女人必须听从，为她的表面寻求深度。女人的感情是表面的，是浅水上面易变的波动的一层薄膜。

男人的感情却是深刻的，他的奔流在地下洞穴中哗哗作响：女人隐约感到他的力量，但并不理解它。[1]

在听完查拉图斯特拉关于男女性别差异的宣讲之后，那位年老的女人觉得："查拉图斯特拉说了许多恭维话，特别对那些非常年轻的女人是中听的。"大概她觉得对方对女性过于温和、客气，便决定"献上一个小小的真理作为回报"，这个"小小的真理"就是尼采那句流传极广的标志性名言："你到女人那里去？别忘带你的鞭子！"[2] 意思是，即使在恋爱的过程中，女人也只相信强力甚至暴力（以鞭子为代表），也只愿意被征服，而不希望被平等、友好地对待。颇有深意的是，这句令人瞠目结舌的、让尼采饱受诟病的名言竟然是通过同样也是女性

[1] （德）尼采．查拉图斯特拉如是说［M］．钱春绮，译．北京：生活·读书·新知三联书店，2007：70－71.

[2] （德）尼采．查拉图斯特拉如是说［M］．钱春绮，译．北京：生活·读书·新知三联书店，2007：71－72.

的老妇人之口宣扬的！年老女人所说的“女人”仅仅指“年轻的女人”。因此，年老女人宣讲的“小小的真理”似乎更多的是显示女性同性之间的相斥和妒忌。

毫无疑问，这段长篇大论是尼采假托查拉图斯特拉之口传达的两性观尤其是女性观。这段文字就男女两性的特点、追求、责任以及爱情婚姻观，做了通盘的陈述，揭示了男女两性在这些方面的巨大差异。同时也不难看出，通篇流露出查拉图斯特拉（尼采）对女性的歧视、轻视甚至蔑视。

易卜生在《玩偶之家》等作品中让女性主人公娜拉等不仅醒悟到自己作为女性在家庭和社会中的屈辱地位，而且毅然反抗夫权、质疑宗教和法律，敢于争取属于自己的权利，实际上是破坏了尼采所主张的男女本性有别、绝不平等的“性爱的天然性”，所以为尼采所不悦。

在上引出自《看哪这人！》的那段文字中，尼采还宣称自己的女性观是一种“既正派又严肃的信念”，并且一本正经地引经据典，从自己的“反恶习道德法典”中选出如下信条向“违背自然的行为”即“理想主义”开战，这一信条说：“宣扬贞洁就是公开煽动违背自然的行为。任何对性生活的蔑视，任何用‘不贞洁’这个概念玷污性生活，都是对生命的犯罪——都是违背生命这个神圣精神的重大罪行。”从这一信条看出，尼采并不反对正常的男女性本能与性生活。不过，这段话更重要的一点是，在尼采看来，女权主义者或女性主义者及其支持者易卜生正是自己开战的对象。

2. 尼采的诗人散文家论

据统计，尼采创作过三百多首诗，本身就是一个诗人。也许正因为如此，他对诗人及其诗作的关注，不仅在数量方面超过戏剧家、小说家，是最多的，而且其评论往往能够一针见血，深得个中真谛。同时，因为尼采认为诗歌和随笔体、格言体、对话体的散文联系紧密，而且他本人就是使用随笔体、对话体和格言体写作的高手，所以本书将尼采对散文家及其创作的评论和他对诗人及其创作的评论放在一起来讨论。

2.1 尼采的诗与诗人通论

尼采对诗歌的起源与本质以及诗人的特质做过全面而深入的探讨。

先看看尼采论诗的情况。

尼采在《快乐的科学》中专门设置“论诗的起源”一节（第 84 节）讨论诗歌的起源与特质问题。鉴于这段文字内容的丰富与重要，兹将全文摘抄如下：

> 凡是喜爱对人做种种猜想并且拥护本能道德理论的人会做如下的推理：“假如人们一直把功利当成最高的神圣事业加以推崇，那么，诗歌从何产生呢？——这诗化的语言所表达的意义有些暧昧，好像是在对世间过去和现在一以贯之的功利进行嘲讽！有粗犷之美的非理性诗歌在反驳你们这些功利主义者！诗歌恰恰要摆脱功利，正是这个提升了人，激励人恪守道德，从事艺术！”
>
> 我在此要为功利主义者美言几句了，他们鲜有获得人们怜恤的权利！在产生诗歌的古代，人们就看中了诗歌的功用，那异乎寻常的大功用：那时，当人们让韵律进入言语，强行对句子成分

做重新安排，赋予思想以新的色彩，并使其变得晦涩、怪异、疏离，这自然就形成了一种迷信的功利了！人们发现，记住一首诗比记住即席的演说容易，于是便借助韵律把人的热切心愿深深地烙铸在上帝的心版上；同时，人们觉得通过韵律节奏可以让更远的人听见自己的声音；有节奏地祈祷似乎能使上帝听得更为真切。人们首先企望获得的功用就是听音乐时所体验的那种被音乐彻底征服的功用。韵律是一种强制，它迫使人产生不可遏制的乐趣，一种协和的乐趣；非但脚步，而且心灵而紧随节奏；人们也一定推想，上帝的心灵也是紧随节奏的！所以，他们试图用韵律去征服上帝的心灵，对其施加强力，献上一首诗就是给上帝抛出一个魅力圈套。

关于诗的起源，还有一种奇妙的想象，也许是最有力的想象吧。在毕达哥拉斯学派看来，这想象便是哲理和教育的手段。远在产生哲学之前，人们就承认音乐净化灵魂、化戾气为祥和的作用，对音乐旋律推崇备至。当一个人失去心灵和谐，就得随歌手的节拍起舞，此即为音乐疗法。用此疗法，特潘德（Terpander，七弦古琴的发明者，古希腊琴师——译者）平息内心骚动，恩培多克勒（古希腊哲学家——译者）使狂躁者安宁，达蒙（古希腊音乐理论家——译者）使患相思病的少年心灵净化。人们甚至认为，疯狂渴望复仇的诸神也可以接受治疗哩。人们首先将此疗法推向极至，就是让狂躁者发疯，让渴望复仇者醉心于复仇——所有狂放的宗教祭礼都要突然释放一种神圣的疯狂，然后，这疯狂重新转为自由自在、使人复归安宁。Melos［旋律］究其根本就是一种镇静剂，这是旋律的效果使然。在远古时代，无论是宗教祭礼歌曲还是世俗歌曲，其先决条件是必须具备那魔幻般感染力的旋律。比如，在汲水和划船的时候，歌曲就使人性中此刻活动着的恶魔成分陶醉，使其顺从、甘受约束而变成人的工具。人只要一活动，就产生歌唱的动因，而每次活动又都与圣灵的帮助有关。所以，妖术歌曲和咒语似乎就是诗歌的原始形态了。当诗歌也被用在神谕宣示所的时候——希腊人说，六音步诗产生于特尔菲

(Telphi，古希腊城名，以阿波罗神殿和神谕宣示所闻名——译者）——韵律也就具有强制性的感化力了。用韵律宣告神谕就意味着用韵律决定某种事情。人们相信，只要争取到阿波罗神，就可以征服未来。按照古人的理念，阿波罗神是有预见的神明。这一宗教信条字字句句均以旋律宣布，于是它就缚住了未来。这信条是阿波罗发明的，所以作为韵律之神的阿波罗也就能制约命运女神了。

从总体上观察和研究，究竟还有什么东西比韵律对古代迷信的人们更有用呢？没有了。有了韵律，人简直就无所不能：借助魔力推动工作；迫使神在身边出现、滞留，并言听计从；按己意安排未来；卸除心灵上过重的负荷（恐惧、狂躁、同情和复仇等），不仅是自己，而且还包括人性中穷凶极恶的恶魔成分。没有诗，人就什么也不是；有了诗，人就几乎成了上帝。这一基本情感是再也不可灭绝了。

在与这类迷信斗争数千年后，我们队伍中一些聪明绝顶的智者有时仍不免沦为旋律的傻瓜，尽管他们感觉到某种思想比它的旋律形式更真实。一直也有那么一些严肃的哲学家，平时言之凿凿地援引诗人的箴言，以加强自己思想的力量和可信度，这难道不是十分可笑的事情吗？对真理而言，诗人赞同它比否定它更危险！因为正如荷马所说："吟唱的诗人，弥天的谎言。"❶

尼采在这段文字里与其说是讨论诗歌的起源，不如说是在反驳关于诗歌起源的种种看法，从而从侧面表明自己关于诗歌的观点。首先，针对有人认为诗歌起源于非功利冲动与活动的看法，尼采明确认为诗歌起源于人类的功利诉求。当有人故作高雅地认为"诗化的语言"是"对世间过去和现在一以贯之的功利进行嘲讽"，"非理性诗歌"旨在反驳"功利主义者"，并认定"诗歌恰恰要摆脱功利"之时，尼采则旗帜鲜明地"要为功利主义者美言几句"。尼采发现，"在产生诗歌的

---

❶ （德）尼采．快乐的科学［M］．黄明嘉，译．上海．华东师范大学出版社，2007：154－158：

古代，人们就看中了诗歌的功用，那异乎寻常的大功用”，因为诗歌的特点是“让韵律进入言语，强行对句子成分做重新安排，赋予思想以新的色彩”“这自然就形成了一种迷信的功利”。尼采随后大谈特谈韵律的功用与重要性。作为诗歌之魂的韵律，“它迫使人产生不可遏制的乐趣，一种协和的乐趣”，这种协和就在于“非但脚步，而且心灵而紧随节奏”。人们发现，有了韵律，不仅“记住一首诗比记住即席的演说容易”，而且“通过韵律节奏可以让更远的人听见自己的声音”。由于相信可以“借助韵律把人的热切心愿深深地烙铸在上帝的心版上”“有节奏的祈祷似乎能使上帝听得更为真切”，人们甚至“试图用韵律去征服上帝的心灵，对其施加强力”，如此一来，“献上一首诗就是给上帝抛出一个魅力圈套”。

其次，尼采认为诗歌起源于音乐。他认为，“妖术歌曲和咒语似乎就是诗歌的原始形态”，因此诗歌便成了“哲理和教育的手段”。远古时代的人们就“承认音乐净化灵魂、化戾气为祥和的作用，对音乐旋律推崇备至”，并称之为音乐疗法，人神皆宜，这表明音乐的旋律“究其根本就是一种镇静剂”。当具有韵律的诗歌被用在神谕宣示所的时候，“韵律也就具有强制性的感化力”“用韵律宣告神谕就意味着用韵律决定某种事情”。人们由此形成了所谓的对韵律和诗歌的宗教般的迷信态度：“有了韵律，人简直就无所不能”“没有诗，人就什么也不是；有了诗，人就几乎成了上帝”。尼采对这类迷信是持怀疑态度的，他嘲讽那些“沦为旋律的傻瓜”的智者和哲学家们，“尽管他们感觉到某种思想比它的旋律形式更真实”，但依然热衷于“援引诗人的箴言，以加强自己思想的力量和可信度”，而事实上，“对真理而言，诗人赞同它比否定它更危险！因为正如荷马所说：‘吟唱的诗人，弥天的谎言。’”。也就是说，诗人的特质就是撒谎、虚构，凡是赢得诗人赞同的“真理”是否真是真理，当然是值得商榷的，反倒是被诗人们否定的“真理”则一定是真理。

最后，尼采非常看重抒情诗。他把抒情诗看作酒神艺术，但他不同意将日神艺术视为客观艺术、将酒神艺术视为主观艺术的观点，因此认为：抒情诗人决不等同于主观艺术家，而现代美学家所谓抒情诗

人的“主观性”只是一个错觉。尼采曾经引述叔本华《作为意志和表象的世界》一书中的这段话：“在抒情诗和抒情心境中，愿望（个人的目的、兴趣）与对眼前景物的纯粹静观彼此奇特地混合。……主观的情绪和意志的激动给所观照的景物染上自己的色彩，反过来自己也染上了景物的色彩。真正的抒情诗就是这整个既混合又分离的心境的印迹。”然后评价道：

> 我们宁可主张，叔本华依然用来当做价值尺度并据以划分艺术的那个对立，即主观艺术与客观艺术的对立，在美学中是根本不适用的。在这里，主体，即愿望着的和追求着一己目的个人，只能看做艺术的敌人，不能看做艺术的泉源。但是，在下述意义上艺术家是主体：他已经摆脱他个人的意志，好像变成了中介，通过这中介，一个真正的主体庆祝自己在外观中获得解脱。……对于艺术世界的真正创造者来说，我们已是图画和艺术投影，我们的最高尊严就在作为艺术作品的价值之中。……只有当天才在艺术创作活动中同这位世界原始艺术家互相融合，他对艺术的永恒本质才略有所知。在这种状态中，……他既是主体，又是客体，既是诗人和演员，又是观众。❶

这段话非常明确地指出了主观艺术与客观艺术的有机统一性，两者是不可能截然分开的，因此也就没有所谓的主观艺术与客观艺术，没有所谓的主观艺术家和客观艺术家。真正的艺术家是没有“主体”即仅仅“愿望着的和追求着一己目的个人”可言的，他必须“摆脱他个人的意志”，与“世界原始艺术家互相融合”，成为“既是主体，又是客体，既是诗人和演员，又是观众”的双重身份的人，才能够真正理解何为艺术，即“艺术的永恒本质”。

尼采十分赞赏德国诗人、美学家席勒关于诗歌创作活动的看法。后者认为，诗歌创作的预备状态，不是眼前或者心中有了一系列用思维条理化了的形象，而是一种音乐情绪。尼采指出：

---

❶ （德）尼采．悲剧的诞生：尼采美学文选（修订本）［M］．周国平，译．太原：北岳文艺出版社，2004：20－21.

> 关于直接的创作过程，席勒用一个他自己也不清楚的、但无疑是光辉的心理观察向我们做了阐明。他承认，诗创作活动的预备状态，决不是眼前或心中有了一系列用思维条理化了的形象，而毋宁说是一种音乐情绪（“感觉在我身上一开始并无明白确定的对象；这是后来才形成的。第一种音乐情绪掠过了，随后我头脑里才有诗的意象”）。我们再补充指出全部古代抒情诗的一种最重要的现象：无论何处，抒情诗人与乐师都自然而然地相结合，甚至成为一体。相形之下，现代抒情诗好像是无头神像。现在，我们就能根据前面阐明的审美形而上学，用下述方式解释抒情诗人。首先，作为酒神艺术家，他（指音乐家——引者）完全同太一及其痛苦和冲突打成一片，制作太一的摹本即音乐……在日神的召梦作用下，音乐在譬喻性的梦像中，对于他重新变得可以看见了。原始痛苦在音乐中的无形象无概念的再现，现在靠着它在外观中的解脱，产生一个第二映像，成了别的譬喻或例证。艺术家在酒神过程中业已放弃他的主观性。现在，向他表明他同世界心灵相统一的那幅图画是一个梦境，它把原始冲突、原始痛苦以及外观的原始快乐都变成可感知的了。抒情诗人的“自我”就这样从存在的深渊里呼叫；现代美学家所谓抒情诗人的“主观性”只是一个错觉。❶

抒情诗人作为酒神艺术家，完全同太一及其痛苦、冲突打成一片，抒情诗人的创作是要通过音乐情绪将原始痛苦表现出来。抒情诗人同音乐家的不同之处是，后者完全不需要运用形象，而是原始痛苦本身及其原始的回响，而前者则需要在某种程度上借助形象来表达太一及其痛苦、冲突。不过，抒情诗人的形象又完全不同于作为日神艺术家的雕塑家和史诗诗人的形象，雕塑家和史诗诗人靠着外观的镜子防止了与他们所塑造和刻画的形象融为一体。对雕塑家和史诗诗人来说，“发怒的阿喀琉斯的形象只是一个形象，他们怀着对外观的梦的喜悦享

❶（德）尼采．悲剧的诞生：尼采美学文选（修订本）［M］．周国平，译．太原：北岳文艺出版社，2004：17－18.

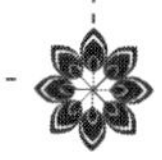

受其发怒的表情”[1]。雕塑家和史诗诗人的个体化世界并没有解体，并没有与自己雕塑或刻画的形象融为一体。而抒情诗人的形象则是抒情诗人自己，“它们似乎是他本人的形形色色的客观化，所以，可以说他是那个‘自我’世界的移动着的中心点。不过，这自我不是清醒的、经验现实的人的自我，而是根本上唯一真正存在的、永恒的、立足于万物之基础的自我”[2]。换言之，抒情诗人的形象是个体化原理瓦解后的“唯一真正存在的、永恒的、立足于万物之基础的自我”，因而抒情诗人也不是绝对的主观艺术家。

尼采以古希腊抒情诗人阿尔基洛科斯为例加以说明。他指出：“这个热情燃烧着、爱着和恨着的人，只是创造力的一个幻影，此时此刻他已不再是阿尔基洛科斯，而是世界创造力借阿尔基洛科斯其人象征地说出自己的原始痛苦。”[3] 值得一提的是，尼采此处所说的“世界创造力”不是柏拉图所说的神，所以同柏拉图所谓诗人在迷狂状态中凭附神灵之说完全不一样。尼采所说的“世界创造力”实际上就是他后来所说的强力意志。强力意志在整个世界上无处不在，是世界生成变化的原动力，在有机物和无机物中同样存在，只是在生命体中更为明显地呈现出求丰富、求扩张、求变化的倾向。这种倾向在人的身上表现得尤为突出，艺术家则是最高强力意志的体现。

但是，从总体上看，世界包含了包括艺术家在内的一切强力意志，相对于艺术家来说，世界是一位原始艺术家，作为个体的艺术家，他必须放弃其主观性，同世界这位原始艺术家融为一体，才能成为真正的艺术家。正如尼采所言：“只有当天才在艺术创作活动中同这位世界原始艺术家互相融合，他对艺术的永恒本质才略有所知。……这时，他既是主体，又是客体，既是诗人和演员，又是观众。”说艺术家是客体，是因为其已经摆脱自己个体的意志，好像变成了中介；说艺术家

---

[1] （德）尼采．悲剧的诞生：尼采美学文选［M］．周国平，译．北京：生活·读书·新知三联书店，1986：19.

[2] （德）尼采．悲剧的诞生：尼采美学文选［M］．周国平，译．北京：生活·读书·新知三联书店，1986：19.

[3] （德）尼采．悲剧的诞生：尼采美学文选［M］．周国平，译．北京：生活·读书·新知三联书店，1986：19.

是主体，是因为通过这中介，一个真正的主体庆祝自己在外观中得到了解脱，这个真正的主体即是强力意志，对艺术家来说，就是强力意志通过作为审美状态的醉而显形。

尼采用抒情诗的原始形式民歌来说明诗和音乐的关系。他说："民歌首先是音乐的世界镜子，是原始的旋律，这旋律现在为自己找到了对应的梦境，将它表现为诗歌。因此，旋律是第一和普遍的东西，从而能在多种歌词中承受多种客观化……旋律从自身中产生诗歌，并且不断地重新产生诗歌。"❶ 尼采把民歌丰产的原因之一归之于受到酒神洪流最强烈的刺激，他把酒神洪流视为民歌的深层基础和先决条件，而这种酒神洪流就是音乐的旋律。民歌之所以声势浩大地流行于一切民族，并且不断新生，日益加强，就因为它是日神和酒神相结合的永久痕迹。它是以有形模仿无形，以形象模仿本质。

尼采认为，史诗和抒情诗的区别在于，前者用语言模仿现象世界和形象世界，后者用语言模仿音乐世界。在尼采看来，诗与音乐、词与声音之间唯一可能的关系是，词、形象、概念寻求一种同音乐相似的表达方式，最终折服于音乐的威力。诗折服于音乐是诗的必然发展过程，史诗试图用语言来模仿现象世界和形象世界，这是诗同音乐关系中的离心力的一面，但是向心力的一面必然导致它最终折服于音乐的威力。抒情诗由于折服于音乐的威力而获得音乐那种包容一切的表现力，而不仅仅停留在事物的表面。从这个意义上讲，在艺术世界中，抒情诗比史诗居于更高的层次。

对于抒情诗来说，它虽然丝毫不能说出音乐在最高一般性和普遍有效性中未曾说出的东西，但是它却要用日神譬喻对音乐做出图解，也就是将音乐这种纯酒神艺术裹上日神譬喻的外观。当抒情诗人在音乐情绪中回观自己时，"他自己的形象就出现在一种未得满足的情感状态中，他自己的意愿、渴念、呻吟、欢呼都成了他借以向自己解释音乐的一种譬喻。这就是抒情诗人的现象；作为日神的天才，他用意志

❶ （德）尼采．悲剧的诞生：尼采美学文选［M］．周国平，译．北京：生活·读书·新知三联书店，1986：22.

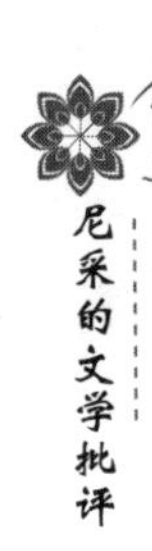

的形象解释音乐，而他自己却完全摆脱了意志的欲求，是纤尘不染的金睛火眼”[1]。抒情诗人借助音乐的力量而实现的火眼金睛，他所达到的日神和酒神结合的能力，使抒情诗人的现象有条件成为悲剧起源的基础。

再看看尼采通论诗人的情况。

非常醒目的是，尼采几乎赋予诗人以先知甚至上帝一般的地位，之所以如此，尼采认为全在于讲求韵律的诗歌具有独一无二的、重大的功能，能够熟练创作讲求韵律的诗歌的诗人因而具有崇高的地位。正如前引尼采《快乐的科学》的“论诗的起源”一节所言：“人们发现，记住一首诗比记住即席的演说容易，于是便借助韵律把人的热切心愿深深地烙铸在上帝的心版上；同时，人们觉得通过韵律节奏可以让更远的人听见自己的声音；有节奏的祈祷似乎能使上帝听得更为真切。”“没有诗，人就什么也不是；有了诗，人就几乎成了上帝。”

尼采根据并引用法国诗人、文艺批评家波德莱尔的《遗稿及未刊书信集》(1887) 中的原话，指出现实生活中的诗人乃是伟人和斗士。他认同波德莱尔的如下说法：“人类中伟大者惟有诗人、教士和战士：歌唱者、赐福者以及牺牲和自我牺牲者。其余的人都只是为吃鞭子而生的……”[2]“只有三种可尊敬的人物：教士、战士和诗人。认识、杀戮和创造。其他人听任剥削压榨，注定当牛作马，也就是从事人们说的各种职业。”[3]毋庸讳言，尼采这种个性化和极端化的说法是值得商榷的。尼采进而指出作为伟人的诗人，必须要有一种反抗传统和潮流的攻击力：“伟人为了生存就必须具有一种攻击力，一种比千百万个体发展起来的抵抗力更大的攻击力。”[4]尼采这里强调的，是诗人要有非凡的强力意志，具有高于众人和传统的反叛精神和超越精神，是集伟人、战士和先知于一身的杰出之士。

---

[1] (德) 尼采. 悲剧的诞生：尼采美学文选 [M]. 周国平，译. 北京：生活·读书·新知三联书店，1986：24.

[2] (德) 尼采. 权力意志（下卷）[M]. 孙周兴，译. 北京：商务印书馆，2007：757.

[3] (德) 尼采. 权力意志（下卷）[M]. 孙周兴，译. 北京：商务印书馆，2007：765.

[4] (德) 尼采. 权力意志（下卷）[M]. 孙周兴，译. 北京：商务印书馆，2007：759.

但尼采对诗人的看法又有复杂的一面。他的《查拉图斯特拉如是说》中有一章题名《诗人》，集中阐述了他对诗人的定位和态度。尼采对诗人的总体看法是："诗人们说谎太多。"[1] 诗人们为什么会撒谎呢？尼采假借查拉图斯特拉这个诗人之口承认："我们知道的也太少，学得不够：所以我们必须撒谎。在我们诗人当中，有谁没有给他的葡萄酒掺假？在我们的地窖里制造了好多有毒的混杂物，在那里干了好多难以名状的事。因为我们知道的很少，所以我们衷心喜欢精神贫乏的人，特别是年轻的妇女。我们甚至想要倾听那些年老的妇女们在晚间互相讲述的事情。在我们中间称之为'永恒的女性'。好像有一条通往知识的特殊的秘密通道，但对于学会了一点点的人，这条通道是阻塞住了：因此我们相信群众和他们的'智慧'。"[2] 尼采认为诗人之所以撒谎，或者说之所以给葡萄酒掺假、制造有毒混杂物，只是因为知道得太少，肚腹空空。尼采再次暴露他对女性的歧视，毫不隐晦地指出，诗人因为撒谎而无知，所以衷心喜欢精神贫乏的人尤其是年轻的妇女，此外，他们还特别喜欢庸众。

尼采在此基础上分析了诗人的几个主要特点。首先，诗人常常自作多情。尼采说："一切诗人都相信：谁要是躺在草地里或是偏僻的山坡旁竖起耳朵倾听，他就会听到天地之间的一些事情。如果他们碰上温馨的感情冲动，他们就老是认为，大自然本身爱上他们了。大自然悄悄偎近他们的耳边，向他们讲些秘密的事情和情意绵绵的恭维话，他们就以此向一切凡人自鸣得意，自吹自擂！"[3] 其次，诗人常常爱做梦，喜欢幻想。尼采指出："天地之间有许多事情，只有诗人们才梦想到的啊！尤其是在天上：因为一切神都是诗人的比喻，诗人的骗局！确实，我们总是被接引上升——也就是说，升上白云之国：我们在白

---

[1] （德）尼采．查拉图斯特拉如是说［M］．钱春绮，译．北京：生活·读书·新知三联书店，2007：144.

[2] （德）尼采．查拉图斯特拉如是说［M］．钱春绮，译．北京：生活·读书·新知三联书店，2007：144－145.

[3] （德）尼采．查拉图斯特拉如是说［M］．钱春绮，译．北京：生活·读书·新知三联书店，2007：145.

云上面安置我们的形形色色的玩偶，随后把他们称为神和超人。”[1]

尼采非常明确地表达自己对诗人的厌倦之情。至于厌倦诗人的原因，有这么几个方面：第一，在于诗人的肤浅和单薄。尼采说：“我厌倦了诗人，包括老的诗人和新的诗人：在我看来，他们全都是肤浅的，全是浅海。他们所想的不够深：因此，他们的感情没有沉到底。一点点情欲，一点点无聊：这就是他们力所能及的深思熟虑。他们弹奏出的竖琴声音，在我听来，全都是幽灵的气息和叽叽喳喳；迄今为止，他们懂得什么音的热情！”[2] 第二，在于诗人的保守、中庸立场与故作高深的做派。尼采这样评价诗人：“在我看来，他们也不够干净：他们把他们的水全都搅浑，让它看起来好像很深。他们就这样爱把自己装成调停者：可是在我看来，他们始终是中间人和搅和者，半吊子和不洁者！”[3] 尼采眼中的诗人常常保守传统，顽固如石头。他借查拉图斯特拉之口说道：“我确实曾把我的网投进他们的海里，要捉些好鱼，可是我拉上来的总是一个古老的神的头。因此，大海给予饥饿者的是一块石头。诗人自己也许是从大海里出生的。确实，人们在诗人身上找到珍珠；这样，诗人自己也就更像是坚硬的甲壳类了。我常在他们身体里发现含盐的黏液而没有灵魂。”[4] 此处“古老的神的头”比喻陈腐过时的理想和信仰的碎片。第三，在于诗人身上泛滥成灾的虚荣心。尼采痛心地发现：“他们（指诗人们——引者）也从大海那里学到虚荣心：大海不是孔雀中的孔雀么？大海甚至会对最丑的水牛开屏，它张开银丝和丝线织成的投孔扇子，从不知道疲倦。美、大海、孔雀的装饰，对于水牛，算是什么呢！我对诗人们讲这个比喻。确实，诗人的精神本身就是孔雀中的孔雀和虚荣的大海！诗人的精神想要有观众：

---

[1] （德）尼采．查拉图斯特拉如是说［M］．钱春绮，译．北京：生活·读书·新知三联书店，2007：144.

[2] （德）尼采．查拉图斯特拉如是说［M］．钱春绮，译．北京：生活·读书·新知三联书店，2007：146.

[3] （德）尼采．查拉图斯特拉如是说［M］．钱春绮，译．北京：生活·读书·新知三联书店，2007：146.

[4] （德）尼采．查拉图斯特拉如是说［M］．钱春绮，译．北京：生活·读书·新知三联书店，2007：146－147.

哪怕观众是水牛也行！”❶ 这里的水牛，比喻反应迟钝并缺乏真正的兴趣和热情的观众。但即使面对蠢笨如牛的观众，诗人还不忘记搔首弄姿，学孔雀开屏，以获取对方施舍般的好感。

尼采希望诗人们能够早日觉醒，认识到自身的种种缺陷。他理想中的诗人是厌倦虚荣心的，对外部观众的关注和渴望已经被诗人们克制，用尼采的话来说就是：“诗人们在改变，他们把眼光转向自己。我看到精神的苦行僧来了：从诗人中成长起来的精神的苦行僧。”❷ 什么是“把眼光转向自己”呢？尼采晚年未刊遗稿中有一段话从反面对此做出了明确的解释：“当艺术家不再对自身有敬畏之心时，他们就开始赏识和高估自己的作品了。他们对荣誉的强烈要求常常掩盖了一个可悲的奥秘。//作品并不属于他们的规则，他们把作品感受为自己的特权。//也许他们也想要他们的作品为自己说情，也许是其他人使他们弄错了自己。最后，也许他们想要自身之中的噪声，为的是不再‘听到’自身。”❸ 换言之，观照自己的内心世界，坚定自己的意志，“把作品感受为自己的特权”，这才是作为诗人的尼采给予诗人的厚望。唯有这样，诗人才能向着更高的境界迈进，成为更高的诗人。

尼采认为诗人像古代的女巫一样，是以散布谎言为乐的行骗者。他宣称：“我们的吟游诗人以及欺诈葬礼上的人们——他们是女巫的近亲，他们有自己的山头。”❹ 在收录于《快乐的科学》的《诗人的虚荣》一诗中，尼采用以毒攻毒的方式调侃诗人写诗的过程就是一个随意拼接的过程：“只给我粘胶即可，/我自己能找到木块粘合；/赋予四行荒诞韵诗以意义，/——实在不值得丝毫得意！”❺ 而在《快乐的科学》第222节“诗人与说谎者”中，尼采又称诗人与说谎者是同母兄弟，只不过诗人比说谎者更为强势：“诗人视说谎者为同母哺育的兄

❶ （德）尼采．查拉图斯特拉如是说［M］．钱春绮，译．北京：生活·读书·新知三联书店，2007：147.

❷ （德）尼采．查拉图斯特拉如是说［M］．钱春绮，译．北京：生活·读书·新知三联书店，2007：147.

❸ （德）尼采．权力意志（上卷）［M］．孙周兴，译．北京：商务印书馆，2007：43－44.

❹ （德）尼采．权力意志（上卷）［M］．孙周兴，译．北京：商务印书馆，2007：50－51.

❺ （德）尼采．快乐的科学［M］．黄明嘉，译．上海：华东师范大学出版社，2007：66.

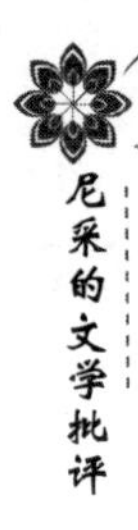

弟，诗人把兄弟的那份奶吃掉了，所以这兄弟一直很虚弱，而且一直没有良心。”❶ 也就是说，诗人在说谎方面比一般的说谎者更胜一筹。

尼采进一步暗示，诗人之所以说谎，是因为无能；诗人说谎的手段，则是利用想象。他在《快乐的科学》第 79 节“蹩脚的魅力”中写道：

> 我在此见到一位诗人，他同某些人一样，因自身的不完美反倒造成更强的魅力，比他用手写诗更强的魅力。是的，他的优势和声誉与其说得益于充沛之力，还不如说得益于他的无能。
>
> 他的作品从不把他想说的、他听见过的东西和盘托出，似乎，他对想象情有独钟，可又不是想象本身，而是心灵里对想象的极度渴望罢了。他竟然由渴望而获得了意欲获得的非凡辩才，进而利用辩才把他的听众提升，使其超越了他的作品，还给听众安上羽翼，让他们飞得比任何时候都要高远。❷

在尼采看来，具有反讽意义的是，诗人的优势与声望不是“得益于充沛之力”，反而是“得益于他的无能”。诗人的独门绝技是想象，他“对想象情有独钟”，但他又缺乏真正的想象能力，只是拥有“心灵里对想象的极度渴望罢了”。同样具有讽刺意义的是，诗人由于对想象的渴望而“获得了意欲获得的非凡辩才”，因为这非凡的辩才，诗人提升了他的听众，“还给听众安上羽翼，让他们飞得比任何时候都要高远”。

尼采认为诗人常常故作天真或滥情：“且在这些诗人中，人们找到了以一种童真的方式嘶鸣的牡马。”❸ 尼采将诗人比喻为以“童真的方式嘶鸣”的牡马即雄马，既嘲讽诗人的故作天真、单纯，也突出他们的滥情与歇斯底里。他在《快乐的科学》一书的附录“‘自由鸟’王

---

❶ （德）尼采．快乐的科学［M］．黄明嘉，译．上海：华东师范大学出版社，2007：247－248.

❷ （德）尼采：快乐的科学［M］．黄明嘉，译．上海：华东师范大学出版社，2007：146－147.

❸ （德）尼采．权力意志（下卷）［M］．孙周兴，译．北京：商务印书馆，2007：693.

子之歌”第10首“Rimus remedium 或曰：病态诗人何以自慰”[1] 中，直接揭示诗人的病态。

尼采收录在《快乐的科学》一书的附录“‘自由鸟’王子之歌”中有一首诗，题名《诗人的天职》。该诗形象地描绘了诗人的特质。全诗如下：

前不久，我坐在浓荫匝地的树下
歇息、提神，
林中隐约传来敲击声，
轻轻地、娇柔地、节奏分明，
我心中不悦，满脸怒容，
最终还是让步，
犹如一位诗人
合着敲击声唱吟。

我唱吟，鸟儿跳跃，
伴着我的每个音韵，
我忍俊不禁，
开怀大笑一刻钟。
你是诗人？你是诗人？
难道你也满肚子坏主意？
——“是的，我的先生，您是诗人。”
啄木鸟耸耸肩，仿佛在把我嘲弄。

我究竟期待谁，在这丛林？
哪个窃贼值得我来伏击？
这是想象，抑或是判定？
蓦然，我的诗骑上强盗的后背

[1] （德）尼采．快乐的科学［M］．黄明嘉，译．上海：华东师范大学出版社，2007：409-410.

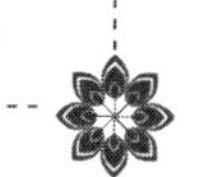

凡是意欲逃脱的，
诗人都将其追杀，化为浩然诗情。
——“是的，我的先生，您是诗人。”
啄木鸟耸耸肩，仿佛在把我嘲弄。

诗如箭吗？当它射中
蜥蜴的高贵部位，蜥蜴发抖、蹿跃、烦躁不宁！
噢，这些可怜汉中箭而死，
或者像醉汉踉跄一生！
——“是的，我的先生，您是诗人。”
啄木鸟耸耸肩，仿佛在把我嘲弄。

你真的嘲弄我吗，啄木鸟？
我是满肚子坏主意吗？
更坏的是我的良心？
担心我盛怒啊！
诗人把诗句织进盛怒、多么恶毒，且义愤填膺。
——“是的，我的先生，您是诗人。”
啄木鸟耸耸肩，仿佛在把我嘲弄。❶

诗歌以诗人“我”不确定的自述以及同啄木鸟的对话，来界定诗人的特质。啄木鸟在树林中敲击，“轻轻地、娇柔地、节奏分明”，尽管“我”起初“心中不悦，满脸怒容”，但最终还是“犹如一位诗人合着敲击声唱吟”。随着“我”的唱吟，“鸟儿跳跃，伴着我的每个音韵”。见此情景，“我”不由得高兴，“开怀大笑一刻钟”，并不无怀疑地自问：“你是诗人？你是诗人？难道你也满肚子坏主意？”这时啄木鸟过来嘲弄似地回答“我”：“是的，我的先生，您是诗人。”作为诗人，“我”的秘密武器是想象，凭借想象，“我的诗骑上强盗的后背”，

❶ (德) 尼采. 快乐的科学 [M]. 黄明嘉，译. 上海：华东师范大学出版社，2007: 400 - 401.

可以伏击一切“窃贼”，“凡是意欲逃脱的，诗人都将其追杀，化为浩然诗情”。“我”的诗歌如同箭矢，可以射中蜥蜴，让它们“发抖、蹿跃、烦躁不宁”，要么像“可怜汉中箭而死”，要么“像醉汉踉跄一生”。诗人“我”最后不打自招地反问啄木鸟：“我是满肚子坏主意吗？更坏的是我的良心?”在常规社会看来，诗人太容易不满、愤懑，似乎对社会和他人怀抱无尽的仇恨和恼怒，他们要发泄自己的痛苦、愤怒，甚至不惜中伤、误伤他人。诗人容易“盛怒”，并且在诗歌中织进“盛怒”，常常“多么恶毒，且义愤填膺”。这首诗可以算是尼采对“愤怒出诗人”这一说法的新解！

讨论完尼采对诗歌和诗人的看法，下面梳理尼采对西方一些诗人（只有极个别东方诗人）及其创作的评论。

2.2 古代诗人论

这里所说的古代包括传统意义上的上古和中古两个阶段。西方又称中古为中世纪。

尼采有时只是提及某些诗人或引用个别诗句。如晚年未刊遗稿第7[37]条中引用古罗马讽刺诗人卢齐利乌斯（G. Lucilius，约前180—前102）《闲谈集》中的一句诗“生命就是获得暴力”，并未展开分析。[1]对这类诗人和诗作，本书略而不谈。

另外要指出的一点是，尼采有时特别狂妄，根本看不起文学史家认为非常杰出的诗人。最典型的莫过于他在自传《看哪这人!》中对歌德、莎士比亚、但丁和古印度诗集《吠陀》的无名作者与编者表示出大为不屑的态度。他宣称自己的《查拉图斯特拉如是说》是“一本写给所有人的书，也是无人能读的书”，并说：“该书完全自成一体。不要去理会诗人们吧。因为，他们也许从来没有过来自力的充盈的作品。在这里，我的‘狄俄尼索斯’概念成了至高无上的伟业。用它来衡量涉及整个人类的其他事业，都显得贫乏和有限。我是说，在这种激情

[1] （德）尼采．权力意志（上卷）[M]．孙周兴，译．北京：商务印书馆，2007：354.

洋溢中和高山绝顶之上，歌德、莎士比亚可能会喘不过气来；但丁同查拉图斯特拉相比，不过是个皈依者而已，而且也不是首先创造真理的人，不是世界的统治者，不是生命——；编纂《吠陀经》的诗人们，是一帮教士，他们连给查拉图斯特拉脱鞋的资格都没有。”[1]

不过事实上，尼采对歌德、莎士比亚、但丁和古印度《吠陀》诗人都有过正面积极的评价，而且评价还很高。莎士比亚已经放在前面的戏剧家一章中讨论，歌德将在本章下面一节具体讨论，尼采对古印度诗集《吠陀》的讨论事实上极少。下面依次梳理和具体分析尼采对西方古代诗人的评价情况。

尼采谈论的古代诗人主要有 3 位，即古希腊的史诗诗人荷马、抒情诗人阿尔基洛科斯和中世纪意大利的叙事诗诗人但丁。

荷马（Homer）是古希腊双目失明的游吟诗人，大约生活在公元前 9 世纪至前 8 世纪。相传记述公元前 12—前 11 世纪特洛伊战争及后续海上冒险故事的古希腊史诗《伊利亚特》和《奥德赛》，就是他根据民间流传的短歌综合编写而成的。

尼采对荷马的评价相当高，称身为史诗诗人的荷马为“日神文化和素朴艺术家的楷模”[2]。尼采宣称：

> 荷马的崇高是不可言喻的，作为个人，他诉诸日神的民族文化，犹如一个梦艺术家诉诸民族的以及自然界的梦的能力。荷马的“素朴”只能理解为日神幻想的完全胜利，它是大自然为了达到自己的目的而经常使用的一种幻想。……古希腊人的“意志”用这种美的映照来对抗那种与痛苦和痛苦的智慧相关的艺术才能，而作为它获胜的纪念碑，我们面前巍然矗立着素朴艺术家荷马。[3]

尼采认为日神精神的象征就是梦和幻觉，其最具代表性的艺术形

---

[1] （德）尼采．看哪这人！．载《权力意志》［M］．张念东、凌素心，译．北京：商务印书馆，1991：79.

[2] （德）尼采．悲剧的诞生：尼采美学文选（修订本）［M］．周国平，译．太原：北岳文艺出版社，2004：17.

[3] （德）尼采．悲剧的诞生：尼采美学文选（修订本）［M］．周国平，译．太原：北岳文艺出版社，2004：13.

式是史诗和雕塑。荷马史诗作为古希腊人社会生活的写照，凸显了希腊人凭借幻觉和梦境征服外界困难、用艺术和“美的映照来对抗那种与痛苦和痛苦的智慧”的民族性格。正是在这个意义上，尼采称荷马是“梦艺术家”和“素朴艺术家”。尼采还说：“雕塑家以及与之性质相近的史诗诗人沉浸在对形象的纯粹静观之中。……雕塑家和史诗诗人愉快地生活在形象之中，并且只生活在形象之中。”❶ 这里所说的形象，既包括诗人用文字刻画的人物和景物形象，也包括雕塑家用线条和色彩描摹的更直观的人物和景物形象。在尼采看来，荷马的伟大，不仅在于他是一位杰出的诗人，更在于他对痛苦的美化与神化、对反抗者的理想化。尼采认为“荷马乃是神化之艺术家”，因为他的诗歌艺术是“神化之艺术”“是对已享受到的幸福的感恩的一个表达”“是光环和赞歌”，它“把伟大的亵渎神灵者理想化”，或是“对亵渎神灵者之伟大性的感受”，这是希腊式的主题，与“对罪人的侮辱、诽谤、蔑视”这种犹太—基督教式的主题截然相对。❷ 最终荷马成了希腊民族精神“单纯的传声筒”❸，成了希腊人的集体意志的诉说者。

如前所述，尼采曾经指出，荷马已经明白吟唱的诗人都是在编织“弥天的谎言”❹。现实生活是痛苦的，为了让人类渡过其痛苦与劫难，诗人常常编织谎言，虚构精美的幻象，以近乎自欺欺人的方式遮蔽并让人忽略现实中痛苦与丑陋的一面。所以这等于是说，荷马明白诗人的特质和义不容辞的责任是洞察形象的“至深本质”，荷马也因而成为诗人中的出类拔萃者。尼采指出：“诗人之为诗人，就在于他看到了自己被形象围绕着，它们在他面前生活和行动，他洞察它们的至深本质……荷马为何比所有诗人都描绘得更活龙活现？因为他凝视得更多。”❺ 尼

❶ （德）尼采．悲剧的诞生：尼采美学文选（修订本）［M］．周国平，译．太原：北岳文艺出版社，2004：18.

❷ （德）尼采．权力意志（上卷）［M］．孙周兴，译．北京：商务印书馆，2007：140－141.

❸ （德）尼采．权力意志（下卷）［M］．孙周兴，译．北京：商务印书馆，2007：1041.

❹ （德）尼采．快乐的科学［M］．黄明嘉，译．上海：华东师范大学出版社，2007：158.

❺ （德）尼采．悲剧的诞生：尼采美学文选（修订本）［M］．周国平，译．太原：北岳文艺出版社，2004：30.

采认为荷马历经痛苦，因而能够用自己的作品虚构出威严崇高之人的尽善尽美的丰富性。他指出："人们每每多么愚蠢地把成就与它可怜的起点当作一个东西了！即便在艺术家那里亦然：人们怎能从作品反推艺术家呢！荷马——难道你们没有感到那个悲观主义者和过度兴奋者，他因为自己痛苦的缘故而虚构出那种威严崇高之人的尽善尽美的丰富性！哲学家的理论要么是对自己的敏感性经验的粗暴普遍化，要么就是他借以主宰这种敏感性的手段，——智慧等等。"❶ 所谓人的尽善尽美的丰富性，主要是指人物性格的多面性、复杂性与矛盾性。譬如，荷马笔下的希腊联军主将阿喀琉斯，其性格中就既有猛尚武、残暴易怒、自尊高傲的一面，又有柔软、温和、善良的另一面，以致于德国哲学家、美学家黑格尔都发出这样的感叹："关于阿喀琉斯，我们可以说：'这是一个人！高贵的人格的多方面性在这个人身上显出了它的全部丰富性。'荷马所写的其他人物的性格也是如此……每一个人都是一个整体，本身就是一个世界，每一个人都是一个完整的有生气的人，而不是某种孤立的性格特征的寓言式的抽象品。"❷ 尼采说荷马刻画出了威严崇高之人的尽善尽美的丰富性，是否受到他的同胞和前辈黑格尔认为荷马表现了人物如阿喀琉斯性格的全部丰富性这一观点的影响，不得而知，但两人的观点不谋而合，则是不争的事实。

尼采称荷马和所有的伟人一样，追求并拥有自由意志。他宣称："对伟大的人物、伟大的创造者、伟大的时代的原则性伪造：人们希望，信仰是伟人的标志，然而，无所用心、怀疑、允许放弃一种信仰、'非道德'也归于伟大（恺撒、弗里德里希大帝、拿破仑，而荷马、阿里斯托芬、达·芬奇、歌德亦然——人们总是避而不谈主要的事情，即他们的'意志自由'）。"❸ 在尼采看来，人们一般认为有信仰才是伟人的标志，而他却认为，敢于怀疑一切，放弃信仰，质疑甚至否定、背离道德从而成为"非道德"的人，才是真正伟大的标志，历史人物或政治家恺撒、弗里德里希大帝、拿破仑是如此，荷马以及阿里斯托

❶ （德）尼采．权力意志（上卷）［M］．孙周兴，译．北京：商务印书馆，2007：366－367.
❷ （德）黑格尔．美学（第1卷）［M］．朱光潜，译．北京：商务印书馆，1979：303.
❸ （德）尼采．权力意志（上卷）［M］．孙周兴，译．北京：商务印书馆，2007：490.

芬、歌德、达·芬奇等诗人、戏剧家、美术家也是如此。

不过，尼采也以他渊博的古典知识，查证出荷马在日常生活中流露出的错误态度。譬如他在《快乐的科学》第302节“最幸运者的危险”中专门谈及所谓的荷马式幸福，对荷马的人生态度提出了批评：

> 拥有敏锐的感觉和审美情趣；习惯于遴选最佳的理念，犹如习惯于最佳的食品；享有至强至勇的灵魂；以平静的目光和坚定的步态经历人生；随时准备成就非凡卓绝的事业，就像去参加庆典，满怀诸多渴念，渴念着未被发现的世界、海、人、神、聆听充满欢悦的音乐，似勇敢的伟男、士兵和航海家在这妙音里小憩、娱乐……可是，在尽情享乐的时刻，幸运者往往会热泪沾襟，忧伤难抑，因为谁不希望，这一切若是永为他拥有、永为他的现状该多好呀！
>
> 这是荷马的幸福所在了！荷马为希腊人，不，为他自己创造了诸神！然而无可讳言的是心灵中一旦拥有荷马式的幸福感，人就沦为阳光下痛苦不堪的生灵了！以此为代价，人们购买被生活巨浪冲上海滩的贝壳，珍贵无比的贝壳！一旦拥有这贝壳，人就愈益多愁善感，极易陷于痛苦，以至于些许的忧愁和恶感便使他们厌弃人生，一如荷马所为。年轻的渔夫们曾给荷马出了一道愚蠢的小谜语，荷马却猜不出！是啊，小谜语就是更幸运者的危险呀！❶

文中说的年轻渔夫给荷马出的小谜语，据《快乐的科学》一书的德文本注释是这样的：相传，年轻的渔夫们打趣地问耄耋老人荷马，他们捕捉到了什么，他们本来指的是虱子，荷马没有猜出这个问题或谜语，猜不中谜底的痛苦居然成了荷马的重要死因。❷

在尼采看来，所谓荷马式幸福，就是永远“拥有敏锐的感觉和审美情趣”“习惯于遴选最佳的理念”“享有至强至勇的灵魂”“以平静

❶（德）尼采．快乐的科学［M］．黄明嘉，译．上海：华东师范大学出版社，2007：286.

❷（德）尼采．快乐的科学［M］．黄明嘉，译．上海：华东师范大学出版社，2007：286页注释①.

的目光和坚定的步态经历人生”“准备成就非凡卓绝的事业”“渴念着未被发现的世界、海、人、神、聆听充满欢悦的音乐”，当尽情享受这些的时候，人们就期盼这一切能够“永为他拥有、永为他的现状”。尼采认为，“心灵中一旦拥有荷马式的幸福感，人就沦为阳光下痛苦不堪的生灵”，因为他/她很容易患得患失，一方面热衷于“购买被生活巨浪冲上海滩的贝壳，珍贵无比的贝壳”；另一方面，“一旦拥有这贝壳，人就愈益多愁善感，极易陷于痛苦”，总是担心会丢失这些珍贵的宝贝。人一旦陷于这种状态，“些许的忧愁和恶感便使他们厌弃人生”，即如荷马，仅仅因为猜不出年轻的渔夫们玩笑似的谜语，便痛苦不堪，甚至成为丧命的主因，这真是“幸运者的危险”啊！“荷马式幸福”最终成了致其于死地的杀手锏。显然，主张发扬强力意志、勇敢面对一切痛苦和困扰的尼采，是不赞同荷马这种因小失大、患得患失的人生态度的。当然，瑕不掩瑜，尼采对荷马总体上还是持肯定和赞美态度的。

另一个古希腊诗人阿尔基洛科斯也获得了尼采的高度评价。

阿尔基洛科斯（Archilochos）是古希腊抒情诗人、讽刺诗人。相传他本来是贵族和女奴的私生子，获得自由民身份后，与贵族少女纽布勒订婚，但又被后者的父亲无故解除婚约。

尼采在《悲剧的诞生》第 5 节里首先指出抒情诗人阿尔基洛科斯拥有与荷马齐名的文学史地位，然后重点结合阿尔基洛科斯的创作详细阐述诗歌的主观性与客观性特征以及两者的关系问题。尼采说：

> 他们（即古希腊人——引者）把荷马和阿尔基洛科斯当做希腊诗歌的始祖和持火炬者……荷马，这潜心自身的白发梦艺术家，日神文化和素朴艺术家的楷模，现在愕然望着那充满人生激情、狂放尚武的缪斯仆人阿尔基洛科斯的兴奋面孔，现代美学只会把这解释为第一个“主观”艺术家起而对抗“客观”艺术家。这种解释对我们毫无用处，因为我们认为，主观艺术家不过是坏艺术家，在每个艺术种类和高度上，首先要求克服主观，摆脱“掌握”，让个人的一切意愿和欲望保持缄默。没有客观性，没有纯粹超然的静观，就不能想象有哪怕最起码的真正的艺术创作。为此，

> 我们的美学必须首先解决这个问题："抒情诗人"怎么能够是艺术家？一切时代的经验都表明，他们老是在倾诉"自我"，不厌其烦地向我们歌唱自己的热情和渴望。正是这个阿尔基洛科斯，在荷马旁边，用他的愤恨讥讽的呼喊，如醉如狂的情欲，使我们心惊肉跳。他，第一个所谓主观艺术家，岂不因此是真正的非艺术家吗？可是，这样一来，又如何解释他所受到的尊崇呢？这种尊崇恰好是由"客观"艺术的故乡德尔斐的神谕所证实了的。❶

尼采首先指出阿尔基洛科斯和荷马一样的文学史地位，两人都是希腊诗歌的始祖和引路人（"持火炬者"），但是他们代表两种不同的风格和路径，荷马是"潜心自身的白发梦艺术家"，是"日神文化和素朴艺术家的楷模"，而阿尔基洛科斯是"充满人生激情、狂放尚武的缪斯仆人"，是酒神式的醉艺术家。批评家一般将前者称为"客观艺术家"，将后者称为"主观艺术家"。但尼采不认同这种分类。他认为"主观艺术家不过是坏艺术家"，因为任何艺术都"要求克服主观，摆脱'掌握'，让个人的一切意愿和欲望保持缄默"，与此同时，任何艺术都离不开客观性，"没有客观性，没有纯粹超然的静观，就不能想象有哪怕最起码的真正的艺术创作"。一般来说，抒情诗人"老是在倾诉'自我'，不厌其烦地向我们歌唱自己的热情和渴望"，阿尔基洛科斯也是"用他的愤恨讥讽的呼喊，如醉如狂的情欲，使我们心惊肉跳"。那么，如何解释抒情诗人可以成为艺术家呢？尤其是，如何解释抒情诗人阿尔基洛科斯在古希腊受到极度推崇这一现象呢？

尼采接着指出，事实上，阿尔基洛科斯并没有真的在诗歌里肆无忌惮地表达"如痴如狂颤动着的热情"，相反，读者看到的是这样一幅场景：酩酊醉汉阿尔基洛科斯在正午阳光普照之时，醉卧在阿尔卑斯山的草地上，太阳神阿波罗悄悄走近，用月桂枝轻轻触碰他，于是，醉卧者身上酒神和音乐的魔力突然向四周迸发出如画焰火，一首首抒

❶ （德）尼采．悲剧的诞生：尼采美学文选（修订本）［M］．周国平，译．太原：北岳文艺出版社，2004：16－17.

情诗就应运而生。❶

尼采用这幅图景向我们揭开了抒情诗人何以是艺术家、抒情诗人阿尔基洛科斯在古希腊何以受到极度推崇的谜底。原来在尼采那里，抒情诗人是日神艺术家和酒神艺术家的有机融合，阿尔基洛科斯这个抒情诗人是受到日神阿波罗的月桂枝的碰触才迸发出酒神和音乐的魔力的：

> 雕塑家以及与之性质相近的史诗诗人沉浸在对形象的纯粹静观之中。酒神音乐家完全没有形象，他是原始痛苦本身及其原始回响。抒情诗的天才则感觉到，从神秘的自弃和统一状态中长出一个形象和譬喻的世界……抒情诗人的形象只是抒情诗人自己，它们似乎是他本人的形形色色的客观化，所以，可以说他是那个“自我”世界的移动着的中心点。不过，这自我不是清醒的、经验现实的人的自我，而是根本上唯一真正存在的、永恒的、立足于万物之基础的自我，抒情诗天才通过这样的自我的摹本洞察万物的基础。……阿尔基洛科斯这个热情燃烧着、爱着和恨着的人，只是创造力的一个幻影，此时此刻他已不再是阿尔基洛科斯，而是世界创造力借阿尔基洛科斯其人象征性地说出自己的原始痛苦。相反，那位主观地愿望着、渴求着的人阿尔基洛科斯绝不可能是诗人。然而，抒情诗人完全不必只把阿尔基洛科斯其人这个现象当做永恒存在的再现；悲剧证明，抒情诗人的幻想世界能够离开那诚然最早出现的现象多么远。❷

雕塑家和史诗诗人等日神艺术家沉浸在对“形象”的纯粹静观之中，而音乐家等酒神艺术家则完全没有“形象”，只有“原始痛苦本身及其原始回响”。抒情诗人吸取两者之长，“从神秘的自弃和统一状态中长出一个形象和譬喻的世界”。表面上看，抒情诗人的“形象”是他/她自己，或是其“本人的形形色色的客观化”，但实际上，“这自我不

---

❶ （德）尼采．悲剧的诞生：尼采美学文选（修订本）[M]．周国平，译．太原：北岳文艺出版社，2004：18.

❷ （德）尼采．悲剧的诞生：尼采美学文选（修订本）[M]．周国平，译．太原：北岳文艺出版社，2004：18－19.

是清醒的、经验现实的人的自我，而是根本上惟一真正存在的、永恒的、立足于万物之基础的自我”，最终“抒情诗天才通过这样的自我的摹本洞察万物的基础”。具体到阿尔基洛科斯来说，“这个热情燃烧着、爱着和恨着的人，只是创造力的一个幻影”，他也不只是他本人，而是“世界创造力”借他这个人“象征性地说出自己的原始痛苦”。换言之，仅仅“主观地愿望着、渴求着的人”不是真正的诗人，只有表达“世界创造力”的人才是真正的诗人。需要指出的是，尼采所说的“世界创造力”实际上就是他后来所说的强力意志。强力意志在世界上无处不在，是世界生成变化的原动力，在有机物和无机物中同样存在，只是在生命体中更为明显地显示出求丰富、求扩张、求变化的倾向而已。

尼采在《悲剧的诞生》第 6 节中还特别谈及阿尔基洛科斯将民歌引进文人即职业作家的创作而带来的巨大贡献：

> 他（指阿尔基洛科斯——引者）把民歌引进了文学，因为这一事迹，他受到希腊人的普遍敬重，有权享有荷马身边唯一的一把交椅。然而，什么是同完全日神的史诗相对立的民歌呢？它不就是日神与酒神相结合的永久痕迹吗？它声势浩大地流行于一切民族，并且不断新生，日益加强，给我们提供了一个证据，证明自然界的二元性艺术冲动有多么强烈。……历史确实可以证明，民歌多产的时期都是受到酒神洪流最强烈的刺激，我们始终可以把酒神洪流看做民歌的深层基础和先决条件。
>
> 在我们看来，民歌首先是音乐的世界镜子，是原始的旋律，这旋律现在为自己找到了对应的梦境，将它表现为诗歌。……所以，由阿尔基洛科斯开始了一个新的诗歌世界，它同荷马的世界是根本对立的。❶

尼采非常看重民歌，自然也推崇引进民歌进入自己创作之中的阿尔基洛科斯。尼采认为，民歌本来是“音乐的世界镜子”和“原始的

❶ （德）尼采．悲剧的诞生：尼采美学文选（修订本）［M］．周国平，译．太原：北岳文艺出版社，2004：21－22.

旋律”，后来它“找到了对应的梦境”，从而变身为诗歌。音乐、旋律是酒神精神的化身，梦境是日神精神的化身，融音乐与梦境于一体的民歌因此就成了“日神与酒神相结合的永久痕迹”。民歌流行于一切民族，“证明自然界的二元性艺术冲动有多么强烈”，也证明一切民族都先天地具有二元性艺术冲动。所谓二元性艺术冲动，就是指日神精神与酒神精神。尼采认为，正因为阿尔基洛科斯将民歌引进了文学，所以“受到希腊人的普遍敬重，有权享有荷马身边唯一的一把交椅”，跟荷马平起平坐。与此同时，阿尔基洛科斯也开创了一个“新的诗歌世界”即抒情诗类型，这个世界与类型同荷马的叙事诗世界、史诗类型是完全不同、甚至“根本对立”的。

尼采关注的第三个古代诗人是意大利诗人但丁。

但丁·阿利基耶里（Dante Alighieri，1265—1321）是中世纪意大利乃至欧洲最伟大的诗人，也是意大利文艺复兴早期三杰之一、现代意大利语的奠基者。他的代表作是用“俗语”意大利语创作的长诗《神曲》。关于但丁的文学史地位，尼采的同胞恩格斯有一著名的论断：“封建的中世纪的终结和现代资本主义纪元的开端，是以一位大人物为标志的，这位大人物就是意大利人但丁，他是中世纪的最后一位诗人，同时又是新时代的最初一位诗人。”

尼采论及但丁的文字并不多，只是在提及《神曲》尤其是其中的地狱之门时，向但丁表达了无比崇敬之情。他宣称：

> 一颗丰盈而强大的心灵不光能对付痛苦的，甚至可怕的损失，匮乏、剥夺、轻蔑，它是从此类地狱中走出来的，带有更伟大的丰富性和强大性：而且极而言之，具有一种在爱之福乐当中的全新生长。我认为，那个已经对每一种在爱中生长的最低条件有所猜度的但丁，当他就他的地狱之门写道：“连我也是永恒之爱创造的”，这时候，他是理解了的。[1]

尼采认为，但丁拥有“丰盈而强大的心灵”，不仅能对付各种损失、匮乏、剥夺、轻蔑，而且能够通过各种磨练获得“全新生长”，这

---

[1] （德）尼采．权力意志（上卷）［M］．孙周兴，译．北京：商务印书馆，2007：354－355.

一点在但丁《神曲》中得到了完整而深刻的诠释。尼采将人生中各种损失、匮乏、剥夺、轻蔑视为“地狱”，唯有经历这样的地狱的磨炼，人的心灵才可以变得更为“丰富”和“强大”。这实际上正是尼采所提倡的强力意志（又译权力意志）的内涵。他说：“力求积蓄力量的意志是生命现象所特有的，是营养、生育、遗传所特有的，是社会、国家、风俗、权威所特有的。……从任何一种力量中心而来，要变得强大的意愿就是唯一的实在性，——不是自我保存，而是侵占，是要成为主人、要变得更丰富、变得更强大的意愿。”❶ 这种“力求积蓄力量的意志”就是强力意志，其实质就是“要变得更丰富、变得更强大的意愿”。按照尼采的说法，但丁正是这样一位拥有强力意志的诗人。

2.3 近代诗人论

据笔者查证，尼采重点关注并详细评论过的西方近代诗人只有歌德。

约翰·沃尔夫冈·冯·歌德（Johann Wolfgang von Goethe，1749—1832）是18世纪中后期19世纪前期德国诗人、戏剧家、小说家、文艺理论家、自然科学家。他的主要作品是长篇小说《少年维特之烦恼》（1774）、《威廉·麦斯特》（1775—1828）和诗剧《浮士德》（1774—1831）。按照欧洲文学史的分期，歌德属于自文艺复兴时期至18世纪启蒙主义时期的近代阶段的文学家。尼采对这位同胞诗人及其创作讨论得最多。鉴于这种情况，本书单列一节来梳理尼采对歌德的品评情况。

首先，尼采对歌德其人评价很高，但又表现出一种冷静的、辩证的态度。

一方面，尼采将歌德视为准超人。他曾经发出这样的感叹：“歌德是使我肃然起敬的最后一个德国人。”❷ 尼采认为，在德国历史上，歌

❶（德）尼采．权力意志（下卷）［M］．孙周兴，译．北京：商务印书馆，2007：986.
❷（德）尼采．偶像的黄昏［M］．周国平，译．北京：光明日报出版社，2000：94.

德是同德国作曲家亨德尔、德国哲学家兼数学家莱布尼茨、德国政治家兼“铁血宰相”俾斯麦并驾齐驱的伟人，是“德意志强大种类的典型代表”❶。放到欧洲范围来看，歌德是同法国的拿破仑媲美的历史人物，因为他们两人“做出了两种克服十八世纪的伟大试验”，拿破仑“重新唤醒了男人、战士、伟大的权力斗争”“把欧洲设想为政治统一单元”，歌德则“想象了一种欧洲文化”“这种文化继承了已经达到的人性的丰富遗产”❷。换言之，拿破仑渴望在政治方面统一欧洲，而歌德则冀望在文化方面征服欧洲。尼采认为拿破仑是歌德所开创事业的接任者，所以他在晚年未刊遗稿中还说过这样的话：歌德的“补充是拿破仑（稍微逊色的是弗里德里希大帝），拿破仑同样接过了反对十八世纪的斗争”❸。

那么，歌德所做的“克服十八世纪的伟大试验”或“反对十八世纪的斗争”是怎么一回事呢？尼采多次解释这种说法。他在晚年未刊遗稿中指出：“克服十八世纪的卓越尝试，”就是“回到一个文艺复兴时期的人的种类”，就是“来自这个世纪的一种自制：他在自身中激发了这个世纪最强大的欲望，并且把它推向结束”。歌德做到这一点的方法是，“他构想了一个有高度教养的、控制住自身的、敬畏自身的人，后者不敢让自己获得心灵和自然状态的全部丰富性，因为他是十分强大的，足以做到这一点；这种宽容大度之人并非来自虚弱，而是来自强大，因为他懂得把通常人物毁灭的原因利用为对他的推进；这是一种极其广博的，但并不因此而混乱的人”。尼采接着指出，生活在18世纪中后期至19世纪前期的歌德并不是完全在当下找不到适合自己的因素，“在某种意义上讲，十九世纪也追求歌德为做的一切：一种理解、赞成、坐视的普遍性是他所特有的；一种放肆的实在论，一种对事实的敬畏”。只是这些因素综合带来的“总结果不是歌德，而是一种混沌，一种虚无主义，一种毫无成效”，而这种混沌、虚无主义和毫无成效的源头，则可以追溯到18世纪发端的浪漫主义、利他主义、女权

❶（德）尼采．权力意志（上卷）［M］．孙周兴，译．北京：商务印书馆，2007：508.
❷（德）尼采．权力意志（下卷）［M］．孙周兴，译．北京：商务印书馆，2007：1199.
❸（德）尼采．权力意志（上卷）［M］．孙周兴，译．北京：商务印书馆，2007：508.

主义和自然主义等社会与文化思潮。❶

尼采在《偶像的黄昏》中对这个说法解释得更为详细：

> 歌德——不是一个德国事件，而是一个欧洲事件：一个通过复归自然、通过上升到文艺复兴的质朴来克服18世纪的巨大尝试，该世纪的一种自我克服。——他本身有着该世纪的最强烈的本能：多愁善感，崇拜自然，反历史，理想主义，非实在和革命（革命仅是非实在的一种形式）。他求助于历史、自然科学、古代以及斯宾诺莎，尤其是求助于实践活动；他用完全封闭的地平线围住自己；他执着人生，入世甚深；他什么也不放弃，尽可能地容纳、吸收、占有。他要的是整体；他反对理性、感性、情感、意志的互相隔绝（与歌德意见正相反的康德，用一种最令人望而生畏的烦琐哲学鼓吹这种隔绝）；他训练自己完整地发展，他自我创造……歌德是崇尚非实在的时代里的一个坚定不移的实在论者……歌德塑造了一种强健、具有高度文化修养、体态灵巧、有自制力、崇敬自己的人，这种人敢于把大自然的全部领域和财富施予自己，他强健得足以承受这样的自由；一种不是出于软弱、而是出于坚强而忍受的人，因为在平凡天性要毁灭的场合，他仍懂得去获取他的利益；一种无所禁忌的人，除了软弱，不管它被叫做罪恶还是德行……这样一个解放了的精神带着快乐而信赖的宿命论置身于万物之中，置身于一种信仰：唯有个体被抛弃，在全之中万物得到拯救和肯定——他不再否定……然而一个这样的信仰是一切可能的信仰中最高的：我用酒神的名字来命名它。❷

尼采首先指出，歌德之克服18世纪的做法是整个欧洲思想界与文学界的诉求，因而“不是一个德国事件，而是一个欧洲事件”。“克服18世纪”的具体内涵乃是“复归自然”“上升到文艺复兴的质朴”。与文艺复兴式“自然”“质朴”相对立的是18世纪泛滥一时的“最强烈的本能”，其内涵是：“多愁善感，崇拜自然，反历史，理想主义，非

❶ （德）尼采．权力意志（上卷）［M］．孙周兴，译．北京：商务印书馆，2007：507－508.
❷ （德）尼采．偶像的黄昏［M］．周国平，译．北京：光明日报出版社，2000：92－93.

实在和革命（革命仅是非实在的一种形式）。”歌德生活在18世纪，耳濡目染，他本人也继承并拥有这些本能。但是，歌德毕竟是歌德，他会努力去克服这些不良本能。歌德的努力体现在两个方面：一是广闻博取、身体力行。歌德“求助于历史、自然科学、古代以及斯宾诺莎，尤其是求助于实践活动；他用完全封闭的地平线围住自己；他执着人生，入世甚深；他什么也不放弃，尽可能地容纳、吸收、占有”“他训练自己完整地发展，他自我创造”。与康德用一种最令人望而生畏的烦琐哲学鼓吹理性、感性、情感、意志的相互隔绝相反，歌德“要的是整体”，也就是说，“他反对理性、感性、情感、意志的互相隔绝”；二是精心塑造理想的人物形象。歌德在自己的创作中塑造了“一种强健、具有高度文化修养、体态灵巧、有自制力、崇敬自己的人”“一种不是出于软弱、而是出于坚强而忍受的人”以及“一种无所禁忌的人”，这些人“敢于把大自然的全部领域和财富施予自己，他强健得足以承受这样的自由”“在平凡天性要毁灭的场合，他仍懂得去获取他的利益”“除了软弱，不管它被叫做罪恶还是德行”。尼采称这些人秉持的精神为“解放了的精神”，这种精神“带着快乐而信赖的宿命论置身于万物之中，置身于一种信仰：唯有个体被抛弃，在全之中万物得到拯救和肯定”，而这种信仰正是尼采早在《悲剧的诞生》里就大张旗鼓地描述和赞美过的酒神精神。

尼采在《偶像的黄昏》里同样也论及歌德同自己所处的时代之间既继承又背离的复杂关系。他指出：

> 在某种意义上，十九世纪也是追求歌德作为个人所追求过的一切东西：理解和肯定一切，接纳每样东西，大胆的实在论，崇敬一切事实。何以总的结果却不是歌德，而是混乱，虚无主义的悲叹，不知何来何往，一种在实践中不断驱迫人回溯十八世纪的疲惫的本能？（例如情感浪漫主义，博爱和多愁善感，趣味上的女性主义，政治上的社会主义。）莫非十九世纪，特别是它的末叶，仅是一个强化的野蛮化的十八世纪，即一个颓废世纪？那么莫非歌德不但对于德国，而且对于欧洲，仅是一个意外事件，一个美

好的徒劳之举？[1]

尼采认为19世纪欧洲社会与文化思潮中存在歌德追求的东西，如“理解和肯定一切，接纳每样东西，大胆的实在论，崇敬一切事实”，但总体结果却不符合歌德的愿望，而恰恰是歌德所厌弃的“混乱”“虚无主义的悲叹”和“不断驱迫人回溯十八世纪的疲惫的本能”，如“情感浪漫主义，博爱和多愁善感，趣味上的女性主义，政治上的社会主义”，等等。有感于此，尼采怀疑歌德生活过的19世纪尤其是19世纪末叶是否又是一个“强化的野蛮化”世纪或“颓废世纪”，伟人歌德所做的各种努力对于德国和整个欧洲来说，是否只是“一个意外事件，一个美好的徒劳之举”。歌德虽然无功而返，或者功败垂成，但他闪耀于世的光芒却无法掩盖。

另一方面，尼采对歌德的评价又有所保留。这又表明尼采看人论事的清醒和警觉。他说：“我们今天的社会只体现了教养。”而缺乏真正有教养的人，尤其“缺乏伟大的综合的人”“在这种人身上，各种不同力量毫无疑虑地为某个目标而受到束缚”。那么，现实生活中大多是些什么人呢？尼采认为，“我们所拥有的是多重的人，也许是迄今为止出现过的最有趣的混沌：但并不是创世之前的混沌，而是之后的混沌”，而“歌德乃是这个类型的最完美体现”，乃是“多重的人”的完美体现，因而，歌德“根本就不是什么威严崇高之人”[2]。所谓今日的混沌，就是复杂而矛盾的思想。尼采还曾经感叹：“歌德以后将会显出何种样子啊！多么不牢靠，多么漂浮不定！”[3]

尼采对歌德性格的定位让人想起恩格斯对歌德的一段评价。恩格斯曾经在《诗歌和散文中的德国社会主义》一文中指出：“歌德有时非常伟大，有时非常渺小；有时是叛逆的、爱嘲笑的、鄙视世界的天才，有时则是谨小慎微、事事知足、胸襟狭隘的庸人。连歌德也无力战胜德国的鄙俗气；相反，倒是鄙俗气战胜了他；鄙俗气对最伟大的德国

[1] （德）尼采．偶像的黄昏［M］．周国平，译．北京：光明日报出版社，2000：93.
[2] （德）尼采．权力意志（上卷）［M］．孙周兴，译．北京：商务印书馆，2007：463.
[3] （德）尼采．权力意志（上卷）［M］．孙周兴，译．北京：商务印书馆，2007：23.

人所取得的这个胜利，充分地证明了‘从内部’战胜鄙俗气是根本不可能的。歌德过于博学，天性过于活跃，过于富有血肉，因此不能像席勒那样逃向康德的理想来摆脱鄙俗气；他过于敏锐，因此不能不看到这种逃跑归根到底不过是以夸张的庸俗气来代替平凡的鄙俗气。他的气质、他的精力、他的全部精神意向都把他推向实际生活，而他所接触的实际生活却是很可怜的。他的生活环境是他应该鄙视的，但是他又始终被困在这个他所能活动的唯一的生活环境里。歌德总是面临着这种进退维谷的境地。”尼采将歌德定位成“多重的人”“漂浮不定”的人，与恩格斯的说法相去不远。与恩格斯类似的是，尼采也从歌德所处的时代和环境来考察其性格形成的原因。

尼采曾经为歌德在德国的处境鸣不平。他在《瓦格纳事件》中将自己抨击过的瓦格纳看作歌德的对立面：

> 大家知道歌德在伪善的老处女似的德国的命运。对德国人来说，他总是有伤风化，他只在犹太女人中间有真正的崇拜者。而席勒，那个“高贵”的席勒，却在他们耳边大话连篇，——他才是令他们称心如意的人。他们指责歌德什么呢？指责那座“维纳斯山”；指责他写了威尼斯警句诗。克洛普斯托克已对他作了一次道德说教；曾有一段时间，当赫尔德谈起歌德时，喜欢使用普里阿普斯这个词。甚至威廉·迈斯特也仅被视为没落的征兆，道德的“毁灭和堕落”。书中那“驯服的动物的园囿”，主人翁的“微不足道”，比如这样激怒了尼布尔（德国历史学家和普鲁士驻梵蒂冈的特使——原注）：他终于爆发出了一阵悲叹，而这样的悲叹应该可以由毕特罗夫（瓦格纳歌剧《唐豪瑟》第二幕中的人物——原注）唱出：“没有什么比这更令人感到痛苦的了，倘若一颗伟大的灵魂折断自己的翅膀，它舍弃更崇高的事物，在低级鉴赏力中追求艺术的卓越。”
>
> ……首先是高贵的少女被激怒了：德国所有的小宫廷，所有类型的“瓦特堡”，面对歌德作品中那“不洁的灵魂”，都要在自己胸前划十字。瓦格纳把这个故事置入了音乐，他拯救了歌德，这不言而喻；但他以聪明的方式，同时站到了高贵的少女一

边。歌德获得拯救：一次祈祷挽救了他，一个高贵的少女引他向上……

——歌德对瓦格纳会作何感想？——歌德有一次曾自问，笼罩在所有浪漫主义者上方的危险是什么：即浪漫主义者的厄运什么。他的答案是："在反刍道德和宗教的荒谬时窒息而死。"❶

尼采认为，歌德的生活环境是"伪善的老处女似的德国"。在这里，人们表面虔诚，信仰基督教，遵守基督教伦理道德，因而总嫌弃歌德的创作"有伤风化"。德国人总是指责歌德赞美爱神维纳斯，讴歌强烈的爱情。他们不满意他创作的《威尼斯警句诗》特别是其中的第66首诗。这首诗是这样写的："我的耐心很大。/大多数烦累的事物，/我都安然忍受，听从神意。/可也有少数几样，我恶之如毒液和蛇；/有四种：烟草、臭虫、大蒜和十字架。"❷ 歌德对爱神的赞美、对基督教（"十字架"）的厌恶，自然让老处女般虔诚的德国人大为不满。以史诗《救世主》和颂歌著称的德国诗人克洛普斯托克忍不住对他进行道德说教，就连狂飙突进运动的领袖、歌德的文学引路人、德国哲学家和文学家赫尔德也喜欢将他比喻为普里阿普斯（Priapos），后者是古希腊神话中的人物，是酒神狄俄尼索斯和阿芙洛狄特的儿子，据说为淫乐之神，有一个硕大的阳具。赫尔德这样比喻其用意不言自明。基于此，歌德长篇小说《威廉·麦斯特》中的同名主人公也被那些卫道士读者视为没落的征兆，视为道德"毁灭和堕落"的典型。面对歌德作品中人物"不洁的灵魂"，高贵的少女们、德国所有小宫廷的各色人等，都忍不住要在胸前划十字，假模假式地祈求上帝宽恕歌德亵渎神灵的行径。尼采以戏谑的口吻写道，德国歌剧家瓦格纳以自己特有的方式拯救了"堕落"的歌德：歌德《浮士德》第2部结尾诗句"永恒的女性引导我们向上"，瓦格纳在自己的歌剧《唐豪瑟》第2幕第1场中让女主人公伊丽莎白做了类似的祷告。但歌德对瓦格纳的做法并不

❶ （德）尼采．瓦格纳事件/尼采反瓦格纳［M］．卫茂平，译．上海：华东师范大学出版社，2007：28－30.

❷ （德）尼采．瓦格纳事件/尼采反瓦格纳［M］．卫茂平，译．上海：华东师范大学出版社，2007：28页注释⑤.

买账。他是坚决反对基督教信仰和伦理的，所以他认定那些接受并咀嚼基督教信仰和道德的浪漫主义者的结局只能是“窒息而死”。从这个意义上讲，尼采是非常同情歌德的，觉得他生不逢时。

其次，关于歌德的创作和艺术观，尼采也是在给予赞语的同时又指出所存在的问题。

尼采认为，歌德凭借“奥林匹克气质”，成功地“创作了关于自己的苦难的诗作，为的是解脱苦难”[1] 以书写苦难来去除苦难，这颇有古希腊悲剧的味道。尼采还说：“歌德塑造了一种强健的、具有高度文化修养、体态灵巧、有自制力、崇敬自己的人，这种人敢于把大自然的全部领域和财富施予自己，他强健得足以承受这样的自由。”[2] 照此推理，尼采应该会对歌德笔下最重要人物形象之一的浮士德有很高的评价，但其实不然。

尼采在《快乐的科学》第 178 节“有关道德启蒙”中明确宣布：“必须劝说德国人抛弃靡非斯特和浮士德，这二者代表着反对知识价值的道德偏见。”[3] 歌德诗剧《浮士德》中的魔鬼靡菲斯特的名言是：“理论是灰色的，生命之树常青。”而浮士德一生中经历的 5 次追求或 5 场悲剧，第 1 场就是知识追求，就是感受到知识的无用与有害，而决定自杀。在尼采看来，魔鬼和浮士德的相同之处正是反对知识或理论的价值。尼采还这样看待歌德《浮士德》的主人公形象和思想主题：“那是何种偶然的和一时的，并非必然和持久的问题啊！认识者的一种蜕化，一个病人，再没有什么了！决不是认识者本身的悲剧！甚至也不是‘自由精神’的悲剧。”[4] 尼采认为歌德笔下的浮士德是一个“病人”，是一个蜕化的“认识者”，他经历知识悲剧、爱情悲剧、政治悲剧、艺术悲剧和事业悲剧，最终没有实现自己的理想，灵魂还差点被魔鬼取走。他意识到实践的重要性，所以主动将《圣经》中的“泰初有道”修改为“泰初有为”，强调实践和行动的重要性。所以尼采认

---

[1] （德）尼采．权力意志（上卷）［M］．孙周兴，译．北京：商务印书馆，2007：184.
[2] （德）尼采．偶像的黄昏［M］．周国平，译．北京：光明日报出版社，2000：93.
[3] （德）尼采．快乐的科学［M］．黄明嘉，译．上海：华东师范大学出版社，2007：236.
[4] （德）尼采．权力意志（上卷）［M］．孙周兴，译．北京：商务印书馆，2007：23.

为，浮士德的悲剧“决不是认识者本身的悲剧！甚至也不是‘自由精神’的悲剧”。而该作品的主题也未涉及时代普遍关注的问题，而只是“偶然的和一时的，并非必然和持久的问题”。综合这些说法，可以看出尼采对歌德至少对其代表作《浮士德》的评价并不高。

尼采曾经用富有诗意的语句形象地描述了自己阅读歌德作品的感受和收获：

> 什么与歌德相关：第一印象，一个很早的印象，是完全决定性的：名流小说。我从他身上认识的最初的稀罕的东西，一劳永逸地赋予我一个“歌德”概念，我的“歌德”趣味。在享受和促成成熟方面的一种美化了的和纯粹的秋季，——在期待中，一个十月的太阳升到最具精神性的东西之中；某种金灿灿的和甜腻腻的东西，某种柔和的东西，而不是大理石——我把它称为歌德式的。后来，为了这个“歌德”概念的缘故，我以一种深度的友善接受了斯蒂夫特的《残署》，这是歌德之后使我着迷的第一本书。——歌德的《浮士德》——对于本能地认识德语的土地气息的人来说，对于查拉图斯特拉的诗人来说，此书是一种无与伦比的享受：它并不是对于作为艺术家片段地获得了《浮士德》的我来讲的，——它更不是对于反对完全任意和偶然之物——也就是在歌德著作的所有类型和问题中受文化偶然性制约的东西——的哲学家来讲的。当人们《读浮士德》时，人们研究的是18世纪，人们研究的是歌德：人们离类型和问题方面的必然性十万八千里。[1]

尼采首先就指出歌德的作品是“名流小说”，这是最初的印象，也是决定性的印象。他从歌德的作品中获得“最初的稀罕的东西”，即“歌德趣味”或“歌德概念”。其具体内容包括：如同在“美化了的和纯粹的秋季”和“十月的太阳”里获得了“享受”与“成熟”，获得了“某种金灿灿的和甜腻腻的东西，某种柔和的东西”，沁人心田，暖

[1] （德）尼采．权力意志（下卷）［M］．孙周兴，译．北京：商务印书馆，2007：1427－1428.

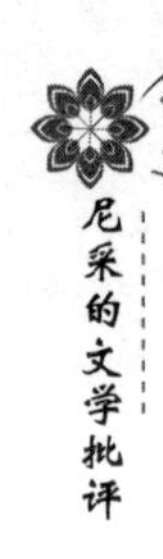

人心窝。以歌德的诗剧《浮士德》为例，尼采阅读它就获得了“一种无与伦比的享受”。

尼采认为歌德和温克尔曼一样，对古希腊人的情绪和信仰即“希腊心灵”的把握并不准确。他说：

> 当我们检查温克尔曼和歌德为自己所形成的“希腊的”这一概念，并且发现，它与生长出酒神艺术的那种要素——酒神祭——是不相容的，我们的感受就全然不同了。我其实不怀疑，歌德在原则上把这类东西从希腊心灵的可能性中排除出去了。结果，歌德不理解希腊人。因为只有在酒神秘仪中，在酒神状态的心理中，希腊人本能的根本事实——他们的“生命意志”——才获得了表达。希腊人用这种秘仪担保什么？永恒的生命，生命的永恒回归；被允诺和贡献在过去之中的未来；超越于死亡和变化之上的胜利的生命之肯定；真正的生命即通过生殖、通过性的神秘而延续的总体生命。❶

温克尔曼（Johan Joachin Winckelmann，1717—1768）是德国古代艺术史学家、艺术理论家、美学家，主要著作有《古代造型艺术史》《论模仿希腊的绘画和雕塑作品》等。他概括古希腊艺术特质的名言是“高贵的单纯和静穆的伟大”。尼采认为，当歌德和温克尔曼一样认定古希腊艺术的主要特征是静穆时，歌德关于“希腊式”或“希腊心灵”的概念就没有触及古希腊艺术的精髓，就表明歌德不理解希腊人，因为它“与生长出酒神艺术的那种要素——酒神祭——是不相容的”。尼采早从写作《悲剧的诞生》的时候起就认为，古希腊人的精神和艺术的特质是酒神祭流露出的酒神精神，“因为只有在酒神秘仪中，在酒神状态的心理中，希腊人本能的根本事实——他们的‘生命意志’——才获得了表达”。尼采进一步指出，酒神祭的真谛是昭示：“永恒的生命，生命的永恒回归；被允诺和贡献在过去之中的未来；超越于死亡和变化之上的胜利的生命之肯定；真正的生命即通过生殖、通过性的神秘而延续的总体生命。”歌德将酒神祭、酒神精神从希腊心

---

❶ （德）尼采．偶像的黄昏［M］．周国平，译．北京：光明日报出版社，2000：99－100.

灵中排除掉，说明他根本不理解希腊人，不理解希腊民族的精神世界。

值得一提的是，尼采曾经特别向歌德题献了一首诗，题名《致歌德》。最初收录在《快乐的科学》1887 年第 2 版的附录"'自由鸟'王子之歌"中，放在第 1 首的位置。全诗如下：

不朽，
只是你的比喻！
尴尬的上帝
被诗人骗取……

滚滚世界车轮，
把一个个目的碾碎，
怨者称这是痛苦，
愚者称这是游戏……

主宰一切的世界游戏啊，
混淆着真实与虚伪，
而永恒的愚蠢
将我们卷入其中……[1]

据《快乐的科学》德文本注，尼采这首诗是讽刺性地模仿歌德《浮士德》第 2 部结尾《神秘合唱曲》而作，但反其意而用之。[2] 中国著名翻译家钱春绮将歌德的《神秘合唱曲》翻译为："一切无常者，不过是虚幻；力不胜任者，在此处实现；一切无可名，在此处完成；永恒的女性，领我们飞升。"[3] 意思是，无常的感觉的现实世界并不是永远的理性概念，也不是绝对的实在，不过是一种虚幻；在地上力所不及者可以在天上使其臻于完美而实现之；努力而迷误的世人获得拯救而升入天国，这种难以用语言说明的事，可以在天上由永恒的天主之

[1] （德）尼采．快乐的科学［M］．黄明嘉，译．上海：华东师范大学出版社，2007：399 – 400.

[2] （德）尼采．快乐的科学［M］．黄明嘉，译．上海：华东师范大学出版社，2007：399.

[3] （德）歌德．浮士德［M］．钱春绮，译．上海：上海译文出版社，2007：474 – 475.

爱而获得成就；以圣母玛利亚等“永恒的女性”的爱对人类显示最完美的形式，引领人类飞升天国。而尼采在自己的诗歌《致歌德》中则表明，诗人歌德送给上帝“不朽”的称号，其实是对上帝的欺骗和调侃。世界滚滚向前，永恒轮回，将一个个人为的“目的”碾碎，有人认为世界缺少终极目的是令人痛苦的事，也有人认为永恒轮回是一种游戏。实际上，永恒轮回是主宰一切的世界游戏，其中真实与虚伪相混，真理与谬误协调。与歌德高唱“永恒的女性，/领我们飞升”相反，尼采则感叹：“永恒的愚蠢/将我们卷入其中”。尼采一直认为，发端于古希腊的苏格拉底理性主义和希伯来的基督教就是欧洲人奉为圭臬的“永恒的愚蠢”，它们从古至今一直在影响和统治欧洲人。

2.4 现代诗人论

19 世纪欧美诗坛先后兴起了浪漫主义、现实主义和象征主义等文学思潮。尼采对德国的海涅、英国的拜伦、意大利的列奥巴尔迪、美国的爱伦·坡和法国的波德莱尔等浪漫主义、现实主义和象征主义诗人，都有所评论。

海因里希·海涅（Heinrich Heine，1797—1856，亦作亨利希）是德国浪漫主义和现实主义抒情诗人和散文家。第一部诗集《诗歌集》（1827）为他赢得世界性声誉。海涅的代表作是长诗《德国，一个冬天的童话》（1844），其他名作还有《西里西亚织工之歌》（1844）、《罗曼采罗》（1851）等。据贡特·麦茨纳的《音乐中的海涅》（1989）一书统计，为海涅诗歌谱曲或改编加工的曲目约有 1 万首，其中被谱曲次数最多的诗歌是《你像一朵鲜花》，达 388 次。作为散文家，海涅的代表作是《哈尔茨山游记》。

比起对待歌德的态度而言，尼采对海涅的评价和态度要更复杂一些。如果说尼采对歌德总体上是持肯定和赞美态度的话，那么他对犹太诗人海涅的态度呈现出鲜明的两面性，即肯定与否定并存。

一方面，尼采称海涅达到了“现代抒情诗的顶峰”，属于“不朽人物”之列。他反复强调：“现代抒情诗的顶峰，已经为两个天才兄弟所登上，那就是海涅和缪塞。我们的不朽人物——我们并没有太多：缪塞，海涅。”[1] 尼采这里提及的与海涅构成“天才兄弟”的缪塞（Alfred de Musset，1810—1857），是法国浪漫主义诗人、戏剧家和小说家，早期受雨果影响，加入浪漫主义文社。缪塞的诗热情洋溢，想象丰富，特别注重诗句的形式美，语言丰富多采，富有音乐感。他被视为19世纪法国浪漫主义四大诗人之一。1829年，年仅19岁的缪塞出版第一本诗集《西班牙和意大利故事》而崭露头角。

尼采在晚年自传《看哪这人!》中再次给予海涅以极高的评价：

> 亨利希·海涅赋予了我抒情诗人这个崇高概念。我在所有千年王国里漫游，试图寻求他那样甜美和激昂的乐章，但是白费力气。他含有一种神性的愤怒，假如没有这种愤怒，我简直难以想象什么是完美——我评价人和种族价值有个标准，这就是他（它）们一是要明白，上帝和萨蒂尔是不可分的。要像他那样驾驭德语！肯定有一天人们要说，海涅和我早就是德语的第一批特技演员了——我们大大超过了德国人单纯用德语所取得的所有成就。[2]

如前所述，大约生活于公元前七八世纪的古希腊诗人阿尔基洛科斯是尼采推崇的第一位抒情诗人。现在尼采认为海涅给自己树立了“抒情诗人”的标杆，海涅的诗让自己见识了何谓抒情诗，居然在欧美千年王国里都找不到如海涅诗一样“甜美和激昂的乐章”。尼采独具慧眼地发现海涅诗歌“含有一种神性的愤怒”，而尼采甚至认为这种神性的愤怒是衡量人和种族是否完美的标尺。什么是神性的愤怒呢？尼采的答案是：上帝和萨蒂尔的结合，两者的融为一体。尼采所说的萨蒂尔（Satyrs，又译萨提儿、萨堤洛斯），是古希腊神话中半人半兽的森林之神，长有公羊角、腿和尾巴，耽于淫欲，性喜欢乐，其原型是牧神潘。虽然上帝和萨蒂尔都是神，但恰恰是特质完全相对的两位神，一位代表虔诚和禁欲，另一位象征率性和纵欲。两者的结合就是精神

[1] （德）尼采．权力意志（上卷）［M］．孙周兴，译．北京：商务印书馆，2007：545.
[2] （德）尼采．看哪这人！［M］//权力意志．张念东，凌素心，译．北京：商务印书馆，1991：29 – 30.

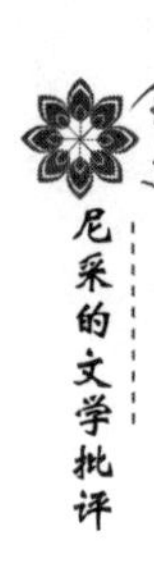

或灵魂同肉体或性欲的浑然一体，也就是尼采心目中真正的人性。尼采认为海涅的抒情诗尤其是爱情诗就书写了真正的人性。与此同时，尼采对海涅的语言造诣也给予了极高的评价，认为他“驾驭德语”的能力超强，属于“德语的第一批特技演员”。说到此，尼采没有忘记自我标榜一把，声称自己和海涅同属娴熟驾驭德语的首批特技演员，所取得的成就超过了从古至今所有的德国人。

尼采在晚年未刊遗稿中提及过海涅和法籍犹太裔音乐家奥芬巴赫的艺术才华，而且也提到古希腊森林之神萨蒂尔：“犹太人在艺术领域略具天才，他们有海因里希·海涅和奥芬巴赫，这位才智卓绝、纵情恣意的萨蒂尔。”❶

尼采另有一段论及海涅和奥芬巴赫的长文：

> 在现代欧洲，惟有犹太人接近于至高的精神性形式：此乃天才的滑稽动作。随着奥芬巴赫（生于德国的法国籍犹太人作曲家——引者）的出现，随着海因里希·海涅的出现，欧洲文化的潜能真正被超越了；其他种族都还不能以此方式拥有精神。这一点近于阿里斯托芬、佩特罗尼乌斯、哈菲兹。——现在，欧洲最老也最晚的文化无疑就是巴黎了；巴黎精神乃是这种文化的精髓所在。然而，最爱挑剔的巴黎人，诸如龚古尔之类的人们，已经毫不犹豫地在海涅身上认出了巴黎精神的三个顶峰之一：他与德利涅公爵和那不勒斯的加里亚尼一道分享了此项殊荣。——海涅有足够的鉴赏力，足以做到不把德国人当回事；德国人为此把他当真了，舒曼（德国作曲家——引者）还把他投入音乐之中——投入舒曼的音乐之中了！全体高层次的年轻女子都在唱着“你就像一朵花”（海涅的一首诗，或译《你像一朵鲜花》——引者）。——如今在德国，人们根据海涅曾经有过鉴赏力——曾经笑过——这一点，对海涅犯了罪：这就是说，德国人在今天对自己极为当真了。❷

---

❶ （德）尼采．权力意志（上卷）［M］．孙周兴，译．北京：商务印书馆，2007：413.

❷ （德）尼采．权力意志（下卷）［M］．孙周兴，译．北京：商务印书馆，2007：1300－1301.

为了理解这段话的含义，先得交代尼采对待德国文化、法国文化以及欧洲文化的态度。尼采有一种观点，觉得当时的德国没有真正的文化，即使1870年爆发的普法战争以普鲁士王国获胜而告终，他还是认为德国人是没有文化的民族。尼采在《不合时宜的沉思》（1873—1876）一书中，针对普法战争后德国人竞相努力颂扬战争的现象指出：认为“德国文化也在那场斗争中获胜了，因而现在必须用合乎非常事件和后果的花环来打扮它”的看法是一种非常有害的“妄念”，“它能够把我们的胜利转变为一种完全的失败，转变为德意志精神的失败、甚至是有利于‘德意志帝国’的对德意志精神的摘除”❶。尼采断然宣称：“德国人直到现在也没有文化，尽管他们也高谈阔论、趾高气扬。……文化只能从生活中生长和绽放；而文化在德国人这里就像是插上一朵纸花，或者就像是浇上一层糖衣，因而必定永远是骗人的、不结果的。”❷“我们这个时代的德国人就生活在这种一切风格的混乱杂拌中”“德国人把一切时代和一切地区的形式、颜色、产品和稀奇古怪的东西都堆放在自己周围，并由此造成了那种现代的年货市场的五彩缤纷。”❸尼采在晚年未刊遗稿中也反复指出：“今天的德国人再也不是什么思想者了。”❹“在今天，恰恰在德国人中间最少有思索。”❺在当代德国人身上，“我们只能觉察到趣味方面的不断增长的非精神化和粗俗化——一种越来越庸俗的休养需求：后来的时代将重视病态的需求，刺激物的增强，酒精的和音乐的鸦片制剂”❻。总之，德国文化是拼凑的、杂乱的、五花八门的，是粗俗的、缺乏思想深度和精神底蕴的，是肤浅的、虚假的、欺骗人的，同时也是病态的、没有生命力的。与之相关，尼采对现代欧洲的文化也评价不高。他称“病态的欧

❶（德）尼采．不合时宜的沉思［M］．李秋零，译．上海：华东师范大学出版社，2007：32.

❷（德）尼采．不合时宜的沉思［M］．李秋零，译．上海：华东师范大学出版社，2007：230－231.

❸（德）尼采．不合时宜的沉思［M］．李秋零，译．上海：华东师范大学出版社，2007：36.

❹（德）尼采．权力意志（上卷）［M］．孙周兴，译．北京：商务印书馆，2007：515.

❺（德）尼采．权力意志（上卷）［M］．孙周兴，译．北京：商务印书馆，2007：517.

❻（德）尼采．权力意志（下卷）［M］．孙周兴，译．北京：商务印书馆，2007.1176.

洲”到处是“精神的寄生虫们”，“他们稳坐泰山，而且怀着对于世界的最好良心。兴许有一点点沮丧，有一点点悲观主义气息，而本质上却是贪婪的、肮脏的、玷污的、潜入的、阿谀的、小偷般的、龌龊的，——而且就像所有渺小的罪人和微生物一样地无辜。”[1] 尼采进一步指出，当今欧洲文化的“低潮”和“泥潭”以“欧洲伪善的五个特产”的出现为标志，这 5 个特产分别是“救世军成员”“反犹太主义者”“唯灵论者”“无政府主义者”和“拜罗伊特人”[2]。拜罗伊特人是指瓦格纳歌剧的追随者，因为瓦格纳在此城修建歌剧院而得名。相对而言，尼采对法国文化的评价很高，认为欧洲文化的集大成者是法国文化，而法国文化的大本营在巴黎。同样是在《不合时宜的沉思》中，尼采就说过这样的话：法国人“拥有一种现实的、创造性的文化”，而德国人“迄今为止还在模仿法国人的一切，大多数情况下甚至是没有灵活性的模仿”[3]。

回到上面摘抄的尼采那段话。尼采认为，在现代欧洲只有犹太人“接近于至高的精神性形式”，诗人海涅和作曲家奥芬巴赫就是理解并掌握“至高的精神性形式”的犹太人代表。随着他们的出现，“欧洲文化的潜能真正被超越”、被挖掘。尼采将海涅和奥芬巴赫在欧洲文化史或精神史上的地位跟阿里斯托芬、佩特罗尼乌斯、哈菲兹相提并论。阿里斯托芬（Aristophanes，约前 446—前 385）是古希腊早期喜剧代表性作家，有“喜剧之父”之称。佩特罗尼乌斯（Petronius，生卒年不详）是古罗马的抒情诗人与小说家，其创作喜用诗文间杂的体裁，并尝试引入民间语言。哈菲兹（Hafiz，1320—1389）是古代波斯著名诗人、苏菲主义学者，其作品对当时统治者的专制和暴虐、社会公德的沦丧等进行无情的批判和讽刺，追求精神方面的自由，诗歌里描绘最多的是爱情和美酒。尼采将海涅和西方、东方文学史上这三位大家相提并论，旨在突出海涅的创新能力和界标地位。海涅在《德国，一个

[1] （德）尼采．权力意志（上卷）［M］．孙周兴，译．北京：商务印书馆，2007：346－347.

[2] （德）尼采．权力意志（下卷）［M］．孙周兴，译．北京：商务印书馆，2007：1303.

[3] （德）尼采．不合时宜的沉思［M］．李秋零，译．上海：华东师范大学出版社，2007：36.

冬天的童话》等作品中对德国文化精神、历史传统和德国国民性进行过淋漓尽致的嘲讽、揭露，即尼采所说的“不把德国人当回事”“曾经笑过”，表现出“足够的鉴赏力”。海涅及其诗作在德国的地位与日俱增，舒曼等作曲家热衷于为他的诗歌谱曲，不少人尤其是“全体高层次的年轻女子”都在吟唱由他的诗《你就像一朵花》谱成的歌曲。影响所及，今天的德国人终于“把他当真了”。尼采认为，欧洲最古老也是最年轻最具活力的文化（“最晚的文化”）是法国文化，其精髓就是“巴黎精神”。“最爱挑剔的巴黎人”如小说家龚古尔兄弟——哥哥埃德蒙·德·龚古尔（Edmond de Goncourt，1822—1896）、弟弟茹尔·德·龚古尔（Jules de Goncourt，1830—1870），都不得不承认海涅是这种最优秀最具活力的欧洲文化的代表，从而“毫不犹豫地在海涅身上认出了巴黎精神的三个顶峰之一”。引文中的“德利涅公爵”，应该是指查理·约瑟夫·德利涅亲王（Charles - Joseph，Prince de Ligne，1735—1814），他是奥地利陆军元帅和作家，曾是神圣罗马帝国皇帝约瑟夫二世的顾问，1792—1793 年居住在法国，著有杂文集 34 卷。“不勒斯启蒙的加里亚尼”是指 18 世纪意大利经济学家、那不勒斯启蒙运动领导者加里亚尼（N. F. Galiani，1728—1787）。从这些表述来看，尼采对海涅的评价的确很高。

另一方面，同样是因为海涅的犹太人身份，尼采又说他天生具有演员的才能，演技好，具有欺骗性，是“德国送给欧洲的两大骗子”之一。尼采在晚年未刊遗稿中将海涅同自己多次激烈抨击过的德国歌剧家瓦格纳并列，不无激愤地说：“瓦格纳是‘现代心灵’之‘欧洲精神’史上一个重大事实：正像海涅是这样一个事实。瓦格纳与海涅：德国送给欧洲的两大骗子。”[1] 瓦格纳（Wilhelm Richard Wagner，1813—1883）是德国作曲家、剧作家、指挥家，开启了后浪漫主义歌剧的潮流。在德国音乐界，自贝多芬后，没有一个作曲家像瓦格纳那样具有宏伟的气魄和巨大的改革精神，他改革歌剧、倡导乐剧，从而奠定了在音乐史上的崇高地位。同时，在世界音乐史上也几乎找不到

[1] （德）尼采. 权力意志（下卷）[M]. 孙周兴，译. 北京：商务印书馆，2007：1260.

像瓦格纳那样在世界观与创作之间存在明显矛盾的音乐家。尼采在第一部正式出版的著作《悲剧的诞生》中对瓦格纳赞不绝口，但后来则反对他的主张与做法，认为他屈服于大众，重新回到基督教的怀抱，其歌剧作品大肆阐述这类主题，其行为无异于骗子。

而此前，尼采在《快乐的科学》第361节"演员的问题"中特别提及海涅所属的犹太人具有很高的演技问题："至于犹太人，那真是个适应技巧出类拔萃的民族，人们顺着这个思路就可以在他们那儿看到世界史上培养演员的排练，那真可谓名副其实的演员'孵化'场所。事实上，当前人们总会碰到这样的问题：时下哪一个优秀演员不是犹太人呢？犹太人还是天生的著作家呢，他们得益于演员天赋，遂执欧洲新闻界之牛耳，一展抱负。著作家本质上就是演员啊，饰演的是'行家''专家'的角色。"❶ 在尼采看来，海涅作为"著作家"，完全继承并发挥了犹太人这个"适应技巧出类拔萃的民族"的特长，成为文坛或诗坛的"名副其实的演员"。将海涅定性为"演员""骗子"，从这个论断来看，尼采对海涅又有明显的不满。

拜伦（George Gordon Byron，1788—1824）是英国19世纪初期伟大的浪漫主义诗人，代表作品有长篇叙事诗《恰尔德·哈罗尔德游记》和诗体小说《唐璜》，其他名作有诗剧《曼弗雷德》。

尼采在晚年自传《看哪这人!》中给予拜伦以极高的评价：

> 人们一定认为我同拜伦的《曼弗雷德》有着极深的亲缘关系。因为，我在自己内心世界中发现了这一切深渊。我13岁时就已成熟，能读这本书了。对那些在有了《曼弗雷德》以后还胆敢提《浮士德》的人，我无话可说，只报以一瞥。德国人不能胜任任何伟大的概念：舒曼就是明证。出自对这位自作多情的萨克森人的愤懑，我曾为《曼弗雷德》诗剧谱写过一首反序曲。汉斯·冯·毕洛夫（又译布娄，德国钢琴家兼指挥家——引者）说，他在谱

---

❶ （德）尼采．快乐的科学［M］．黄明嘉，译．上海：华东师范大学出版社，2007：364.

曲纸上还从未见过这样的东西，因为，这简直是对缪斯女神的亵渎。❶

拜伦不仅是一位伟大的诗人，还是一个为理想战斗一生的勇士，他参加过希腊民族解放运动，并成为领导人之一。拜伦在诗歌里塑造了一批“拜伦式英雄”形象。这类人物常常是贵族出身，但具有反抗精神，性情忧郁孤独，而且强悍坚韧。诗剧《曼弗雷德》中的主人公就是一个“拜伦式英雄”。尼采还是一个13岁的少年时就阅读过拜伦的《曼弗雷德》，能够理解主人公沉溺于自己内心生活的孤独、忧郁，所以他不讳言甚至乐意他人认同自己同曼弗雷德“有着极深的亲缘关系”。他甚至不无夸张地认为，有了《曼弗雷德》就无需再提歌德的《浮士德》，认为前者在后者之上。由此可见，比起不断追求和探索的浮士德来说，尼采更偏爱具有反抗精神的曼弗雷德。这当然只是尼采个人的看法，在西方文学史上，拜伦的《曼弗雷德》是无法跟歌德的《浮士德》媲美的。因为觉得德国人如舒曼不能理解真正的“伟大”的概念，出于对舒曼为该作品谱曲的不满与愤懑，尼采本人为《曼弗雷德》诗剧谱写过一首反序曲。尼采对拜伦和《曼弗雷德》的评价之高，由此可见一斑。

遗憾的是，尼采对拜伦及其诗歌的评价并不是很多。

列奥巴尔迪（C. G. Leropardi，1798—1837）是意大利浪漫主义文学思潮中的杰出诗人。他受启蒙主义思想和烧炭党人思想的影响，著有颂歌《致意大利》《但丁纪念碑》以及散文集《对话》，其作品的主题是怀念意大利昔日的光荣伟大，歌颂古代志士的英勇斗争，悲叹当下祖国被法国人和奥地利人先后占领的悲惨命运。不过当意大利资产阶级政党烧炭党人组织反抗外族侵略者的革命活动受到镇压之后，列奥巴尔迪思想日趋消极，所著散文集《对话》集中表现了他的悲观主义思想态度。

尼采着重关注的正是列奥巴尔迪创作中的悲观主义思想与态度。

❶（德）尼采．看哪这人！［M］//权力意志．张念东，凌素心，译．北京：商务印书馆，1991：30.

他说："列奥巴尔迪抱怨、而且也有理由抱怨：但他并不因此就属于完全的虚无主义类型。"[1] 也就是说，一方面，尼采承认列奥巴尔迪是一个"抱怨"者，而且也有理由"抱怨"，因为现实很残酷，人们的不觉醒让他感到绝望；另一方面，尼采又认为，不能由此就认定列奥巴尔迪"属于完全的虚无主义类型"。他没有对祖国及其未来丧失信心，更没有对人类、人性丧失信心。

与对拜伦、列奥巴尔迪等人总体上持肯定和赞美态度截然不同的是，尼采对爱伦·坡和波德莱尔总体上是持否定甚至贬斥态度的。

爱伦·坡（Edgar Allan Poe，1809—1849）是19世纪美国诗人、小说家和文学评论家，美国浪漫主义文学思潮的重要成员，他也是象征主义和现代主义诗歌的先驱之一。象征主义所谓"纯诗"的主张最早由他提出。同时，爱伦·坡还首次提出以丑为美的全新的美学观。爱伦·坡诗歌方面的代表作有《乌鸦》《安娜贝尔·李》和《致海伦》等。

尼采在晚年未刊遗稿中有一段话，从艺术家基本素质的角度出发，裁定爱伦·坡不是一个合格的艺术家，而只是一个"颓废者"：

> 一般而言，在自身使命、自身要求精益求精的意志的强制下，艺术家事实上是一个适度的人，甚至常常是一个贞洁之人。他的主导本能就是这样来要求他的：这种本能不允许他以这种或者那种方式耗尽自身。这是同一种力量，就是人们在艺术构思和性行为中消耗的力量：只有一种力量。在这里屈服，在这里挥霍自身，对一个艺术家来说就是暴露性的：它透露了本能之缺乏，一般意志之缺乏，它可能成为颓废的一个标志，——无论如何，它都会把他的艺术贬到一个无法估量的地步。……这样一个"不自由者"必需有一个大麻世界，陌生的、沉重的、笼罩着的云雾，理想的形形色色的异域色彩外来词以及象征体系，只是为了有朝一日摆脱它的实在性，——它必需有瓦格纳的音乐。……首要的，理想的某种普遍性在一个艺术家那里几乎是自我轻蔑、"泥坑"的证

---

[1] （德）尼采．权力意志（下卷）［M］．孙周兴，译．北京：商务印书馆，2007：776.

据：法国的波德莱尔，美国的埃德加·爱伦·坡，德国的瓦格纳，都是这方面的例子。[1]

在尼采看来，爱伦·坡和法国的波德莱尔、德国的瓦格纳是同一类人，他们都缺乏本能和意志，缺乏“要求精益求精的意志的强制”，是“挥霍自身”“耗尽自身”的人，而不是“适度的人”和“贞洁的人”，总之，不是真正的“艺术家”。作为“颓废”的诗人和作家，爱伦·坡是一个“不自由者”，他必须有一个“大麻世界”和“瓦格纳的音乐”，以便在幻觉中获取“陌生的、沉重的、笼罩着的云雾”“理想的形形色色的异域色彩外来词以及象征体系”以及“理想的某种普遍性”。尼采认为，这些都是爱伦·坡“自我轻蔑”、陷落“泥坑”的标志。文学史上记叙的爱伦·坡阴郁而偏执的性格，放荡而颓废的生活，印证了尼采的判断。

如前所述，尼采将爱伦·坡和波德莱尔并提。夏尔·皮埃尔·波德莱尔（Charles Pierre Baudelaire，1821—1867）是19世纪法国最著名的现代派诗人，象征派诗歌先驱，代表作有《恶之花》。从1843年起，波德莱尔开始创作后来收入《恶之花》的诗歌，诗集在1857年出版后不久，就因“有碍公共道德及风化”等罪名受到轻罪法庭的判罚。

尼采在晚年自传《看哪这人!》中称法国诗人波德莱尔是德国音乐家瓦格纳的第一个追随者，颇多微词：

> 他（指瓦格纳——引者）属于法国后期浪漫主义，是那种像德拉克罗瓦和柏辽兹那样的意志昂扬类的艺术家，都带有病态的特点，即本质不可救药，都是追求表现的狂热分子，都是彻头彻尾的名家……瓦格纳的第一个有才气的追随者到底是谁呢？是夏尔·波德莱尔，他也是首先了解德拉克罗瓦的人，典型的颓废派，整整一代艺术家，都在他身上重新发现了自己。[2]

[1] （德）尼采．权力意志（下卷）［M］．孙周兴，译．北京：商务印书馆，2007：1389－1390.

[2] （德）尼采．看哪这人！［M］//权力意志．张念东，凌素心，译．北京：商务印书馆，1991：32.

尼采对19世纪法国艺术领域兴起的浪漫主义思潮很不满意，将德国歌剧作家瓦格纳、法国浪漫派画家德拉克罗瓦和法国浪漫派作曲家柏辽兹都视为“意志昂扬类的艺术家”“追求表现的狂热分子”，他们都带有“病态”，本质上无可救药。作为瓦格纳的“第一个有才气的追随者”，波德莱尔自然也是“病态”的，也是无可救药的，总之是“典型的颓废派”。

法国诗人、文学批评家、唯美主义美学思想始作俑者戈蒂耶（Thophile Gautier，1811—1872），曾在1868年给波德莱尔的《恶之花》写过一篇序言，认为丑、恶、恐怖是用来作为一种提高审美感受性的手段，丑尤其有助于使美和纯洁在对照之下放射出格外明亮的光辉，多亏了波德莱尔，才使丑和不起眼的东西中产生出意外的和谐。尼采在阅读戈蒂耶这篇文章时加了许多边注，如戈蒂耶说波德莱尔关心的只是“美感”和美这个词的“绝对的感觉”，尼采称之为“妙”。尼采对爱伦·坡开启、波德莱尔发扬光大的以丑为美的新美学主张，不仅不反对，反而是赞同的。他曾经在晚年未刊遗稿中说过这样的话：

> 艺术也通过提高了的生命的形象和愿望激发了兽性功能；——一种生命感的提升，一种生命感的兴奋剂。
>
> 丑陋之物何以也能具有这样一种力量呢？只要丑陋之物还对艺术家的获胜能量有所传达，艺术家就主宰了这个丑陋和可怕之物；或者说，只要丑陋之物稍稍激发了我们身上的残暴欲（也许是使我们痛苦的欲望，是自虐：而且由此就有了对于我们自身的权力感）。[1]

尼采认为“丑陋之物”同样可以成为艺术的题材。艺术通过形象和愿望“激发了兽性功能”，从而变成“生命感的兴奋剂”。如果“丑陋之物”能够传达“艺术家的获胜能量”，或者激发人们身上的“残暴欲”，就等于增加了人们对于自身的“权力感”。不过，波德莱尔让生活中最丑陋的腐尸一类的东西进入艺术之后，摆在人们面前的问题是：既然如此丑陋的东西都能进入艺术，还有什么不能进入艺术呢？

---

[1] （德）尼采．权力意志（上卷）［M］．孙周兴，译．北京：商务印书馆，2007：451.

于是艺术虚无主义和颓废倾向威胁着真正的艺术。传统的艺术哲学为艺术和美设定的标准似乎无法使艺术摆脱这样的威胁，因此必须寻求新的标准。艺术家的创造性是强大生命力的体现，波德莱尔不满足于艺术的现状，他要让万物在他的艺术探索中变美，其艺术创造性遮盖了颓废倾向，由此，在波德莱尔身上同时集中了颓废和创新这两种倾向。

由此看出，尽管尼采对波德莱尔的“颓废”倾向有所保留和批评，甚至将他同自己晚年尖锐批判的瓦格纳联系起来，称他是“瓦格纳的第一个有才气的追随者”，但这更多的似乎是宣泄一种情绪，表明一种姿态。正如德国学者普富顿豪尔所言：“尼采对波德莱尔的保留似乎更多是基于激怒和强烈爱好，而不是基于单义性的优越感。他知道，他斥为颓废派的那个人在现代大城市生活的纷乱经验中找到了他的灵感的源泉。他怀疑这种感受是自暴自弃，他针对这个都市浪子的姿态，自己摆出了高山隐士的姿态。浪子需要公众。他要在林荫大路上被人看到他那种自命不凡的态度。尼采则可能在其中看到了卖淫、自暴自弃、颓废的危险。尼采的那种自我神化的古老姿态对波德莱尔来说，却始终是陌生的。但是，显而易见的是：尼采掩饰了可以使他惊愕的共同性。对他自己来说始终只是‘以一种特殊的方式卖淫’的东西，决不该为了压制怀疑而保留英雄的面具。”❶

普富顿豪尔的话有两层意思。第一层意思是说，尼采对波德莱尔那种露骨的以丑为美的做法有点接受不了。尼采对以丑为美的主张的确是持保留态度的。他认为丑与强力意志（或称权力意志）、强力感（或称权力感）的缺失、昏聩本能相关。他在晚年未刊遗稿中反复指出：“‘美化’是提高了的力的一个结果//美化作为力之提高的必然结果//美化作为一种胜利意志的表达，所有强烈欲望的一种提升了的协调、和谐的表达……//丑则意味着某个类型的颓废，内心欲望的冲突和不协调。”❷ “充盈感、积聚起来的力量的感觉——权力感还会对事

❶（德）普富顿豪尔．作为生理学的艺术［M］．柏林：柏林德·格吕依特出版社，1985：108．杨恒达．尼采美学思想［M］．北京：中国人民大学出版社，1992：113．

❷（德）尼采．权力意志（下卷）［M］．孙周兴，译．北京：商务印书馆，2007：1024．

物的状态道出‘美’的判断，而昏聩无能的本能只能把这些事物和状态评价为可憎的、‘丑恶的’。”❶ “所有丑都使人虚弱，使人悲伤：它使人想起衰落、危险和昏聩无能。人们可以用测力计来测量丑的印迹。凡在人受到压抑处，就有某种丑在发挥作用。权力感，权力意志——它随着美而高扬，随着丑而跌落。”❷ 基于此，尼采认为丑是不适宜成为艺术的表现对象，当然也不适宜进入艺术的范畴：“丑，即艺术的对立面，为艺术所排除的东西，艺术的否定——只要衰退、生命之赤贫、昏聩无能、解体、腐败远远地被引发，这时候，审美的人都会以其否定来作出反应//丑发挥令人沮丧的作用，它是一种沮丧的表现。它消减力量，使人贫乏，令人压抑……丑给人以丑的影响：人们可以根据自己的健康状况来检验一下，身体不适也多么不同地提高了人们对丑的想象能力。出于主题、兴趣、问题，选择也有所不同：甚至在逻辑中也有一种与丑十分接近的状态——严酷、沉闷……从机械学上讲，在此缺失重心：丑瘸着腿走路，丑跌跌撞撞地走路：是舞者那种绝妙轻盈的对立面。”❸

第二层意思是，尼采对波德莱尔求新求变的美学又有一定程度的认同，波德莱尔对传统美学的反叛同尼采的哲学思想与美学思想实际上存在着某种“惊愕的共同性”。按照普富顿豪尔的说法，波德莱尔摆出都市浪子的姿态，尼采自己则端起高山隐士的架子，一个需要公众，另一个逃避公众，似乎完全处于对立的状态。但其实他们之间有一最大的相同点，即都承认现代都市生活节奏的变化。尼采哲学本体论宣扬没有存在、只有生成，实际上是强调同现代生活节奏相适应的“变”字。既然强调“变”，美学和艺术领域的一切也得跟着变。现代工业社会把许多传统上认为美的东西变成了丑，而传统上认为丑的东西又大量充斥于大都市之中。波德莱尔让生活中的丑陋之物进入艺术表现的领域，将生活中的丑变成艺术中的美，扩大了艺术表现领域，这是艺术上的一大创新，其实也暗合尼采的心意。需要指出的是，波德莱尔

---

❶ （德）尼采．权力意志（上卷）[M]．孙周兴，译．北京：商务印书馆，2007：639.
❷ （德）尼采．权力意志（下卷）[M]．孙周兴，译．北京：商务印书馆，2007：1258.
❸ （德）尼采．权力意志（下卷）[M]．孙周兴，译．北京：商务印书馆，2007：1027.

心目中的美有独特的含义。尼采指出，波德莱尔所理解的美，“是某种炽热和悲哀，有一点不可靠，给人猜度的空间”❶。狂热、悲哀、不确定，是波德莱尔从瞬息万变的现代社会生活中总结出的美的新特质。不管怎么说，从适应时代的变化敢于创新方面来讲，尼采和波德莱尔的美学思想是相通的。

2.5　散文家论

尼采认为，作为两种不同的文学体裁，散文与诗歌的关系比较复杂，既相互关联，又彼此敌对。他在《快乐的科学》第92节“散文与诗”中阐述过两者的关系。一方面，诗歌与散文相互促进，诗人和散文家也常常集于一人之身。尼采说：“只有用诗的形式才能写出优美的散文。”“从前的散文大师都是诗人”，如“本世纪有四位具有诗人气质的奇才，其散文达到炉火纯青的境界”，这四位散文大家就是意大利的里奥帕蒂（1798—1837）、法国的梅里美（1803—1870）、美国的爱默生（1803—1882）和英国的兰道（1775—1864），而他们都同时又是诗人；另一方面，诗歌和散文相互对立、对抗。尼采指出：“战争是一切美好事物之父，也是优美的散文之父。”❷ 尼采接着用富有诗意的语句描述散文与诗歌之间旷日持久的战争：

> 散文是一场与诗歌角逐的战争，连绵不断的文学战争。散文的魅力就在于避开诗，对抗诗。诗的抽象被它当作反对诗和嘲笑诗的狡猾手段，又说什么枯燥和冷峻把妩媚的诗歌女神带入妩媚的绝境。散文和诗也常常有片刻的接近和和解，但顷刻间又出现倒退并爆发出相互的嘲笑。散文常常把帷幕拉开，让刺眼的光线照进来，而诗歌女神却正当地享受她的朦胧和晦暗色彩；散文常常先开口说出诗歌女神欲说的话，唱完一种曲调，可是诗歌女神

❶ （德）尼采．权力意志（下卷）［M］．孙周兴，译．北京：商务印书馆，2007：760.

❷ （德）尼采．快乐的科学［M］．黄明嘉，译．上海：华东师范大学出版社，2007：164－165.

对这曲调听不懂，一直把玉手套在耳畔。在这场持久战中，滋生无数战斗的快乐，也导致失败，而所谓的散文家对失败却不加理会，依旧写着和说着那朴实无华的散文！❶

总之，因为在尼采那里，诗歌与散文、诗人与散文家有着密切的联系，本书便将尼采对散文家、诗人及其创作的评论放在一章来考察。

据笔者查证，尼采或详或略讨论过的散文家，有法国的蒙田、拉罗斯福哥、封丹纳尔和茹贝尔，英国的培根和卡莱尔，美国的爱默生等。

蒙田（M. E. de Montaigne，1533—1592）是文艺复兴时期法国人文主义思想家、散文家，主要作品有《随笔集》等。他在文学史上的地位主要以开创随笔这一文体而确立。蒙田既是一位人类感情的冷峻的观察家，又是对各民族文化，特别是西方文化进行过冷静研究的学者。

尼采在晚年未刊遗稿中引用他人的话（出处待考——笔者）这样评价蒙田："对于蒙田所作的论证中的许多迟疑和犹豫，人们感到惊讶。但既然已经被列在梵蒂冈的禁书目录上，所有派别都早已对之表示怀疑，他也许就自愿地在他危险的宽容、他受诽谤的无党派性上加上了一种问题的弱音器。认为人性就是进行怀疑的人性，这在他那个时代已经了不起了……"❷ 蒙田作为人文主义者，崇奉理性，所以在阐发观点和论证问题时会表现出特有的谨慎即"迟疑和犹豫"。尼采认定蒙田超越同时代人之处正在于他"认为人性就是进行怀疑的人性"。也许正因为标举怀疑的主张不符合基督教"只要信仰不要思考"的教条，蒙田的著作被列入梵蒂冈的禁书目录。尼采作为基督教的反对者，自然是为蒙田鸣不平的。

拉罗斯福哥（Larochefoucauld，1613—1680）是法国散文作家，著有《箴言集》和《随笔集》等作品。尼采在晚年未刊遗稿中至少有两处提及拉罗斯福哥尤其是他的思想。第一处在第 2［165］条，只有短

❶（德）尼采. 快乐的科学［M］. 黄明嘉，译. 上海：华东师范大学出版社，2007：165.
❷（德）尼采. 权力意志（下卷）［M］. 孙周兴，译. 北京：商务印书馆，2007：703.

短的一句话：“对利己主义的批判，例如拉罗斯福哥。”[1] 第二处在第7［65］条，是一段不短的文字：“利己主义及其问题！拉罗斯福哥身上基督教的阴暗化，此人到处搬弄利己主义，并且以为利己主义降低了事物和德性的价值！与他相反，我首先试图证明的是，除了利己主义根本就不可能有其他什么东西了，——对于ego［自我］变得虚弱微薄的那些人来说，伟大之爱的力量也是虚弱的，——最有爱心者主要是由于他们的自我的强壮，——爱乃是一种利己主义的表达，如此等等。”[2]

显然，尼采在拉罗斯福哥这里主要关注的不是文学艺术方面的问题，而是其作品所阐述的思想主张问题。在尼采看来，拉罗斯福哥批判和反对利己主义，表面上是站在道德的制高点，抢占了道德高地，但实际上是落入了基督教伦理道德观的窠臼，即陷于“基督教的阴暗化”之中。尼采本人是反对基督教及其善恶观的。他在晚年未刊遗稿中指出：基督教所理解的善，“在我看来甚至是严格危害生命、诽谤生命、否定生命的原则”[3]；“基督教的利他主义乃是一种致命的设想：把所有人都视为相同……这种普遍的人类之爱，实际上是针对一切受难者、失败者和病人的偏爱优待。”[4] 这种说法与上文中“对于自我变得虚弱微薄的那些人来说，伟大之爱的力量也是虚弱的”的观点相去不远。与此同时，尼采反对所谓的利他主义，极力推崇利己主义。他曾经说过：“生命体的概念意味着：生命体必定增长——它要扩展自己的权力，因而必须把外来的力纳入自身之中。在道德麻醉的蒙蔽之下，人们谈论一种个体自卫的权利：在同样意义上，人们也可以谈论自己的攻击权利，因为两者——而且后者还更甚于前者——对于任何生命体来说都是必要的——侵略性的利己主义与防卫性的利己主义并不是选择问题，甚或‘自由意志’问题，而是生命本身的宿命。”[5] 这种说

[1] （德）尼采．权力意志（上卷）［M］．孙周兴，译．北京：商务印书馆，2007：175.

[2] （德）尼采．权力意志（上卷）［M］．孙周兴，译．北京：商务印书馆，2007：367.

[3] （德）尼采．权力意志（上卷）［M］．孙周兴，译．北京：商务印书馆，2007：342.

[4] （德）尼采．权力意志（下卷）［M］．孙周兴，译．北京：商务印书馆，2007：935.

[5] （德）尼采．权力意志（下卷）［M］．孙周兴，译．北京：商务印书馆，2007：1118－1119.

法与上文中“最有爱心者主要是由于他们的自我的强壮”“爱乃是一种利己主义的表达”的观点是不谋而合的。需要指出的是，尼采标举强力意志理论，站在张扬人类生命本质力量的高度和立场肯定利己主义，所以他觉得拉罗斯福哥“批判”和“搬弄”利己主义，“以为利己主义降低了事物和德性的价值”，不符合他的强力意志主张，所以给予否定。

封特纳尔（B. B. Fontenelle，又译封丹纳尔，1657—1757）是法国哲学家、作家，法兰西学院院士，启蒙主义运动先驱之一，也是发生在17世纪八九十年代法国的“古今之争”的重要参与者。他的重要作品有散文集《死者对话录》（1683）、《宇宙万物对话录》（1686）和《闲话古人和今人》（1688）等。尼采在《快乐的科学》第94节“死后的哀荣”中提到封丹纳尔的创作及其思想的影响：

> 封丹纳尔在其不朽著作《死者对话录》中论及道德问题时使用了大胆的说法，当时被视为诙谐的诡论和游戏，即便是审美鉴赏和思想界的最高权威也看不出书中还有什么更多的深意。是呀，封丹纳尔本人也未必看出。
>
> 可是现在，不可思议的事发生了：封丹纳尔的思想成了真理！科学证实了它们！游戏成真了！我们阅读对话时的感受与伏尔泰……当时的感受是不同的，不知不觉把对话的作者提升到一个高于伏尔泰们认定的奇才层次。这究竟是对还是错呢？[1]

封特纳尔在随笔《闲话古人和今人》中，从历史发展的角度阐述今人必然超过古人的道理，对厚古人薄今人的社会心态大加嘲讽。尼采所说的封特纳尔的“不朽著作”《死者对话录》一书中，作者让中国古代思想家孔子和古希腊的苏格拉底、柏拉图、亚里士多德等思想家聚在一起，就德行、幸福、荣誉、爱国等问题展开辩论，语言幽默诙谐，似诡辩论，似玩游戏。也许当初（17世纪后期）“审美鉴赏和思想界的最高权威”和作者封特纳尔本人并没有意识到其中有什么深

---

[1] （德）尼采．快乐的科学[M]．黄明嘉，译．上海：华东师范大学出版社，2007：166－167.

刻的内涵。但时过境迁，到了尼采生活的19世纪中后期，封特纳尔的思想和预言为科学所证实，俨然成了真理，玩笑和游戏成了严肃的思考。如果伏尔泰在18世纪只是将封特纳尔认定为“奇才”，那么19世纪的尼采们认为他要高于“奇才层次”，封特纳尔是当之无愧的思想家和哲学家。

茹贝尔（Joseph Joubert，1754—1824）是法国启蒙主义作家。据说法国早期浪漫主义作家夏多布里昂对茹贝尔有着很大的影响力。茹贝尔曾经有一本私密的日记，始终拒绝公开或出版。但是在茹贝尔过世后，他的朋友们自作主张替他公开了这本日记。

尼采摘录《埃德蒙·龚古尔日志》中的话评价茹贝尔：“茹贝尔：其思想缺乏法国式的确定性。既不清晰又不坦率。闻起来有一点日内瓦学派的味道：诸如内克尔夫人、德特拉西、茹弗鲁瓦。糟糕的圣伯夫也出自该派。茹贝尔歪曲各种观念，犹如人们转动黄杨木一般。”[1]引文中的内克尔夫人是法国路易十六的财政总监雅克·内克尔（Jacques Necker，1732—1804）的夫人，雅克·内克尔生于瑞士日内瓦的新教徒家庭。内克尔夫人是作家、社会活动家，她的家中经常聚集各种精英人物，包括法国哲学家德特拉西（de Tracy，1754—1836）、茹弗鲁瓦（Jouffroy，1796—1842）等人，有人称之为日内瓦学派。

如前所述，茹贝尔一生之中没有任何著作公开出版，只是曾经在自己的脑海里计划过写书的蓝图，由于茹贝尔一直在脑海里谋划创作，自然就没有明白、确定的思想，自然就“既不清晰又不坦率”。因为这段文字出自法国自然主义作家埃德蒙·龚古尔的日记，并非尼采本人的原话，本书就不过多评议了。

弗朗西斯·培根（Francis Bacon，1561—1626），英国哲学家、随笔作家，被马克思称为“英国唯物主义和整个现代实验科学的真正始祖”。他不但在文学、哲学上多有建树，在自然科学领域里也取得了重大成就。他的思想成熟，言论深邃，富含哲理。他的代表作也是处女作《随笔》最初发表于1597年，以后又逐年增补。该书文笔言简意

[1] （德）尼采．权力意志（下卷）［M］．孙周兴，译．北京：商务印书馆，2007：809.

赅、智睿夺目，包含许多洞察秋毫的经验之谈，不仅论及政治，而且还探讨许多人生哲理。

尼采在晚年自传《看哪这人!》中对培根及其创作有一段简短的评价，颇有新意。尼采由莎士比亚笔下哈姆雷特的疯狂谈及恐怖文学。他指出：

> 你们了解这个哈姆雷特吗？令人发狂的不是怀疑，而是肯定……但是，为着这样去感觉，你得是深邃的，是深渊，是哲学家……我们大家都害怕真理……但我承认，因为我本能地肯定，培根先生乃是这类最不祥文学的发起者、自戕者。美国的糊涂虫和傻瓜们的可怜饶舌干我什么事呢？但是，实现幻觉的最强大的力，同实现行为、行为怪物的犯罪力之间不仅互相协调——而且前者以后者为前提……长久以来，我们对培根先生——就任何字面意义上来说，他是第一个现实主义者——了解得不够，因此，想知道他都干了些什么，他本来想干什么，他自身经历了些什么……见鬼去吧，我的批评家先生们![1]

尼采这里所说的“不祥文学”是指书写主人公疯癫之类怪异、恐怖题材的文学作品。他是从莎士比亚的《哈姆雷特》中主人公的疯狂谈起的。丹麦王子哈姆雷特本来在德国威登堡大学求学，接受最先进的人文主义思想，不料突然面临父亲猝死、王位被篡、母亲匆忙改嫁的冰冷之境，从此郁郁寡欢，怀疑世界与人类，追问人的生死之本质，幻觉连连。作为唯物主义哲学和实验科学的真正始祖，培根发出了“知识就是力量”的呼喊，探讨理性、科学与知识的价值，甚至深入辨析“实现行为、行为怪物的犯罪力”同“实现幻觉的最强大的力”之间的因果关系。在尼采看来，培根开启了挖掘人物复杂、畸形甚至变态的心理一类文学的先河，而正是对人类隐秘的心理真实而不是外在世界真实的挖掘与披露，使培根成了“第一个现实主义者”。据笔者所知，尼采对培根及其创作的评价和文学史定位（“最不祥文学的发起

[1] （德）尼采．看哪这人！［M］//权力意志．张念东，凌素心，译．北京：商务印书馆，1991：30－31.

者”）倒是别开生面。

托马斯·卡莱尔（Thomas Carlyle，1795—1881）是英国作家、历史学家，主要著作有历史散文《法国革命》（1837）、演讲集《论英雄、英雄崇拜和历史上的英雄事迹》（1841）等。他在后者中集中阐发自己的英雄观和英雄道德观，表达了对英雄的极度崇拜之情。

尼采在《偶像的黄昏》里专题评价卡莱尔及其英雄观，总体上是否定的。尼采宣称：

> 我读过托马斯·卡莱尔的生平，这场不知不觉的闹剧，这篇对于消化不良状态的英雄道德诠释。——卡莱尔，一个大言不惭的家伙，一个迫不及待的雄辩家，不断被对于一种强大信念的渴望和无能为之的感觉搅扰着（这便是一个典型的浪漫主义者的特点）。对于一种强大信念的渴望并不是一种强大信念的证据，毋宁说适得其反。如果一个人具有这样的信念，那么，他可以允许自己享受一下怀疑论的奢华，因为他足够安全，足够坚定，足够自制。卡莱尔对具有强大信念的人物大唱崇拜高调，对不太单纯的人大发雷霆，以此麻痹自己心中的某种东西：他需要喧嚣。对自己不断持有一种热情奔放的不诚实态度——这就是他的特色，他因此是并且始终是令人感兴趣的。——当然，他在英国正是因为他的诚实而大受赞赏……好吧，这是英国式的；考虑到英国人是地道的假正经的民族，就不但可以理解，甚至是理所当然的了。卡莱尔本质上是一个英国无神论者，但他却以不是无神论者为荣。❶

尼采在这段文字中毫不留情地指出，托马斯·卡莱尔的生平传记是“不知不觉的闹剧”，是对其主张的英雄观及英雄道德的强词夺理式的阐述，即所谓“消化不良状态的英雄道德诠释”。尼采似乎特别不满意卡莱尔的英雄崇拜主张。他认为卡莱尔是“一个大言不惭的家伙，一个迫不及待的雄辩家”“不断被对于一种强大信念的渴望和无能为之的感觉搅扰着”，而这并不能证明他拥有“强大信念”“毋宁说适得其

❶（德）尼采．偶像的黄昏［M］．周国平，译．北京：光明日报出版社，2000：62－63.

反”。换言之，卡莱尔大力提倡英雄崇拜，“对具有强大信念的人物大唱崇拜高调”，这恰恰透露他内心空虚而自卑，因而“需要喧嚣”来充实。尼采对卡莱尔的性格与做派也很不满意，并由此揭露英国国民的劣根性。他认定卡莱尔浮夸、做作、虚假，“对自己不断持有一种热情奔放的不诚实态度”，本质上是一个崇拜世俗英雄的“无神论者”，“却以不是无神论者为荣”。但奇怪的是，如此表里不一的卡莱尔“在英国正是因为他的诚实而大受赞赏”。为什么本来不诚实的人却被自己的同胞赞赏为诚实呢？谜底在于：“英国人是地道的假正经的民族。”尼采对卡莱尔乃至英国人虚伪、做作的性格的揭露，不可谓不深刻、不辛辣。

值得一提的是，这段话也出现在尼采的晚年未刊遗稿中。[1] 也许是尼采在放弃《强力意志》（又译《权力意志》）的写作与出版的计划后，单独将这段话录入《偶像的黄昏》一书之中。

尼采还曾将眼光转向美洲大陆，关注和评论过美国的思想家和散文家爱默生。

拉尔夫·沃尔多·爱默生（R. W. Emerson，1803—1882）是美国思想家、散文家、诗人，美国超验主义思潮与运动的领袖。爱默生是确立美国文化精神的代表人物。美国总统林肯称他为“美国的孔子”“美国文明之父”。爱默生在1836年出版处女作、随笔集《论自然》，以一个超验主义者的口吻平静地叙说对世界的看法、超验主义道德观，表达了那种能在一切自然中发现上帝之爱的浪漫派乐观主义。爱默生轻视纯理论的探索，信奉自然界，认为它体现了上帝和上帝的法则，呼吁人要信赖自我，相信自己是所有人的代表，因为他感知到了普遍的真理。

尼采在《偶像的黄昏》的“一个不合时宜者的漫游”一章第13节专门评价爱默生。全文如下：

> 爱默生。比卡莱尔开明、逍遥、复杂、精巧得多，尤其是幸运得多……是这样一个人，他纯粹本能地向精美食物靠拢，而把

---

[1] （德）尼采．权力意志（下卷）［M］．孙周兴，译．北京：商务印书馆，2007：690.

> 消化不了的东西留在事物中。与卡莱尔相比，他是一个有鉴赏力的人。——卡莱尔很喜欢他，尽管如此，还这么说他："他不给我们足够的东西来啃。"这话说得公正，但无损于爱默生。——爱默生有一种宽厚聪慧的快活性情，足以消解一切认真态度；他全然不知道他已多么年老以及他仍将多么年轻，——他可以用维迦（文艺复兴时期西班牙戏剧家——引者）的一句话来说自己："我是我的继承者。"他的灵魂总是能找到满足甚至感激的理由；他有时达到了那个老实汉子的快活的超然境界，这个汉子从一次情人幽会中心满意足地返回，他感激地说："虽然寻欢作乐是值得称赞的，但是能力已经消失。"❶

需要指出的是，这段话的前半部分（"爱默生……但无损于爱默生。"）也保存在尼采的晚年未刊遗稿中。❷

尼采在这段话中首先将爱默生同英国思想家和散文家托马斯·卡莱尔进行比较，认定前者"开明、逍遥、复杂、精巧得多，尤其是幸运得多"，也比卡莱尔更有鉴赏力。虽然爱默生"纯粹本能地向精美食物靠拢，而把消化不了的东西留在事物中"，所以行文含蓄，藏头露尾，也因此，卡莱尔甚至埋怨爱默生"不给我们足够的东西来啃"。尼采认为这话说的是事实，"说得公正"，但无损于爱默生之伟大与深刻。爱默生的伟大和深刻之处何在？首先，他"有一种宽厚聪慧的快活性情，足以消解一切认真态度"。换言之，爱默生以一种虚怀若谷和洒脱不羁的态度静对人生和世界，睿智无比；其次，"他的灵魂总是能找到满足甚至感激的理由"。爱默生对一切常怀感恩之心，知足常乐，其满足快乐之心跟那个刚刚从与情人约会归来的"老实汉子的快活的超然境界"相去不远；最后，"他全然不知道他已多么年老以及他仍将多么年轻"。爱默生沉溺于自我的内心世界，不受外在世界、习俗道德、法律制度等的羁绊，而以"我是我的继承者"为乐，单纯、无碍地静观、沉思。

---

❶ （德）尼采．偶像的黄昏［M］．周国平，译．北京：光明日报出版社，2000：63.

❷ （德）尼采．权力意志（下卷）［M］．孙周兴，译．北京：商务印书馆，2007：689－690.

3. 尼采的小说家论

尼采对西方小说家及其创作有所关注，并且根据自己的哲学思想和美学思想做出独特的评判。从所关注和讨论的人员来看，尼采特别关注那些在文学史和思想史上都有一定影响的作家。预先要说明的是，尼采关注的这些人的主要文学成就在小说领域，但也兼涉其他文学题材和领域，如诗歌、戏剧和文学批评等。遇到这些情况，本书一并梳理。

另外要指出的是，尼采在各种著作中对某些小说家只是略有提及，并未加以评价。以晚年未刊遗稿为例，尼采就多次蜻蜓点水似地提及某些作家。如第1［171］条中提及16世纪法国人文主义小说家拉伯雷（F. Rabelais，1494—1553），说后者的创作表现“放纵的感官力量”❶。众所周知，拉伯雷的长篇小说《巨人传》使用狂欢化手法，不无夸张地书写三代巨人国王的肉体、感性等方面的出格追求。想必尼采所说的“放纵的感官力量”主要是指这个方面。如第2［121］条中提及19世纪英国浪漫主义诗人、历史小说之父司各特（W. Scott，1771—1832），认为他是小说家中具有“现代人的五花八门及其魅力”而“本质上是躲藏和厌烦”的“演戏”者之一。❷ 如第3［16］条中仅仅列出欧洲3位小说家的名字，包括意大利浪漫主义小说家、戏剧家孟佐尼（A. Manzoni，1785—1873）、奥地利小说家斯蒂夫特（A. Stifter，1805—1868）和瑞士小说家、诗人凯勒（G. Keller，1819—1890）。❸如第10［2］条中再次提及斯蒂夫特和凯勒，认为他们“是更强大、

❶（德）尼采．权力意志（上卷）［M］．孙周兴，译．北京：商务印书馆，2007：52.
❷（德）尼采．权力意志（上卷）［M］．孙周兴，译．北京：商务印书馆，2007：143.
❸（德）尼采．权力意志（上卷）［M］．孙周兴，译．北京：商务印书馆，2007：205.

内心健康的标志"，但这次尼采是把他们称为"诗人们"[1]。如第6［5］条中提及法国浪漫主义小说家德奥勒维利（B. d'Aurevilly，1808—1889）。[2] 如第7［7］条中提及法国浪漫主义文学之父、小说家夏多布里昂（F. R. de Chateubriand，1768—1848）在致友人的信中谈及对罗马竞技场的最初印象。[3] 对这类尼采只是顺带提及的小说家或作家，尽管他们在文学史上的地位非同一般，本书也只好忍痛割爱，略而不谈。

总体来看，尼采比较详细甚至系统地品评过的小说家，主要出自法国，包括伏尔泰、卢梭、雨果、乔治·桑、梅里美、司汤达、福楼拜、左拉、龚古尔兄弟和莫泊桑。此外，还有英国的乔治·艾略特，俄国的陀思妥耶夫斯基、列夫·托尔斯泰等。法国在中世纪时就是骑士文学（以后的长篇小说发端于骑士叙事诗）的发源地和中心地带，文艺复兴时期又出现西方第一部长篇小说即拉伯雷的《巨人传》，18世纪是启蒙主义小说如哲理小说的繁荣地，19世纪则先后兴起现实主义文学和自然主义文学思潮，小说名家更是灿若群星。尼采在品评小说家时将目光重点放在法国，是行家里手的做法。

3.1 法国启蒙主义小说家论

18世纪是欧洲启蒙主义运动兴起的世纪，启蒙主义文学是这个时期的新兴潮流。法国是启蒙主义运动和启蒙主义文学的发源地，涌现出一批启蒙主义小说家、诗人和戏剧家。尼采在自己的著作中谈论过18世纪法国思想家、文学家伏尔泰和卢梭。虽然作为文学家，伏尔泰写过诗歌，创作过戏剧，但他主要还是以哲理小说《老实人》著称，而卢梭也是以书信体小说《新爱洛依丝》、自传小说《忏悔录》闻名于世，所以本书将他们归入小说家的行列。

伏尔泰（Voltaire，1694—1778），本名弗朗索瓦—马利·阿鲁埃（François-Marie Arouet），是法国启蒙思想家、法国启蒙运动泰斗，被

[1] （德）尼采．权力意志（上卷）［M］．孙周兴，译．北京：商务印书馆，2007：519.
[2] （德）尼采．权力意志（上卷）［M］．孙周兴，译．北京：商务印书馆，2007：274.
[3] （德）尼采．权力意志（上卷）［M］．孙周兴，译．北京：商务印书馆，2007：332.

誉为“法兰西思想之王”，其思想和历史方面的代表作有《哲学通信》《路易十四时代》等。伏尔泰反对封建君主专制制度，主张开明君主制，美化英国的君主立宪制，认为最理想的是由“开明”的君主按哲学家的意见来治理国家；提倡自然神论，信奉自然权利说，认为“人们本质上是平等的”，要求人人享有“自然权利”；批判天主教会，主张言论自由，提倡对不同宗教信仰采取宽容的态度，终生与宗教偏见做斗争。伏尔泰被广泛传颂的一句话（实为后人杜撰）是：“我并不同意你的观点，但是我誓死捍卫你说话的权利。”一般认为，在启蒙思想家中，伏尔泰的主张代表上层资产阶级的立场。

尼采在晚年自传《看哪这人!》中特别提到自己的早年著作《人性的，太人性的》是受伏尔泰自由精神的影响而写作的，并给予伏尔泰以很高的评价：

> 《人性的，太人性的》这本书是危机的里程碑。它被认为是给自由精神写的书，其中每句话都标志着一次胜利——藉此，我清除了不合于我本性的东西。理想，就不适合我的本性。这本书的题目意思是说，“在你们看到理想事物的地方，我见到的却是——人性的，啊，人性的!”……本书的声调、语气都有所改变，人们一定会认为它聪明、冷静，有时很生硬、冷嘲热讽。一种高雅审美的精神性，似乎始终反对地上的更为激烈的潮流。在这种关系上说，本书赶在伏尔泰逝世百周年纪念日发行，似乎有些不太合适，但却很有意义。因为，同以后的作家相反，伏尔泰首先是个精神贵族：和我一模一样。伏尔泰的名字出现在我写的一本书中——这的确是一种进步——向我自己进了一步……假如你看得更仔细一些，就会发现压根无情的人，他能窥见精神隐身的一切缝隙——好像是理想赖以隐身的壁垒和最后的避难所。手握火炬，它没有明灭迟疑的光，而是一道耀眼的光柱，直射理想的地狱。这就是战争。但是，这场战争没有火药，没有硝烟，看不见好战的姿态，没有

激情和残肢断臂——这一切本身或许仍然是“理想主义”。[1]

尼采坦承在伏尔泰逝世百周年纪念日发行的《人性的，太人性的》是“一本献给自由精灵的书”，而自由精灵正是伏尔泰思想的代名词。这一点有尼采本人为该书1878年初版时写的“提示”可以证明。尼采写道：“一个冬天在索伦托逗留期间（1876—1877）形成的这本独白式的书，如果不是1878年5月30日的临近太强烈地激起了及时向最伟大的精神解放者之一表示个人敬意的愿望，那么它现在就不会发表。”[2]尼采所说的“最伟大的精神解放者之一”就是指伏尔泰，他于1778年5月30日晚上11时辞世，1878年5月30日正是他逝世一百周年纪念日。尼采所反对的“理想”或“理想主义”，是指欧洲流传下来的各种思想传统，如苏格拉底开启的理性主义，如基督教信仰与伦理。这些“理想”相对于尼采心目中的“强力意志”“超人”来说，是半吊子的、折中的，因此是“人性的，太人性的”。尼采认为《人性的，太人性的》一书的声调语气是高冷的，显得既“聪明、冷静”，又“生硬、冷嘲热讽”，具有“高雅审美的精神性”。由此尼采认为伏尔泰是自己的同类，也是“精神贵族”。这种人眼光锐利，常常“看得更仔细一些”“能窥见精神隐身的一切缝隙”，包括“理想赖以隐身的壁垒和最后的避难所”。同时，这种人“手握火炬”，发射出“一道耀眼的光柱，直射理想的地狱”，向腐朽的“理想”发起战争。当然，这场战争是思想之战和精神之战，“没有火药，没有硝烟”“没有激情和残肢断臂”，甚至连“好战的姿态”也没有。这正是尼采素来喜欢并一直提倡的战争，纯精神的较量与对抗。那些将尼采所说的战争理解为消灭肉体、征服其他民族的战争的人如希特勒、墨索里尼等法西斯分子，对尼采的误解是多么的深！

不过后来尼采对伏尔泰的评价中增加了许多否定性成分，部分原因是他接触到并接受了几个法国作家、教士和思想家对伏尔泰的看法。

[1] （德）尼采．看哪这人！．载《权力意志》［M］．张念东、凌素心，译，北京：商务印书馆，1991：61．

[2] （德）尼采．人性的，太人性的［M］．杨恒达，译．北京：中国人民大学出版社，2005：第一卷扉页．

尼采认为，1761—1770 年担任法兰西学士院院士的特吕布勒教士（Abbé Trublet）把伏尔泰称为“完美的庸人”，虽然可以“理解为对伏尔泰的耻辱”，但同时又是“极有道理”的。尼采持这种观点和态度的理由是：“倘若伏尔泰并不是这种庸人，倘若他是一个例外，就像那个那不勒斯的加利亚尼一样是一个例外，那个乐观的世纪所产生的最深沉和最深思的小丑，那么，他的力量是从何而来发挥作用的呢？他对他的时代的优势从何而来？”[1] 在尼采看来，正因为伏尔泰是与众人相似相通的“庸人”，是“那个乐观的世纪所产生的最深沉和最深思的小丑”，他才会在众人中“发挥作用”，产生那么大的影响，从而构成“对他的时代的优势”。

尼采阅读法国诗人波德莱尔的《遗稿及未刊书信集》（1887）后，曾经引用波德莱尔论及伏尔泰的一段原话：“我在法国感到无聊，因为那里所有人都与伏尔泰相似。伏尔泰是一个毫无诗意的人（爱默生把他遗忘了），街头混混们的头，浅薄者的王子，反艺术者，看门人的传道者。”[2] 波德莱尔将伏尔泰视为“一个毫无诗意的人”，并说他是“街头混混们的头，浅薄者的王子，反艺术者，看门人的传道者”，从迎合底层平民（“街头混混”）的要求与欲望、将深刻思想通俗化、创作哲理小说有违艺术的高雅、主张自然权利的平等（“看门人的传道者”）等方面，全面贬低伏尔泰。波德莱尔特别谈到伏尔泰嘲讽“不朽灵魂”的事。伏尔泰对天主教尤其是宗教偏见与狂热的批判是非常激烈的，他认为所谓纯洁的、“不朽”的灵魂实际上并不存在，灵魂离不开肉体，也就是说，“灵魂居于屎与尿之间”。尼采据此判断，“波德莱尔从这种定位中猜到了‘神意对爱情的戏弄和讽刺，在世代生成的模式上，则是一个原罪的表征。事实上，我们只能用排泄器官做爱’”。[3] 尼采这种表态实际上是对伏尔泰反宗教偏见的支持。

此外，尼采还在晚年未刊遗稿中摘抄了《埃德蒙·龚古尔日志》中这样一段话：“伏尔泰乃旧法兰西的最后一个人物，狄德罗则是新法

[1] （德）尼采．权力意志（下卷）［M］．孙周兴，译．北京：商务印书馆，2007：685.
[2] （德）尼采．权力意志（下卷）［M］．孙周兴，译．北京：商务印书馆，2007：765.
[3] （德）尼采．权力意志（下卷）［M］．孙周兴，译．北京：商务印书馆，2007：766.

兰西的第一个人物。伏尔泰埋葬了史诗、寓言、短诗、悲剧。狄德罗则开创了现代小说、戏剧和艺术批评。”[1] 从引文的内容来看，法国自然主义小说家埃德蒙·龚古尔断定伏尔泰是“旧法兰西的最后一个人物”、狄德罗是“新法兰西的第一个人物”的主要根据，是在文学史上的所作所为。也就是说，埃德蒙·龚古尔认为，伏尔泰是对法兰西传统思想和文学的总结，是旧时代的思想和文学的埋葬者和守护者，他创作了史诗、寓言、短诗、悲剧等各体文学作品，但同时也为这些文学体裁送终。狄德罗则开创了对后世影响深远的文学样式如哲理小说、正剧，并系统地阐述了相关的文学艺术理论。笔者认为，这些观点虽然是从埃德蒙·龚古尔日记中抄录出来的，但在一定程度上也代表尼采对这些观点的认同。

卢梭是尼采讨论过的第二位 18 世纪法国小说家和思想家。

卢梭（J. J. Rousseau，1712—1778），出生于瑞士日内瓦法语区，是法国伟大的启蒙思想家和文学家。作为思想家，卢梭是杰出的民主政论家和教育家，著有《论人类不平等的起源和基础》《社会契约论》《论科学与艺术》，他最有名的思想主张是“返回自然”和“天赋人权”；作为文学家尤其是小说家，卢梭是浪漫主义文学流派的开创者，被视为浪漫主义运动的先驱，著有哲理小说《爱弥儿》、自传小说《忏悔录》和书信体小说《新爱洛漪丝》等。

尼采对卢梭的关注点，主要不在文学方面，而在思想领域。他在晚年著作《偶像的黄昏》中谈论卢梭的“返回自然”主张，并由此出发，对卢梭的平等、民主观大加质疑：

> 我也谈论“复归自然”（又译“返回自然”——引者），虽然它其实不是一种倒退，而是一种上升——上升到崇高、自由甚至可怕的自然和天性，这样一种天性戏弄、并且有权戏弄伟大的使命……然而卢梭——他究竟想回到哪里？卢梭，他集第一个现代人、理想主义者和贱氓于一身；他为了能忍受他自己的观点，必须有道德“尊严”；由于无限的虚荣心和无限的自卑感而生病。连

---

[1] （德）尼采．权力意志（下卷）［M］．孙周兴，译．北京：商务印书馆，2007：816.

> 这个躺在新时代门槛上的畸胎也想“复归自然”……我之憎恶卢梭还在于大革命，它是这个理想主义者兼贱氓的双料货的世界历史性表现。这场大革命所表演的流血闹剧，它的“不道德”，均与我无关，我所憎恨的是它的卢梭式“道德”——大革命的所谓“真理”，它藉此而始终仍在发生作用，并把一切平庸的东西劝诱过来。平等学说！……但是决不会有更毒的毒药了，因为这个学说貌似出于公正本身而被鼓吹，其实却是公正的终结……“给平等者以平等，给不平等者以不平等”——这才是公正的真正呼声，由此而推出：“决不把不平等拉平。”——围绕着这个平等学说发生的恐怖和流血事件，给这个卓越的“现代理念”罩上了一种光辉和火光，以致革命如同奇观一样也吸引了最高贵的灵魂。归根到底，继续尊崇它是没有理由的。——我只看到一个人对它感到厌恶，就像必定会感到的一样——歌德。[1]

尼采在这段话里讨论并质疑了卢梭的两种主张：一是返回自然说；二是天赋人权说即平等、民主观。卢梭在长篇小说《新爱洛漪丝》《忏悔录》和《爱弥儿》中都生动地阐述过这些主张。卢梭“返回自然”主张的内涵前期和后期有所变化：在早期作品中，他把自然描述为原始人所处的原始状态，后期则把自然描述为人确立个性的自发性，自然意味着内心的状态、完整的人格和精神的自由。与“自然”形成对比的，是人类社会在文明幌子下进行的各种压迫和奴役，因此，返回自然就是使人恢复自然过程的力量，脱离外界社会的各种压迫以及文明的偏见。在尼采看来，卢梭强调回归自然，却念念不忘文明社会里的道德尊严，缺乏真正的单纯、原始的天性，有的是“无限的虚荣心和无限的自卑感”，这表明他是“第一个现代人”，是“躺在新时代门槛上的畸胎”，与自然人、原始天性无疑相差十万八千里。其实尼采本人也是反对文明、赞美自然和野性的。他反复强调文明会弱化种族和人类的危害，认为：“文明引起某个种族的生理衰退。”[2]“充满活力的

---

[1] （德）尼采. 偶像的黄昏［M］. 周国平，译. 北京：光明日报出版社，2000：91－92.
[2] （德）尼采. 权力意志（下卷）［M］. 孙周兴，译. 北京：商务印书馆，2007：1179.

原始人在文明化城市强制下的堕落。”[1] 尼采将文明或文化称为对人类的驯化，认为：“人类的驯化（‘文化’）不可深化……凡在驯化深处，它立即就成了退化（类型：基督徒）。”[2] 与之相对，尼采对自然、野蛮、野性是持肯定态度的。他说：“如果说自然没有对退化者的同情，那并不是因为自然是非道德的：相反，人类生理弊病和道德弊病的增长乃是一种病态的和非自然的道德的结果。”[3] “以其野性的本性，人们最能从自己的非自然中恢复过来。”[4] “‘野蛮的’人（或用道德说法：恶人）是向自然的回归，——而且在某种意义上讲，——就是人类的复元，人类对‘文化’的解脱……”[5] 从这些表述可以看出，尼采认为，正因为没有对“退化者”和“人类生理弊病和道德弊病”表示同情，“自然”才会促进人类的进步，克服人类肉体和精神方面的各种弊病。凭借“野性”，人类可以从各种“非自然”状态中复元。所谓野蛮人，恰恰是向真正的“自然”的回归，是人类对文化或文明的解脱，也是人类的自我复元。尼采这些表述，同上面那段引文中他认为“复归自然”说“是一种上升——上升到崇高、自由甚至可怕的自然和天性，这样一种天性戏弄、并且有权戏弄伟大的使命”这一观点，是完全一致的。

在上面那段引文中，尼采明确表示自己憎恶卢梭的第二个原因是1789年法国大革命，或者更明确地说，是卢梭的政治思想主张对这场革命的巨大影响。如果说“返回自然”主张体现了卢梭作为“现代人”的特点，那么卢梭的政治思想“天赋人权”说、平等说则是他作为“理想主义者兼贱氓的双料货的世界历史性表现”。尼采憎恶法国大革命的什么呢？是它遵循了“卢梭式‘道德’”，也即大革命的所谓“真理”。这种道德或真理就是旨在“把一切平庸的东西劝诱过来”的平等学说。尼采认为没有比卢梭的平等说“更毒的毒药”，“因为这个

[1] （德）尼采．权力意志（上卷）［M］．孙周兴，译．北京：商务印书馆，2007：102.

[2] （德）尼采．权力意志（下卷）［M］．孙周兴，译．北京：商务印书馆，2007：1049.

[3] （德）尼采．权力意志（下卷）［M］．孙周兴，译．北京：商务印书馆，2007：1180.

[4] （德）尼采．权力意志（下卷）［M］．孙周兴，译．北京：商务印书馆，2007：1230.

[5] （德）尼采．权力意志（下卷）［M］．孙周兴，译．北京：商务印书馆，2007：1049.

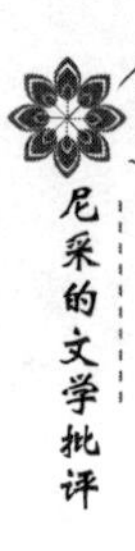

学说貌似出于公正本身而被鼓吹，其实却是公正的终结”，而在实践中，围绕着这个平等学说发生了诸多恐怖和流血事件。众所周知，在社会政治观上，卢梭坚持社会契约论，主张建立资产阶级的“理性王国”，主张自由平等，提出“天赋人权说”，反对专制、暴政。尼采则站在“精神贵族”的立场，固执地反对平等、公正主张。他说：“对于平等权利的意图，说到底是对于平等需求的意图，我们这种商业和政治选票等值性的文明类型的一个几乎不可避免的结果，导致一种更高等的、更危险的、更奇特的、总而言之更新的人类的出局和缓慢消逝：试验仿佛终止了，达到了某种停滞状态。”❶ 倡导平等，自然而然就会“把距离的鸿沟贬为非道德的”❷。在尼采看来，“确立权利平等、迷信‘人人平等’的后果”是这样的：“那些没落本能（怨恨、不满、破坏欲、无政府主义和虚无主义）的载体，包括奴隶本能，那些长期困于下层的阶层的怯懦、狡诈、下流本能，就都混杂到所有等级的全部血液之中。”❸ 与之相关，尼采反对民主观念。他指出：“民主主义者的出现和增长”会导致“欧洲的愚昧化，以及欧洲人的缩小”❹。“对特权者和强者的越来越大的战胜，因而出现了民主制度，最后出现了成员们的无政府状态。”❺ “在民主时代里，‘权力意志’受到仇视，它的整个心理学似乎都是以贬低和诋毁‘权力意志’为定向的……”❻ 在尼采看来，卢梭和苏格拉底、基督耶稣、路德是“四位伟大的民主主义者”❼。鉴于平等、民主主张会填平人与人之间本来存在和应该存在的差距或鸿沟，会导致各种情绪和思想（如怨恨、不满、破坏欲、无政府主义和虚无主义，如下层阶层的怯懦、狡诈、下流本能等），会导致欧洲人的愚昧化和渺小化，会导致仇视、贬低和诋毁强力意志局面的出现，尼采竭力主张“给平等者以平等，给不平等者以不平等”“绝

---

❶ （德）尼采．权力意志（下卷）［M］．孙周兴，译．北京：商务印书馆，2007：754.
❷ （德）尼采．权力意志（下卷）［M］．孙周兴，译．北京：商务印书馆，2007：786.
❸ （德）尼采．权力意志（下卷）［M］．孙周兴，译．北京：商务印书馆，2007：1105.
❹ （德）尼采．权力意志（上卷）［M］．孙周兴，译．北京：商务印书馆，2007：80.
❺ （德）尼采．权力意志（上卷）［M］．孙周兴，译．北京：商务印书馆，2007：390.
❻ （德）尼采．权力意志（下卷）［M］．孙周兴，译．北京：商务印书馆，2007：1001.
❼ （德）尼采．权力意志（上卷）［M］．孙周兴，译．北京：商务印书馆，2007：397.

不把不平等拉平”，并认定“这才是公正的真正呼声”。

需要指出的是，尼采以发挥人的强力意志为由，排斥现实社会中的平等思想和民主观念，完全否定卢梭的政治思想主张，无疑是偏颇和错误的。

3.2 法国浪漫主义小说家论

浪漫主义是18世纪末19世纪初发源于德国和英国而后盛行整个欧洲的文学思潮。法国虽然不是这股文学思潮的发源地，但涌现出了一批著名的浪漫主义小说家。尼采评论过的法国浪漫主义小说家主要有雨果、乔治·桑等。

维克多·雨果（Victor Hugo，1802—1885），是法国浪漫主义诗人、小说家、戏剧家和文艺理论家。雨果创作历程超过60年，写过诗歌、小说、剧本、文艺评论及政论文章，作品包括26卷诗歌、20卷小说、12卷剧本、21卷哲理论著，给法国和人类留下一份十分辉煌的文化遗产。他的代表作是3部长篇小说《巴黎圣母院》《悲惨世界》《九三年》等。

世界文学史上一般认为雨果既是法国浪漫主义文学的杰出代表，也是整个欧美浪漫主义文学最具代表性的作家。但尼采几乎是冒天下之大不韪，对雨果的评价非常低。

首先，尼采直言雨果思想肤浅。他颇为不敬地称雨果是19世纪法国三大“蠢货”之一，另外两个“蠢货”，一个是神甫、哲学家、政论家拉梅内（H. F. R. de Lamennais，1782—1854），另一个是历史学家米什莱（Jules Michelet，1798—1874）。[1] 尼采说：“雨果醉心于西班牙，因为它是‘汲取古代文化最少的国度，因为它根本就不必接受任何古典文化的影响’。”[2] 没有接受古典文化的影响就意味着缺乏底蕴和思想的深度，雨果沉迷于搜奇猎艳，只热衷于“汲取古代文化最少

[1] （德）尼采．权力意志（上卷）［M］．孙周兴，译．北京：商务印书馆，2007：299.
[2] （德）尼采．权力意志（上卷）［M］．孙周兴，译．北京：商务印书馆，2007：332.

的国度”西班牙的风情与历史，只能反映出他感情与思想的浅薄。

尼采认为雨果自诩为思想家，但真正缺乏的恰恰又是思想。他特意摘抄《埃德蒙·龚古尔日志》中的一段话评价道：“雨果野心勃勃，想被人们看作一位思想家。令人惊讶的是，他身上所缺失的正是思想。他不是一位思想家，而是一个自然生物（福楼拜说他是自然主义者）：在他的血管里流淌的是树汁。”❶ 福楼拜说雨果血管里流淌的是植物的汁液，意思是指雨果缺乏人类这种高等动物的激情和血性。尼采在提及德国歌剧家瓦格纳“富于精神的贫困”时，又拉上雨果陪绑：“缺乏思想，恰如在雨果那里：一切皆姿态。”❷ “一切皆姿态”是指虚张声势、哗众取宠。

那么，尼采不满意雨果（以及瓦格纳）的究竟是什么呢？尼采在晚年未刊遗稿中曾经说过这么一段话：“尤其是‘天才们’：他们变成了人们借以让人振奋的那些情感的宣告者——同情的音符，甚至那种对于一切受苦、低贱、受蔑视、受迫害者的崇敬之心的音符，压倒了所有其他音符（典型：雨果和瓦格纳）。”❸ 在这段又一次将雨果和瓦格纳并提的文字里，不难找到尼采不满意雨果的答案，是因为他在自己的作品里发出了“同情的音符”，即“那种对于一切受苦、低贱、受蔑视、受迫害者的崇敬之心的音符”，简言之，是因为雨果对受苦者、低贱者、受蔑视者、受迫害者表示深刻的同情，宣扬了人道主义思想感情。

雨果几乎经历了19世纪法国的所有重大事变，是人道主义思想的代表人物，是法国文学史上卓越的资产阶级民主作家。雨果秉持人道主义思想立场，站在资产阶级共和主义的立场上，充分肯定法国大革命的正义性和进步性，同时又极力反对拿破仑三世的政变和恢复帝制。雨果在《九三年》中通过共和军青年司令官郭文之口，宣扬人道主义思想的绝对性和至高无上，认为“在绝对正确的革命之上，还有一个绝对正确的人道主义”。显然，尼采说雨果缺乏思想，不是因为狂妄无

❶ （德）尼采．权力意志（下卷）[M]．孙周兴，译．北京：商务印书馆，2007：817－818.
❷ （德）尼采．权力意志（下卷）[M]．孙周兴，译．北京：商务印书馆，2007：1275.
❸ （德）尼采．权力意志（下卷）[M]．孙周兴，译．北京：商务印书馆，2007：1106.

知，而是精英主义偏见在作祟。

其次，尼采认为雨果败坏了文学语言。这次尼采依然是将雨果和瓦格纳捆绑在一起。尼采指出：

> 声音的图画般的绚丽和力量，音调的象征性，节奏，和谐和不和谐的音色，音乐的暗示含义，着眼于其他艺术，整个随着瓦格纳而占上风的音乐的感性——所有这一切都是瓦格纳从音乐中认识、发掘和阐发出来的。雨果在语言方面做了某种类似的事情：但即便在今天，人们在法国谈到雨果时也会问问自己：他是不是败坏了语言……随着语言中感性的提高，是不是压制了语言中的理性、精神性和深刻的规律性？在法国，诗人们成了雕塑家；而在德国，音乐家们成了戏子和文化粉饰者——这不就是颓废的标志吗？
>
> 瓦格纳借助于音乐搞出一切可能的非音乐的东西：他让人理解了膨胀、德性、激情。[1]

尼采认为，作为音乐家的瓦格纳在歌剧中突出声音的图画般的绚丽和力量、音调的象征性、节奏、音色以及音乐的暗示义，总之“着眼于其他艺术”，从而凸显了“音乐的感性”。与此相似，作为小说家和诗人的雨果，致力于挖掘语言的音乐性和形象性，致力于“语言中感性的提高”，其结果只能是“压制了语言中的理性、精神性和深刻的规律性”。长此以往，受瓦格纳影响的德国音乐家成了戏子和文化粉饰者，而以雨果为榜样的法国诗人、小说家们则成了雕塑家。这种艺术领域的“反串”，尼采觉得是“颓废的标志”。

语言文字首先传达的是一种声音或音响，雨果在自己的诗歌和小说创作中尝试语言的视觉功能，应该值得鼓励。尼采却一棍子打死，赐以“颓废的标志”。与他对雨果思想的否定相似，尼采对雨果语言试验方面的恶评也体现了他作为“精神贵族”的偏见，并显露出语言传统卫道士的一面。看来，高喊“重估一切价值”的尼采也有保守的

---

[1] （德）尼采．权力意志（下卷）［M］．孙周兴，译．北京：商务印书馆，2007：1247 - 1248.

时候。

尼采评论过的第二位法国浪漫主义小说家是女作家乔治·桑。

乔治·桑（George Sand，1804—1876），原名露西·奥罗尔·杜邦，法国著名女小说家。1832 年她凭借第一部长篇小说《安蒂亚娜》一举成名。雨果曾称颂她“在我们这个时代具有独一无二的地位。其他伟人都是男子，惟独她是伟大的女性”。1831 年，她离开丈夫带着一对儿女定居巴黎，很快就成为巴黎文化界的红人，身边经常围绕着多位仰慕者和追随者，并留下一篇篇揭示内心深处情感世界奥秘的情书佳作。其中她与大文学家缪塞的艳事、与音乐大师肖邦十余年的同居生活成为法兰西 19 世纪的美谈之一。也许正因为如此，就连一向以“重估一切价值”自傲的尼采也对她多有挖苦之语。尼采武断地认为，乔治·桑和卢梭、席勒、卡莱尔等“那些至今依然让人满心欢喜的作者们”一样，“永远是丢人现眼的”❶。

尼采在晚年著作《偶像的黄昏》中谈及乔治·桑，语多讽刺：

> 乔治·桑。——我读过《旅行书简》第一卷，就像卢梭写的一切东西，虚假，做作，咋呼，夸张。我受不了这种花里胡哨的糊墙纸风格；就如同受不了贱氓想显示慷慨情感的虚荣心一样。当然，最糟糕的还是女人用男子气、用顽童举止来卖弄风情。……她会如何自我欣赏地躺在那里，这条多产的写作母牛，她身上具有某些坏的德国素质，就像她的师傅卢梭一样，并且无论如何只有在法国趣味衰败时她才可能出现！❷

这段话在尼采晚年未刊遗稿的第 11［24］条目下得到重复，内容稍有变化：

> 乔治·桑。我读了《旅行者书信》的第一封：与卢梭所著的一切一样，根本上都是错误的，都是道德主义的欺骗，就如同她本身一样，这位“女艺术家”。我受不了这种花哨的裱糊布风格，同样受不了粗俗之人对“高贵的”激情、英雄气概和英雄思想的

---

❶（德）尼采．权力意志（下卷）［M］．孙周兴，译．北京：商务印书馆，2007：900.

❷（德）尼采．偶像的黄昏［M］．周国平，译．北京：光明日报出版社，2000：58.

> 这样一种激动野心。在写这些书信时想必她是多么的冷酷，就如同维克多·雨果、巴尔扎克，如同一切真正的浪漫主义者。而她多么沾沾自喜地在那里，这位多产的胖母牛，与卢梭本人一样，带有某种德国味，不过只是在一切法兰西趣味和精神结束后才可能有一点德国味……然后，埃纳斯特·勒南（Ernest Renan，法国19世纪史学家——引者）却对她爱慕有加……[1]

一般认为，乔治·桑的作品描绘细腻，文字清丽流畅，风格委婉亲切，具有强烈的感染力，尼采却将她的写作风格称为“花里胡哨的糊墙纸风格”，认为其语言“虚假，做作，咋呼，夸张”。尼采将乔治·桑比喻为“多产的写作母牛”，这倒与事实相符，据说乔治·桑一生共创作244部作品，包括文艺作品、回忆录以及大量书简和政论文章。尼采最不满意乔治·桑的，是她的女性主义思想与行为，即“女人用男子气、用顽童举止来卖弄风情”。乔治·桑在巴黎过着完全蔑视传统、崇尚自由的新生活，抽雪茄、饮烈酒、骑骏马、穿长裤，一身男性打扮，周旋于众多的追求者之间。在尼采看来，乔治·桑的“师傅”即精神导师是被称为“近代女性运动的点火者”的法国启蒙思想家卢梭，后者在《社会契约论》（1762）首次提出“天赋人权”论，也提到了女性的“天赋人权”问题。乔治·桑是个民主主义者，在一定意义上称得上是女性解放的先驱。在两性关系上，她倡导女性的主导地位，认为女人不应该成为男人情欲的发泄对象，女人也有自己的七情六欲，应该主动获得满足。据说当有人批评她这个矮小（身高1.54米）、放荡的女人不该同时有4个情人时，乔治·桑竟然回答说，一个像自己这样感情丰富的女性，同时有4个情人并不算多。她曾借自己的作品公开宣称：“婚姻迟早会被废除。一种更人道的关系将代替婚姻关系来繁衍后代。一个男人和一个女人既可生儿育女，又不互相束缚对方的自由。”在19世纪二三十年代的法国，“女权”尚未成为一个让人熟知的名词，她却发出一妻多夫制的声音，简直冒天下之大不韪！尼采将乔治·桑的逆天言行视为“贱氓想显示慷慨情感的虚荣心”或者“粗俗

[1] （德）尼采．权力意志（下卷）［M］．孙周兴，译．北京：商务印书馆，2007：680－681.

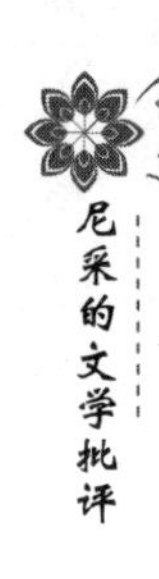

之人对‘高贵的’激情、英雄气概和英雄思想的激动野心”，不屑之情溢于言表。

尼采阅读波德莱尔的《遗稿及未刊书信集》(1887) 一书，曾经摘抄过其中评论乔治·桑的一段文字。波德莱尔是这样说的：“乔治·桑这个女人是一个道德主义者。——她有着著名的流畅文笔，为布尔乔亚们所喜爱。——她很愚蠢，很沉闷，很饶舌。在道德事情上，同样的判断深度，同样的细腻情感，就像门房和下女们。——一个不愿离开舞台的幼稚老女人。——她说服自己，相信自己的好心肠和好头脑，并且极其愚蠢地说服别人也这么做。——我不能回想这只笨鹅，一想起来总不免生出一种厌恶的颤栗。”❶ 波德莱尔认为乔治·桑文笔流畅，为小资产阶级所喜爱，她有着同“门房和下女们”类似的道德判断和细腻情感，这些断语，与尼采本人对乔治·桑的评价有神合之处。

3.3 法国现实主义小说家论

法国在19世纪二三十年代兴起了现实主义文学思潮，一般认为，这股思潮的主要奠基人是司汤达和巴尔扎克。尼采关注过的法国现实主义小说家有梅里美、司汤达和福楼拜，对司汤达的关注尤多。

梅里美 (Prosper Mérimée，1803—1870) 早年写诗，创作浪漫主义小说，即使后来成了现实主义作家，其创作也依然极具浪漫主义色彩。据现有资料可知，尼采特别关注的，正是梅里美现实主义作品中的浪漫主义元素。

梅里美是中短篇小说大师。他在小说中将瑰丽的异域风光、引人入胜的故事情节和性格不循常规的人物结合起来，形成鲜明的画面和独特的风格。尼采在晚年未刊遗稿中曾经引述一段出处待考的文字：“梅里美，像一个有缺陷的珠宝匠和畸形的银匠一样优美，他属于1830年的运动，并不是因为激情（这是他所没有的），而是因为他老谋深算

---

❶ （德）尼采. 权力意志（下卷）[M]. 孙周兴，译. 北京：商务印书馆，2007：765.

的新颖手法，以及他对素材的大胆选择。”[1] 所谓1830年的运动就是浪漫主义文学思潮和运动。这段文字的作者认为梅里美作为浪漫主义作家，主要不是凭借其“激情”，而是因为其手法“新颖”以及对神奇瑰丽的异域风光、神秘曲折的故事等题材的普遍采用。尼采大概认同原作者的观点，故摘录在自己的手稿中。

尼采还在晚年自传《看哪这人!》中直接论及梅里美。他称梅里美为“真正的无神论者”，是“光荣的”“不可多得的”人物，在法国文学史上是“绝非可提可不提的”的作家。[2] 尼采本人反对基督教，高呼“上帝死了”，他将梅里美归入“真正的无神论者”，无疑是将其看作自己的同类。

司汤达（Stendhal，又译斯丹达尔，1783—1842）是马利-亨利·贝尔（Marie-Henri Beyle）的笔名，他是19世纪法国杰出的批判现实主义作家。司汤达给人类留下多部长篇小说、几十个短篇小说以及数百万字的文论、随笔和游记，最有名的作品是长篇小说《红与黑》（1830）和《巴马修道院》（1839）。司汤达以准确的人物心理分析和凝练的笔法而闻名。他继承了莎士比亚描绘“人的心灵的激荡和热情的最精细的变化”的事业，被评论家们称为“伟大的心理作家”。司汤达的审美心理机制是内向型的。在哲学上，他主要接受法国启蒙主义和唯物主义哲学家孔狄亚克和爱尔维修的理论；在自然科学方面，他研究生理学，研究关于人的气质的理论，尤其倾注于对人的欲望、情感产生之规律的研究，并养成观察人的心灵世界之奥秘的习惯，甚至曾经立志做一个“人类灵魂的观察者”。司汤达运用自然科学研究的方法探讨爱情，提出一种新颖的爱情理论，堪称爱情心理学专家。如同给植物分类那样，他把爱情分为4种类型：激情之爱、虚荣之爱、肉体之爱、趣味之爱。他对爱情本质的思考非常深刻，认为爱情是人类特有的精神现象，称“爱情是文明的奇迹”，认定“爱情在伦理学上是一切感情中最强烈的激情”。

---

[1] （德）尼采．权力意志（下卷）[M]．孙周兴，译．北京：商务印书馆，2007：703-704.

[2] （德）尼采．看哪这人！[M] //权力意志．张念东，凌素心，译．北京：商务印书馆，1991：29.

司汤达是尼采多次肯定的作家。预先要指出的是，尼采一直将司汤达当作自己的精神导师。他在自传《看哪这人!》中曾经说过这样一段话："本书（指《不合时宜的沉思》——引者）的余威在我的一生中可称是无价之宝。……多少年来，我一直行使绝对的言论自由，今天，没有人有足够的行动自由——'帝国'内部就更没有了。我的天堂就在'我的宝剑投下的阴影中'……我的确曾把司汤达的一句箴言付诸实行：他劝诫世人，要以决斗的姿态步入社会。我是怎样选择我的对手的呢！选了德国的一流自由思想家!"❶《不合时宜的沉思》的第一部（初版于1873年）和第四部（初版于1876年）分别针对德国当时极富盛名的哲学家、宗教史学家大卫·施特劳斯（D. F. Strauss，1808—1874）和作曲家理查德·瓦格纳（W. Richard Wagner，1813—1883），对前者的宗教史观和后者的浪漫主义精神加以驳斥。尼采认为自己之所以敢于选择德国一流的思想家和音乐家作为自己"决斗"的对手，就是因为受到了司汤达"要以决斗的姿态步入社会"这一箴言的影响，并将之付诸实践。为此，尼采甚至在晚年未刊遗稿《权力意志》中特意摘录司汤达《拿破仑传》的一段话："我心中有一种近乎本能的信念，那就是：一切权贵说话时都在撒谎，写作时更是如此。"❷尼采对司汤达的崇敬之情跃然纸上。还有一件事不能忽略。司汤达1876年出版《拿破仑传》，谈到"超人"或"更高的人"，并且将自己崇拜的法国政治家和军队统帅拿破仑和意大利文艺复兴时期的某些人物视为"超人"的原型，把那些人物描写为非道德的"主宰者"。从尼采阅读并摘抄过司汤达的这本书来推测，司汤达的"超人"思想对尼采的"超人"说应该有所启发。所以在一定意义上说，两人的思想存在一定的亲缘关系。基于此，尼采对司汤达奉上不少赞美之词也就可以理解了。

首先，尼采认为司汤达是一个有哲学思想的小说家。他宣称："司汤达来自欧洲最好的、严格的哲学家学派的工作，即孔狄亚克和德特

---

❶（德）尼采．看哪这人！［M］//权力意志．张念东，凌素心，译．北京：商务印书馆，1991：58.

❷（德）尼采．权力意志（下卷）［M］．孙周兴，译．北京：商务印书馆，2007：686.

拉西的学派的工作，——他蔑视康德……”[1] 孔狄亚克（E. B. de Condillac，1715—1780）是法国启蒙主义思想家，德特拉西（D. de Tracy，1754—1836）是法国理性主义哲学家，首次提出“意识形态”概念，其思想受孔狄亚克哲学影响。尼采认为司汤达正是孔狄亚克和德特拉西这一思想流派的继承者，是德国哲学家康德的反对者，他在自己的小说创作中自然会含蓄地表达这些思想见解。

尼采第一次提及司汤达是在1882年8月出版的《快乐的科学》一书中。他在该书第95节中说：“香福德的憎恶和复仇教育了整整一代人，至尊的人士也不免受其熏陶。……奇怪的是，法国人对他这个在所有伦理学家中最为幽默的人却感到陌生，反而觉得司汤达是本世纪最具洞察力和敏感性的法国人。//这是否因为司汤达的性情中有许多德国人和英国人的东西，故而能为巴黎人所容呢？而香福德，一位心灵底蕴异常宏富、阴郁、痛苦、炽热之人，一位觉得笑是医治生活之必备良药的思想家——与其说他是法国人，还不如说他更像意大利人，更像但丁、里奥帕蒂的血缘亲戚！”[2] 香福德（Chamfort，1741—1794）是法国讽刺作家、法国科学院院士，除创作戏剧外，还著有《格言与观念，性格描绘与奇闻轶事》（1795）一书，用格言和奇闻轶事，以幽默的笔触嘲讽当时的统治阶级。尼采认为香福德“心灵底蕴异常宏富、阴郁、痛苦、炽热”，推崇笑和幽默，“觉得笑是医治生活之必备良药”，堪称“所有伦理学家中最为幽默的人”，而他对统治阶级和18世纪启蒙时代法国各种丑陋邪恶现象进行了淋漓尽致的揭露和抨击，充分展现了自己的“憎恶和复仇”情绪，本应获得法国人的偏爱，但法国人偏偏对他感到陌生。与香福德的遭遇形成鲜明对比的是，司汤达被法国人普遍视为19世纪“最具洞察力和敏感性的法国人”。尼采由此发问：“这是否因为司汤达的性情中有许多德国人和英国人的东西，故而能为巴黎人所容呢？”看来，尼采对德国人和英国人的民族特性还有肯定的一面。

---

[1] （德）尼采．权力意志（下卷）［M］．孙周兴，译．北京：商务印书馆，2007：1435.

[2] （德）尼采．快乐的科学［M］．黄明嘉，译．上海：华东师范大学出版社，2007：168－169.

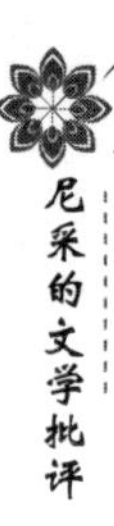

其次，尼采认为司汤达是自己心目中理想的艺术家类型。尼采最佩服司汤达的，是后者能够提倡并且能够践履艺术家节制自己的旺盛生命力的“贞洁”原则。他在晚年未刊遗稿中有两段文字指出了这一点。其中一段文字宣称：艺术家是生命力特别旺盛、性欲望和生殖力特别出色的人，“具有强壮的气质（包括身体上的强壮）、精力过剩、力大如牛、感觉丰富”，常常有“性系统的某种亢奋”“身上必须有一种永恒的青春和春天，一种习惯的陶醉”，唯有这样，他们才有超常的“多产能力”；与此同时，艺术家又不是放纵欲望的人，他们能够拥有精力和欲望方面的克制力与贞洁，也就是拥有“艺术家的节约”，他们“不应该如其所是地看待事物，而是应该更充实、更简单、更强壮地看待事物”，而贝尔（司汤达本名——引者）正是“在此类问题上毫不迟疑的人”，因为他“力劝艺术家们在自己的手艺兴趣方面保持贞洁”❶。

另一段文字则说：

> 一种相对的贞洁，一种在思想中对色情本身的根本而明智的谨防之心，即便在那些内涵丰富而完整的人物那里，也可能属于生命的伟大理性。这个定律尤其适合于艺术家，它属于艺术家们最优秀的生命智慧。完全无可怀疑的声音已经在这个意义上传播出来了：我举出司汤达、戈蒂埃和福楼拜。按其本性来说，艺术家也许必然地是感性的人，说到底是敏感的，在任何意义上都是平易近人的，喜欢刺激，哪怕是远远而来的刺激感应。尽管如此，一般而言，在自身使命、自身要求精益求精的意志的强制下，艺术家事实上是一个适度的人，甚至常常是一个贞洁之人。他的主导本能就是这样来要求他的：这种本能不允许他以这种或者那种方式耗尽自身。这是同一种力量，就是人们在艺术构思和性行为中消耗的力量：只有一种力量。❷

---

❶ （德）尼采．权力意志（下卷）［M］．孙周兴，译．北京：商务印书馆，2007：1025.

❷ （德）尼采．权力意志（下卷）［M］．孙周兴，译．北京：商务印书馆，2007：1388－1389.

从这段文字则可以看出，尼采认为司汤达像所有真正的艺术家一样，尽管是“感性的”“敏感的”和“喜欢刺激的”人，但他能够坚守“相对的贞洁”“属于生命的伟大理性”和“属于艺术家们最优秀的生命智慧”，坚持“一种在思想中对色情本身的根本而明智的谨防之心”，从而“在自身使命、自身要求精益求精的意志的强制下”成为一个“适度的人”“贞洁之人”。由此可见，尼采虽然鼓励发挥生命的强力意志，但并不主张放纵和肆虐个体的生命力，每个人尤其艺术家的“主导本能”要求他/她或者说禁止他/她“以这种或者那种方式耗尽自身”。

尼采自传《看哪这人!》里有一段话，再次高度评价司汤达：

> 司汤达是我生命中最美好的偶然之一——因为他身上体现的一切划时代的事件，都是我偶然看到的，绝不是他人推荐的——司汤达独具慧眼，是有先见之明的心理学家，他把握事实的能力令人想到最伟大的事实的邻近（看见鹰爪就知道拿破仑）。……莫非我本人嫉妒司汤达吗？他先声夺人，讲了一句无神论的绝妙俏皮话，这本该由我来说才是：“上帝唯一可原谅之点，就是他并不存在。”……我本人在什么地方也说过。迄今为止，对生命的最大责难是什么呢？上帝……❶

德国人尼采认为自己“邂逅”法国小说家司汤达是自己“生命中最美好的偶然之一”，因为自己偶然看到了这位法国作家“身上体现的一切划时代的事件”。尼采在这段话里提及司汤达的两个特点：一个是擅长心理分析，“独具慧眼”，具有先见之明，“把握事实的能力”超强；另一个是司汤达反基督教反上帝的“无神论”观点。司汤达以反讽的语气绝妙地指出基督教和上帝信仰的内在悖论：“上帝唯一可原谅之点，就是他并不存在。”尼采认为这话同自己认定上帝是迄今为止“对生命的最大责难”的观点不谋而合，可惜这绝妙的俏皮话已经让司汤达抢先说出，自己只有对他的“先声夺人”表示嫉妒的份儿。这颇

❶（德）尼采．看哪这人！［M］//权力意志．张念东，凌素心，译．北京：商务印书馆，1991：29.

有李白读崔颢的《黄鹤楼》而生“眼前有景道不得，崔颢有诗在上头”之慨的味道。

居斯塔夫·福楼拜（Gustave Flaubert，1821—1880）是19世纪法国继司汤达、巴尔扎克之后又一位伟大的现实主义小说家，同时又是19世纪后期在法国文坛影响极大的自然主义文学的先驱，有文学史家甚至称他为“自然主义文学的鼻祖”。又因十分注重艺术和语言的完美，福楼拜对后世欧洲现代主义文学产生了极其深远的影响，被论者誉为“西方现代小说的奠基者”。他的名作有长篇小说《包法利夫人》《情感教育》《萨朗波》等。

尼采认为福楼拜同司汤达一样，能够提倡并且能够践履艺术家节制自己的旺盛生命力的“贞洁”原则。尼采在晚年未刊遗稿中反复指出这一点。如宣称：艺术家常常“具有强壮的气质（包括身体上的强壮）、精力过剩、力大如牛、感觉丰富”，而且往往伴随“性系统的某种亢奋”，但是他们又得适当克制和“节约”自己过于旺盛的生命力和“多产能力”，这种节约就是艺术家的“贞洁”，“贞洁只是艺术家的节约”，福楼拜就“力劝艺术家们在自己的手艺兴趣方面保持贞洁”，而不要放纵自己的欲望。[1] 尼采还说：艺术家必须具有“属于生命的伟大理性”和“属于艺术家们最优秀的生命智慧”，这种理性和智慧就是“一种相对的贞洁，一种在思想中对色情本身的根本而明智的谨防之心”；即使艺术家就其本性而言“必然地是感性的人”，是“敏感的”“喜欢刺激”的人，他也必须“在自身使命、自身要求精益求精的意志的强制下”成为“一个适度的人”“一个贞洁之人”，这正是福楼拜以及司汤达、戈蒂埃等人提倡的态度。[2] 尼采对福楼拜的评价非常切合福楼拜冷静而不流露情感的叙述、精益求精的语言与技巧追求等事实。

值得一提的是，尼采在晚年未刊遗稿中多次摘引他人著作中评论福楼拜的文句。如他摘引德普雷的《自然主义的演变》（1884）中的原话：“福楼拜既受不了梅里美，也受不了司汤达；要是有人当面向他提

---

[1] （德）尼采．权力意志（下卷）［M］．孙周兴，译．北京：商务印书馆，2007：1025.

[2] （德）尼采．权力意志（下卷）［M］．孙周兴，译．北京：商务印书馆，2007：1388－1389.

前‘贝尔先生’，人们就可能使他大为光火。个中差别在于：贝尔传自伏尔泰，而福楼拜则是雨果的嫡传。”❶ 贝尔是司汤达的原名。原话认为福楼拜对浪漫主义色彩鲜明的现实主义作家梅里美和法国现实主义文学重要奠基人司汤达都表示不满，甚至都不容许别人在自己面前提及司汤达。据原作者德普雷的看法，福楼拜之所以如此，主要是从思想立场方面来考量的，即是说，司汤达是启蒙主义思想家和作家伏尔泰的信徒，而福楼拜是拥护共和主义思想的雨果的追随者。

尼采还曾经摘录《埃德蒙·龚古尔日志》中的这段话：“福楼拜在《萨朗波》中表现出来，夸夸其谈，慷慨激昂，迷恋浓重的色彩。”❷《萨朗波》是福楼拜创作的历史小说，描写公元前 3 世纪迦太基的雇佣军哗变起义的故事。起义军在首领马托的率领下很快得到全国群众的揭竿响应，迦太基统帅汉密迦的女儿萨朗波倾慕马托的勇敢，在哗变之初就对马托表示过好感，马托也爱上了她。起义军经过艰苦的浴血战斗，最终还是被镇压，马托被俘。政府当局决定在萨朗波和纳哈法举行婚礼时处决马托。萨朗波在神殿石阶上见到马托鲜血淋漓被押解过来时，便因极度痛苦仰身倒地而亡。作品书写人物的爱情时突破阶级和身份的限制，痛快淋漓，感人肺腑，主张客观真实描写人物心理的自然主义作家埃德蒙·龚古尔当然无法接受，称其“夸夸其谈，慷慨激昂”自在情理之中。

3.4 法国自然主义小说家论

19 世纪中后期，法国兴起了自然主义文学思潮，其理论代表是左拉，创作代表是龚古尔兄弟，另外，短篇小说巨匠莫泊桑也是自然主义文学团体梅塘集团的骨干力量。尼采评论过的法国自然主义小说家有左拉、龚古尔兄弟和莫泊桑。

左拉（Emile Zola，1840—1902）是法国作家，自然主义文学流派

❶ （德）尼采．权力意志（下卷）［M］．孙周兴，译．北京：商务印书馆，2007：686.

❷ （德）尼采．权力意志（下卷）［M］．孙周兴，译．北京：商务印书馆，2007：811.

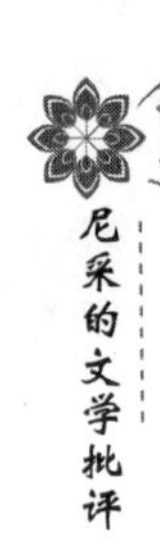

的领袖。1871 年发表《卢贡—马卡尔家族——第二帝国时代一个家族的自然史和社会史》的第 1 部《卢贡—马卡尔家族的命运》。1877 年第 7 部研究酗酒后果的《小酒店》问世，让左拉一举成名。他又用 16 年时间创作 13 部长篇小说，构筑由 20 部长篇小说组成的文学大厦。代表作品有《萌芽》《娜娜》等。从某种意义上看，《卢贡—马卡尔家族》是拿破仑三世上台到 1870 年普法战争法国在色当失败这段时期法国生活各个方面的写照。左拉强调资料考证和客观描写，以科学主义哲学观去解释人生，从纯物质的角度看待人的行为与表现。他称自己的方法来源于 19 世纪法国生理学家贝尔纳的论著《实验医学研究导言》，在论文《实验小说论》中宣称作家可以在虚构的人物身上证明在实验室获得的结论。左拉相信人性完全取决于遗传，缺点和恶癖是家族中某一成员在功能上患有疾病的结果，这种疾病会代代相传。

尼采认为左拉的文学观受到法国文艺理论家泰纳的影响。他反复声称：左拉“在更精神性的秩序上是泰纳。总的说来就是逻辑、巨量和凶残……”❶；左拉“有某种与泰纳的竞争，学会了后者的手段，借以把一种怀疑的环境变成一种独裁。其中也包括对原则的蓄意粗糙化，以使那些原则作为命令而起作用”❷。

尼采在这里提及的泰纳（H. A. Taine，1828—1893），是法国 19 世纪杰出文学批评家、文艺理论家，主要著作有《艺术哲学》。在泰纳看来，艺术作品是记录人类心理的文献，而人类心理的形成，离不开一定的外部条件，外部条件主要由种族、环境和时代三种力量所决定。尼采认为左拉追求的“精神性的秩序”来自泰纳，在表现人物的心理、性格乃至命运时着力探寻它们同人物的生理、外部物质条件之间的关联，讲究科学性因果关系（“逻辑”），对人物的生理特征和外部物质条件进行细致的、客观中性的描写（“巨量和凶残”）。尼采特别指出左拉受泰纳的环境决定论的影响和启发，淋漓尽致、不遗余力地揭示外在环境对人物的心理气质、性格特征的决定性影响即“独裁”作用，

---

❶ （德）尼采．权力意志（上卷）［M］．孙周兴，译．北京：商务印书馆，2007：543.
❷ （德）尼采．权力意志（下卷）［M］．孙周兴，译．北京：商务印书馆，2007：698.

这种影响俨然“作为命令而起作用”，而左拉在表现和描述这种影响的时候甚至不惜生搬硬套、强词夺理，显示出“对原则的蓄意粗糙化”。

尼采认为左拉以及其他自然主义作家最突出的特点就是为了客观中性地描写事物的全貌，连其丑陋的一面也不放过，甚至流露出对丑陋的独特嗜好。他在《快乐的科学》第 347 节“信徒与信仰需要”中这样写道：“巴黎自然主义者仅仅拾取和揭示自然中某些引起人们恶感和惊惧感的东西，人们今天喜欢把它们称为‘La vérité vraie’（德文本注：千真万确）。”❶ 换言之，“千真万确”是左拉等自然主义者追求的最高目标，为此他们不惜“拾取和揭示自然中某些引起人们恶感和惊惧感的东西”，丑陋、邪恶的事物或者人物心理、品质，都是他们毫不避讳的描写与表现对象。

关于这一点，尼采在晚年未刊遗稿中说得更明确。他说左拉和龚古尔兄弟一样，“他们所彰显的事物都是丑陋的。但他们之所以彰显丑陋的事物，是由于对丑陋的乐趣……”❷ 尼采认为，左拉等自然主义文学家所追求的“现代艺术乃是一种制造残暴的艺术”，具体来说就是，在他们的作品中，“粗糙的和鲜明的线条逻辑；动机被简化为公式，——公式乃是折磨人的东西。在线条范围内出现了一种野蛮的杂多性，一种巨大的量，令感官迷乱；色彩、质料、欲望的凶残性”❸。说左拉等自然主义作家所彰显的事物都是丑陋的，也许有点夸张，但他们追求客观、中性、全面地描述对象因而不避讳丑陋的事物则是不争的事实，说他们有一种“对丑陋的乐趣”也合乎实际情况。至于说左拉等人在作品中表现“粗糙的和鲜明的线条逻辑”以凸显一种公式化的动机，表现“野蛮的杂多性”和“色彩、质料、欲望的凶残性”，令读者“感官迷乱”，都是揭示自然主义作家的客观主义和科学主义倾向。

如果说左拉是自然主义文学的理论家和旗手，龚古尔兄弟则是自然主义文学理论的忠实践行者和完美代表。哥哥埃德蒙·德·龚古尔

❶ （德）尼采．快乐的科学［M］．黄明嘉，译．上海：华东师范大学出版社，2007：333.
❷ （德）尼采．权力意志（下卷）［M］．孙周兴，译．北京：商务印书馆，2007：962.
❸ （德）尼采．权力意志（上卷）［M］．孙周兴，译．北京：商务印书馆，2007：543.

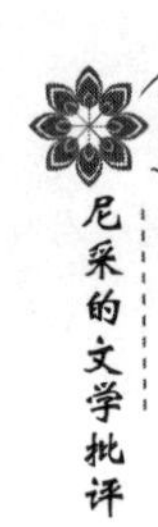

（E. de Goncourt，1822—1896）、弟弟茹尔·德·龚古尔（J. de Goncourt，1830—1870），两人从1860年代起合写小说，主要有长篇小说《夏尔·德马依》《热曼妮·拉瑟顿》和《玛耐特·萨洛蒙》等。代表作《热曼妮·拉瑟顿》取材于龚古尔兄弟对女仆罗丝观察的笔记，1862年罗丝去世后兄弟俩把笔记改写成小说。小说中的热曼妮是一个农村姑娘，来到大城市后被人强奸，怀孕后生了个死婴。几经周折，她成了老处女瓦朗德依的女佣，受主人的影响和规约，变得非常虔诚。但不久又爱上主人的邻居、乳品商的儿子。从此她白天虔诚地服侍女主人，夜里沉溺于狂热的情欲，变得歇斯底里，最后死于肺痨。总体看来，龚古尔兄弟的小说以写实为主，作品中的人物大都实有其人，并有观察所得的详细笔记作为资料和素材，但在写作时往往注重细节、繁简失当，另外在揭露社会现实的同时，也流露出他们由于独身主义而对妇女抱有的偏见。

尼采在晚年未刊遗稿中将龚古尔兄弟归为“典型的颓废者”：“他们感到自己必然地处于风格的败坏中，他们因此要求一种更高级的趣味，并且想把一种律法强加给其他人。”❶ 尼采这里所说的颓废者，实际上是对19世纪中期开始即已占据法国和欧洲文坛主流地位的现实主义文学的不满者。所谓风格的败坏，是指他们立志颠覆现实主义文学传统，要确立自然主义文学这种“更高级的趣味”。他们想把追求真实性、客观性的自然主义文学理论与方法作为一种律法强加给其他人，实现自己的文学梦想。

正因为龚古尔兄弟旨在追求文学的科学主义旨趣，讲究客观中性的立场和细致深入的描绘，所以他们觉得福楼拜“鄙俚粗俗”“粗糙不堪”“过于健壮、过于粗鲁”，于是对福楼拜的天才“就有仇恨”❷。如前所述，福楼拜本人常常因为强调冷静而客观的写作、作家退归后台而被文学史家视为自然主义文学的先驱，龚古尔兄弟大概觉得他还不够激进，还不符合他们的期望，认为他不够科学，写作还不够客观、

❶（德）尼采．权力意志（下卷）[M]．孙周兴，译．北京：商务印书馆，2007：1208.
❷（德）尼采．权力意志（下卷）[M]．孙周兴，译．北京：商务印书馆，2007：1207.

细致，因而有“鄙俚粗俗”“粗糙不堪”的成分，进而对他产生“仇恨”，大加讨伐。

尼采对莫泊桑等自然主义倾向极为鲜明的法国小说家也评价很高。众所周知，莫泊桑（H. R. A. G. de Maupassant，1850—1893）是法国自然主义文学团体梅塘集团的核心成员。尼采在晚年自传《看哪这人!》里说：“我手不释卷的是几本早年的法国作家的著作。我只相信法国的教养，并且认为欧洲通常自诩的一切所谓‘教养’统统都是误解，更不用说德国的教养了……我把晚近的法国人看成是可亲近的社团。我根本无法想象历史上竟有这样一个时代，它能像巴黎一样拥有如此好奇同时也是如此精明的心理学家。我试举——因为他们人数相当不少——保尔·布尔热、比埃尔·洛蒂、吉普、美拉克、阿纳托尔·法郎士、朱尔·勒梅特尔诸位先生为例，或推举强大种族的一员，一位真正的拉丁人，我特别喜欢的人，莫泊桑。”❶

尼采在此提及的保尔·布尔热（1852—1935）、比埃尔·洛蒂（1850—1923）、吉普（1850—1932）、阿纳托尔·法郎士（1844—1924）和莫泊桑（1850—1893）等都是法国小说家，美拉克（1831—1897）是法国戏剧家，朱尔·勒梅特尔（1853—1914）是法国小说家兼戏剧家，他们都活跃于19世纪后期法国的文坛。这些作家的作品在尼采“手不释卷”的对象之列，因为尼采认为他们的著作都体现了“法国的教养”。而其中，尼采又单独拎出莫泊桑，称他为“真正的拉丁人”，并直言自己对他“特别喜欢”。虽然尼采没有具体谈论莫泊桑及其创作，但他对莫泊桑的评价之高由此可见一斑。

3.5 英国小说家论

就笔者所知，尼采关注并评论过的英国小说家只有19世纪著名的女性小说家乔治·艾略特。

❶ （德）尼采．看哪这人！［M］//权力意志．张念东、凌素心，译．北京：商务印书馆，1991：28－29.

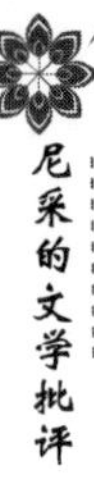

与对法国女作家乔治·桑的负面评价相似，尼采对英国女小说家乔治·艾略特不仅给予了特别关注，也给出了彻底的负面评价，甚至态度和言语更为激烈。这与尼采反女权主义的思想与立场大有关系。

乔治·艾略特（George Eliot，又译乔治·爱略特，1819—1880）是英国维多利亚时代著名作家之一，原名玛丽—安·伊文思（Marry Ann Evans）。其主要作品有长篇小说《弗洛斯河上的磨坊》《米德尔马契》等。她的父亲是一处大庄园的管家。乔治·艾略特从小就熟悉英国农村的风土人情，她在早年作品里用较多的篇幅描绘乡村的风光和生活习俗，歌颂英国农民在宗法制社会中的怡然自得的乐趣，表达对田园生活的向往、对宗法制社会的留恋。由于曾在两所宗教气息浓厚的学校就读，乔治·艾略特受宗教影响颇深，1841 年随父迁居考文垂，结识自由思想家查尔斯·布雷，受后者的影响，放弃基督教，并强烈质疑宗教。不过，虽然乔治·艾略特对宗教极富怀疑精神，并在其著作中表达对宗教的理性批判，但实际上一生笃信宗教。她平日最喜研究语言，通晓拉丁文、法文、德文、意大利文、希伯来文、希腊文。乔治·艾略特在 30 多岁时因翻译工作而开始文学生涯，担任过《西敏寺评论》杂志的编辑，并在此期间认识了文学批评家、后来成为她一生挚爱的文学批评家路易士（G. H. Lewis）。后者已有妻室，但与妻子感情不合、长期分居，乔治·艾略特不顾外在压力，毅然与其同居，虽不见容于当时社会，两人仍恩爱幸福，在工作与生活中，相互扶持。正是因为路易士的鼓励，乔治·艾略特从 1856 年秋起开始小说创作，写了 3 篇回忆早年家乡生活的中篇小说，1858 年结集《教区生活场景》出版，第一次署名乔治·艾略特。1859 年发表第一部长篇小说《亚当·比德》，一年内再版 8 次；其后又出版两部更为成功的长篇小说《织工马南传》《弗洛斯河上的磨坊》，奠定其在英国文坛的地位。长篇小说《米德尔马契》被认为是乔治·艾略特的代表作。

尼采对乔治·艾略特的评价总体上很低。首先，他不满意乔治·艾略特作为维多利亚时代传统道德的卫道士，一直坚守基督教信仰和伦理道德观，常常戏称她为“乡村小女子”“道德小女子”。尼采曾经明确表示，自己对“乔治·爱略特这位乡村小女子的所有道德说教”

极为不满。[1]

尼采在晚年著作《偶像的黄昏》里有一段文字是专门评价乔治·艾略特的。全文如下：

> G. 艾略特。——他们失去了基督教的上帝，从而相信现在必须更加坚持基督教的德德：这是一种英国的首尾一贯性，我们不想因之而责怪艾略特身上的道德小女子。在英国，为了每一次小小的摆脱神学的解放，人们必定作为道德狂热分子以可怕的方式重新给自己贴金。这是那里的人们付出的赔偿费。——对于我们另一种人来说，情况就不同了。如果一个人放弃了基督教信仰，那么，他因此也就把他对于基督教道德的权利弃之脚下了。基督教道德决不是自明的，必须不顾那些浅薄的英国头脑而不断地揭露这一点。基督教是一个体系，一种对于事物的通盘考虑过的完整的观点。倘若破除了其中的一个主要观念——对上帝的信仰，也就粉碎了这个整体，不再有任何必要的东西留在手中了。基督教的前提是，人不知道、也不可能知道对他而言孰善孰恶，他信赖上帝，唯有上帝知道。基督教道德是一个命令；它的根源是超验的；它超越于一切批评、一切批评权之外；唯有当上帝是真理之时，它才具有真理性，——它与对上帝的信仰同存共亡。——如果英国人事实上相信他们自发地、“本能地”知道孰为善恶，如果他们因而误以为不再必须有基督教作为道德的担保，那么，这本身也只是受基督教价值判断支配的结果，是这种支配的强大和深刻的表现，以致英国道德的根源被遗忘了，以致这种道德的存在权的严格条件性不再被感觉到了。对于一个人来说，道德还不是一个问题……[2]

需要指出的是，跟这段话内容差不多的文字又收录在尼采晚年未刊遗稿的第 10［163］条中。[3]

---

[1]（德）尼采．权力意志（下卷）［M］．孙周兴，译．北京：商务印书馆，2007：678.
[2]（德）尼采．偶像的黄昏［M］．周国平，译．北京：光明日报出版社，2000：57－58.
[3]（德）尼采．权力意志（上卷）［M］．孙周兴，译．北京：商务印书馆，2007：634－635.

从上面这段话不难看出，尼采调侃乔治·艾略特秉持了“一种英国的首尾一贯性”，即在“失去了基督教的上帝”之后“相信现在必须更加坚持基督教的道德”，因而成了“道德小女子”。这实际上是说乔治·艾略特和英国人的言行不一，算是揭示英国人的民族劣根性。作为对比，尼采认为，“对于我们另一种人来说，情况就不同了”，因为其他民族的人如果放弃了基督教信仰，“也就把他对于基督教道德的权利弃之脚下了”。尼采这段话的重点是驳斥包括乔治·艾略特在内的英国人作为“道德狂热分子”，其身上的英国式宗教虔诚的可笑与无根无据。在尼采看来，“如果一个人放弃了基督教信仰”，他“也就把他对于基督教道德的权利弃之脚下了”，因为基督教道德决不是自洽、自明的。基督教是一个完整的体系，如果其中的主要观念即对上帝的信仰被破除了，基督教伦理道德自然也就不存在了，因为人们信赖上帝，唯有上帝知道善恶，换言之，基督教道德的根源是超验的，唯有当上帝是真理之时，它才具有真理性，它与对上帝的信仰同存共亡。英国人“失去了基督教的上帝”之后依然“本能地”知道孰为善恶，“误以为不再必须有基督教作为道德的担保”，实际上等于遗忘了道德的根源，感觉不到“道德的存在权的严格条件性”，说得更明白些，英国人根本不懂道德的根源和条件等问题，对道德问题一无所知。尼采这段话最终要说明的是，乔治·艾略特只是一个没有批判能力的宗教伦理道德的盲目遵守者而已，是名副其实的“道德小女子”，也是一个虚伪的人。

不过，与前面的观点和态度差不多完全对立的是，尼采更不满意乔治·艾略特的，则是因为她过于前卫的思想主张和日常行动。原来乔治·艾略特生活的时代，女性的地位并不高，女性就业依然受到歧视，女性从事文学创作依然受到冷嘲热讽，但乔治·艾略特骨子里却信奉女性独立、与男性平等的思想观念，不仅追求自由爱情，与有妇之夫同居，而且还在男友的帮助和指导下步入文坛，从事小说创作，成了“女文人”“文学女人”“文坛女新手”。

关于这一点，尼采多次发声加以抨击。他在《偶像的黄昏》第 27 节中这样描绘乔治·艾略特：

> 这个女文人，不满，激动，心灵和内脏一片荒凉，每时每刻怀着痛苦的好奇心倾听从她机体深处低声发出的命令："孩子或作品。"这个女文人，有足够的教养领悟自然的声音，哪怕它说的是拉丁语；另一方面又有足够的虚荣和愚蠢，哪怕在私下也用法语对自己说："我将观看我自己，我将朗读我自己，我将迷恋我自己并且我将说：也许我真有如此的聪慧吧?"❶

虽然尼采承认乔治·爱略特这个"女文人"知识渊博，文学素养好，"有足够的教养领悟自然的声音"，但他还是用漫画式的笔调描绘了这位女作家偷偷闯进文学殿堂时的胆怯心虚、心慌意乱和激动不安的神情举止，"不满，激动，心灵和内脏一片荒凉，每时每刻怀着痛苦的好奇心"，并且常常自问自答"我真有如此的聪慧吧"这类疑问，丑化之意溢于言表。

尼采晚年未刊遗稿第 11［59］条的前半部分在重复上面这段话之后，接着写道：

> 这个完美的女人（指乔治·爱略特——引者）努力做文学试验，犹如犯着一桩小罪，倏忽而过，东张西望着，看看是否有人在注意她，以及人们是怎样注意她的：她知道，一小块瑕疵和暗斑对于一个完美女人来说是多么相配，——她尤其知道，一切文学制作是怎样对女人发挥作用的，那是关于所有通常的女性羞耻心的问号……❷

如果说前引那段话还说得不够明确的话，尼采在这段话里就说得很明确，"努力做文学试验"的乔治·艾略特宛如犯着一桩小罪的罪犯，动作轻微，"倏忽而过，东张西望"，而她之所以没有底气，是因为从事文学创作，是完美女人身上的"瑕疵和暗斑"，是在当时的社会里还会让女人感受到"羞耻心"的行径。与此同时，尼采还细致地揭示出乔治·艾略特的复杂心理，虽然为自己从事文学创作觉得"羞耻"，但同时又期望获得他人的关注，所以会常常"看看是否有人在注

---

❶（德）尼采．偶像的黄昏［M］．周国平，译．北京：光明日报出版社，2000：72.

❷（德）尼采．权力意志（下卷）［M］．孙周兴，译．北京：商务印书馆，2007：699.

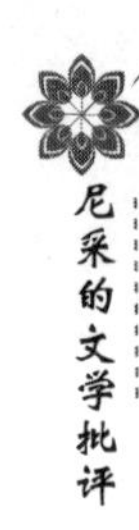

意她，以及人们是怎样注意她的”，表现出一种虚荣心。

尼采在晚年未刊遗稿第 11 ［16］ 条再次提及这位女小说家：“在乔治 · 爱略特这位乡村小女子的所有道德说教背后，我总是听到一切文坛女新手那种激动的声音：‘我审视自己，我阅读自己，我对自己心醉神迷，并且说：我有这等才气，可能吗？……’”❶

需要指出的是，尼采多次引用作为乔治 · 艾略特自白的那段法语文字，即前引周国平先生译为“我将观看我自己，我将朗读我自己，我将迷恋我自己并且我将说：也许我真有如此的聪慧吧”？孙周兴先生译为“我审视自己，我阅读自己，我对自己心醉神迷，并且说：我有这等才气，可能吗”的那段话，其实并不是她本人的话，而是 18 世纪意大利经济学家、那不勒斯启蒙运动领导者加利亚尼（N. F. Galiani，1728—1787）1769 年 9 月 18 日致埃皮奈夫人的信中的一段话，尼采引自巴黎 1882 年出版的加利亚尼《致埃皮奈夫人、伏尔泰、狄德罗、格里姆等的信》一书。尼采引用此段文字来描摹乔治 · 艾略特的内心活动，调侃之意非常明显。

总体来看，尼采在评价乔治 · 艾略特及其创作、思想的时候，表现出鲜明的性别歧视和反女权主义倾向。

首先，尼采反对女人从事文学艺术以及科学研究活动。他在《偶像的黄昏》第 1 章《格言与箭》第 20 条中说：“十足的女性搞文学就好像在犯一条小小的罪行，动手时和结束时环顾四周，看是否有人注意她，并且使得有人注意她……”❷ 将从事文学创作的女性比喻为犯小罪的小偷，既要偷偷摸摸，又期盼有人关注她，正是前面所引尼采对乔治 · 艾略特的定位。

尼采在晚年未刊遗稿中说过类似的但更具概括性的话：“在艺术和科学的整个链条中，倘若缺了女人，缺了女人的功业，难道就会少掉某一环吗？……在所有并不构成行业的事体中，女人都做得圆满，而这恰恰是因为女人从中得以完成自身，因为女人由此得以听从她所拥

---

❶ （德）尼采．权力意志（下卷）［M］．孙周兴，译．北京：商务印书馆，2007：678.

❷ （德）尼采．偶像的黄昏［M］．周国平，译．北京：光明日报出版社，2000：8.

有的惟一的艺术动力，——她想卖弄……然而，女人与真正艺术家的热烈的冷漠态度又有什么关系呢？……除非女人善于变成形式（——女人出卖自己，使自己成为公共人物——）。艺术，艺术家所从事的艺术——你们根本就不理解它是什么：一种对所有羞耻心的谋杀。……只是从本世纪开始，女人才胆敢一试那种向文学的转向……女人做作家，做艺术家，丧失了本能。但何苦来着呢？"❶ 尼采不仅认为没有女人和女人的功业，艺术和科学的整个链条不会少掉任何环节，而且认为她们从事文学艺术工作的动力是"卖弄"，即"出卖自己，使自己成为公共人物"。在尼采看来，从事艺术工作、做作家的女性不仅谋杀了自己的羞耻心，简直就是"丧失了本能"。

尼采对女性的歧视和蔑视是众所周知的。他甚至明确呼吁男人要鞭笞女人。尼采有句名言："你去接近女子吗？不要忘记带鞭子！"❷这话就在《查拉图斯特拉如是说》（又译《苏鲁支语录》）的《老妇与少女》一章。如果这句话是假老妇人之口以过来人身份送给查拉图斯特拉一个"小真理"的话（在《苏鲁支语录》中的确是如此），那么尼采曾经直通通地说过这样的话："迄今为止，我们一直都是那么殷勤地对待女人的。哎呀，可现在到了这样一个时代，人们为了能与一个女人交往，必须首先揍她一巴掌。"❸ 意思是男人与女人是无法正常交往的，除非首先打她一顿，她才会老老实实地、本本分分地与男性相处，才会把自己当做男人一样的人。不仅如此，女人还偏偏喜欢凑热闹，乐意往男人堆里凑，为此挨打也心甘情愿，所以尼采说："女人极少独来独往，以至于她更喜欢挨打……"❹ 显然，尼采这些说法充满着对女性的仇恨和歧视，非常偏激而片面。

其次，尼采明确反对女性展现自身魅力、争取与男性一样平等权利的女权主义思想。他在晚年未刊遗稿第14［214］条特别引述法国宗教史学家雅科利（L. Jacolliot）的著作《宗教立法者，摩奴－摩西－穆

---

❶ （德）尼采．权力意志（上卷）［M］．孙周兴，译．北京：商务印书馆，2007：544－545.
❷ （德）尼采．苏鲁支语录［M］．徐梵澄，译．北京：商务印书馆，1992：64.
❸ （德）尼采．权力意志（上卷）［M］．孙周兴，译．北京：商务印书馆，2007：46.
❹ （德）尼采．权力意志（上卷）［M］．孙周兴，译．北京：商务印书馆，2007：99.

罕默德》(1876) 中的一段话:“女人因为自己的丈夫有游戏或者饮酒的嗜好就把他赶出家门,而不是像对待一个病人那样照料他,这样的女人应当被关进密室禁闭三个月,不让她有花枝招展的打扮(对乔治·艾略特的忠告!)”❶ 在尼采看来,女人将有游戏或酗酒嗜好的丈夫赶出家门而不是将他像病人一样精心地照料,就应当被关进密室禁闭3个月,就应当禁止她有花枝招展的打扮。为什么尼采将这样的禁令送给乔治·艾略特作为忠告?在后者本人的经历中,似乎并没有虐待自己的男友路易士(G. H. Lewis)的经历,更合理的解释只能是,与其说尼采将这条禁令送给乔治·艾略特一个人,还不如说是送给所有的女性。

尼采非常厌恶在他那个时代开始风起云涌的女权主义思想和运动。他在晚年未刊遗稿中经常讥讽和抨击宣扬女权主义思想、参加女权主义活动的人们。尼采指责18世纪启蒙主义思想家卢梭最先鼓吹“女权主义”和“情感的统治地位”,最终导致社会风气大变:“十八世纪是由女人统治的,热情奔放,卖弄风骚,平淡乏味,但带有一种为愿望、心灵效力的精神,在享受精神极致方面显得放荡,暗中销蚀一切权威;醉态的、喜悦的、明亮的、人道的、对自己作假、大量骨子里的流氓、社会性的……”❷ 尼采指责“所有那些胆大妄为的小女人们”,因为“她们为‘女人解放’而战斗,因为她们以一种慷慨行径的形式、打着‘为了他人的旗号’,极其聪明地贯彻自己渺小的私人分裂主义……”❸ 在尼采看来,宣扬女权主义思想、参加女权主义运动的女性们恰恰是弱者和懦夫,她们内心充满着对男性的愤怒和复仇情绪。尼采宣称:“什么是弱者类型?……最后还有:女人!人类的这一半是软弱乏力的、典型病态的、变化多端的、反复无常的——女人需要强力,为的是依附于强力,还需要一种弱者的宗教,它能把软弱、爱、恭顺美化为神性的……女人总是与颓废类型、教士们一起密谋,反对‘权势’

---

❶ (德)尼采. 权力意志(下卷)[M]. 孙周兴,译. 北京:商务印书馆,2007:1133.

❷ (德)尼采. 权力意志(上卷)[M]. 孙周兴,译. 北京:商务印书馆,2007:505.

❸ (德)尼采. 权力意志(上卷)[M]. 孙周兴,译. 北京:商务印书馆,2007:598.

‘强者’、男子汉。”[1] 尼采在《快乐的科学》第66节“弱者的强大”中指出作为弱者的女性的小伎俩：“女人在夸大自身的弱点方面，无不显得乖巧伶俐，甚至是才思敏捷的，从而露出作为‘花瓶’的脆弱本色。一粒灰尘也会给‘花瓶’造成伤痛。她们的存在就是促使男人时刻把粗暴铭记于心，但又乞求男人要讲良心。这就是她们抗御强者及其‘特权’的方式，自卫的方式。”[2] 而在该书第69节“复仇的能力”中又进一步揭露女性复仇的手法和技巧：“我们要是不相信一个女人会在某种情势下熟练地操起匕首对付我们，试问，这女人能紧紧抓牢（或者说‘吸引’）我们吗？女人在某种情势下操刀对付自己，这是更为严厉的复仇（中国式的复仇）。”[3] 无论是女人操起匕首对付男人们，还是她们操刀对付自己即以自杀相威胁，都是作为弱者的女人报复男人的方式。

总之，乔治·艾略特身上的英国式宗教虔诚和基督教伦理道德观以及她言行之中彰显出的女性主义立场，在尼采看来，要么是在张扬扼杀生命力的基督教道德，要么是在挑战男性权威、颠覆天生的男女不平等的格局，这些都是尼采不能接受的。今天反观尼采对乔治·艾略特以及前面对法国女小说家乔治·桑的评论，我们觉得尼采的感觉虽然敏锐，语言虽然形象生动，但对两位女作家的苛评，尤其对所有女性的歧视和轻侮，确实是偏激的，也是非理性的。

3.6 俄国小说家论

尼采重点关注和详细讨论过的俄国小说家是陀思妥耶夫斯基，此外也关注过列夫·托尔斯泰。

费奥多尔·米哈伊洛维奇·陀思妥耶夫斯基（Фёдор Михайлович

---

[1] (德) 尼采. 权力意志 (下卷) [M]. 孙周兴, 译. 北京: 商务印书馆, 2007: 1104-1105.

[2] (德) 尼采. 快乐的科学 [M]. 黄明嘉, 译. 上海: 华东师范大学出版社, 2007: 137-138.

[3] (德) 尼采. 快乐的科学 [M]. 黄明嘉, 译. 上海: 华东师范大学出版社, 2007: 139.

Достоевский，1821—1881）是19世纪俄国文坛一颗耀眼的明星，与列夫·托尔斯泰齐名，是俄国文学的卓越代表人物。他是俄国文学史上最复杂、最矛盾的作家之一，有人这样评价："托尔斯泰代表了俄罗斯文学的广度，陀思妥耶夫斯基则代表了俄罗斯文学的深度。"1847年陀思妥耶夫斯基对空想社会主义感兴趣，参加了彼得堡拉谢夫斯基小组的革命活动。同年果戈理发表《与友人书信选》，别林斯基撰写《给果戈理的一封信》对其观点给予驳斥，陀思妥耶夫斯基非常喜欢别林斯基的这篇文章，并寻找到手抄本在拉谢夫斯基小组上朗读。1849年4月23日，他因牵涉反对沙皇的革命活动而被捕，并于11月16日被执行死刑，但在行刑之前一刻被改判成流放刑。在流放西伯利亚期间，陀思妥耶夫斯基的思想发生巨变，他开始笃信宗教。1866年《罪与罚》出版，为他赢得世界性声誉。1880年发表的《卡拉马佐夫兄弟》更是作者哲学思考的总结，甚至被称为人类有文明历史以来最伟大的小说。有作家点评："陀思妥耶夫斯基一生执著于研讨人与上帝的关系，经常摆荡于天堂与地狱之间，穿梭于神性与魔性的两极，直到他年届六十，终于写下《卡拉马佐夫兄弟》，在人类精神领域中，竖立了一座高峰。"一般认为，陀思妥耶夫斯基有四大作品即《罪与罚》《群魔》《白痴》和《卡拉马佐夫兄弟》。

尼采对俄国作家陀思妥耶夫斯基极为关注，他曾经在晚年未刊遗稿中大量摘录其长篇小说《群魔》的法译本（德雷利译，巴黎1886年版）中的语句，如第11［331－341］条摘录该作品第2卷中斯塔夫罗金致巴甫洛娃的信，第11［344－351］条摘录该作品第1卷中的文字，第11［379－380］条摘录该作品中的文字。[1] 限于篇幅，兹不赘录。

无论是在思想主题、人物形象方面，还是在艺术手法、美学特征方面，尼采对俄国小说家陀思妥耶夫斯基的评价总体上是肯定的，虽然偶尔也会流露出保留甚至否定的态度。

首先，尼采肯定陀思妥耶夫斯基通过创作揭示了俄罗斯的民族精

---

[1] （德）尼采．权力意志（下卷）［M］．孙周兴，译．北京：商务印书馆，2007：840－856，886－887.

神，认为其内涵主要是坚韧不拔，敢于追求真理，敢于反抗邪恶、权势等精神特征，其思想主张对丑陋的事物和痛苦、悲观之类的情绪具有解救作用。尼采认为这一点最集中地体现在陀思妥耶夫斯基所描述的流放生活和囚犯形象上。

先了解一下尼采本人是怎么看待罪犯或者囚犯的。他在晚年未刊遗稿第9［120］条和第10［50］条专门讨论“罪犯”的特质。尼采在前者中声称：“在我们这个文明化了的世界里，我们差不多只能见到那种萎靡不振的罪犯，后者为社会的诅咒和蔑视所压倒，不相信自身，常常贬低和诽谤自己的行为，构成一个失败的罪犯类型。”❶ 尼采认为现代社会即“文明化了的世界”里只有所谓“失败的罪犯”，他们萎靡不振，为社会的诅咒和蔑视所压倒，常常贬低和诽谤自己，自卑自贱。在第10［50］条中，尼采则指出：“犯罪归于以下概念：‘反抗社会制度的起义’。……在某些情形下，人们或者得尊重这样一个起义者，因为他感受到我们社会中某种必须用战争来对付的东西；这时候，他把我们从瞌睡中唤醒。……无论如何，罪犯也是一个人，一个拿自己的生命、荣誉、自由冒险的人，是一个有勇气的人。”❷ 显然，尼采心目中的“罪犯”几乎成了人人应该敬仰的英雄，他们为了“某种必需用战争来对付的东西”而发动和参加反抗社会制度的起义，他们是一个个“拿自己的生命、荣誉、自由冒险的人”，简言之，属于“有勇气的人”。

陀思妥耶夫斯基根据自己10年流放西伯利亚的生活以及期间对其他囚犯的观察和了解，创作了《死屋手记》《罪与罚》等作品。对于陀思妥耶夫斯基笔下的罪犯，尼采是这样评价的：“几乎在所有犯罪中，同时都表现出一个男子汉不可或缺的特质。陀思妥耶夫斯基说到那些在西伯利亚教养所里的囚犯，说他们构成了俄罗斯民族中最坚强和最可宝贵的部分，这不是没有道理的。”❸ 在尼采看来，陀思妥耶夫斯基小说里流放到西伯利亚的罪犯身上拥有俄罗斯民族中最坚强和最

❶ （德）尼采．权力意志（上卷）［M］．孙周兴，译．北京：商务印书馆，2007：465.
❷ （德）尼采．权力意志（上卷）［M］．孙周兴，译．北京：商务印书馆，2007：549.
❸ （德）尼采．权力意志（上卷）［M］．孙周兴，译．北京：商务印书馆，2007：551.

可宝贵的品质，俨然成了俄罗斯民族精神的化身。尼采还说：“一个罪犯以某种阴郁的严肃态度抓住自己的命运，而且之后并不诋毁自己的行为，那他就更具有灵魂的健康……与陀思妥耶夫斯基一起在教养所里生活过的罪犯统统是百折不挠的人物——难道他们的价值不比一个‘病态沮丧的’基督徒高出百倍吗?”❶ 这里尼采做了一个富有深意的比较：同样表现出“阴郁的严肃态度”，但陀思妥耶夫斯基笔下世俗生活中的罪犯们“具有灵魂的健康”和“百折不挠”的意志，而现实生活中的基督徒们则常常是“病态沮丧的”。言下之意是，陀思妥耶夫斯基作品中的“罪犯”们的信仰激励他们奋起抗争，激活他们旺盛的生命力，而基督徒们秉持的基督教信仰和道德伦理则钳制和削弱其生命力。有感于此，尼采曾经发出这样的感叹：“多么遗憾呵，在这个社团（指早期基督教徒们——引者）中间竟没有出现一个陀思妥耶夫斯基。”❷

尼采在晚年著作《偶像的黄昏》中谈论罪犯的本质时，特别引述陀思妥耶夫斯基的观点，并给予高度评价。尼采宣称：

> 罪犯类型是处于不利条件下的强者的类型，是一种病态的强者。他缺少荒原，缺少某种更自由更危险的自然和生存方式，在其中，凡属强者本能中进攻和防卫的素质均可合法存在。他的德行被社会拒之门外；他的最活跃的冲动只要在他身上出现，就立刻与压抑的情绪、猜疑、恐惧、耻辱交织在一起。……这就是社会，我们的驯良、中庸、阉割过的社会，在其中，一个来自山岳或海洋冒险的自然生长的人必然堕落成罪犯；或者近乎必然。因为在有些场合，一个这样的人证明自己比社会更强有力，科西嘉人拿破仑便是最著名的例子。对于这里所提出的问题，陀思妥耶夫斯基的证词具有重要意义……他长期生活在西伯利亚囚犯中间，发现这些被断了回到社会的归路的正直的重罪犯与他所期待的十分不同——他们差不多是用俄罗斯土地上生长的最好、最坚硬、

❶ （德）尼采．权力意志（下卷）［M］．孙周兴，译．北京：商务印书馆，2007：1074.
❷ （德）尼采．权力意志（下卷）［M］．孙周兴，译．北京：商务印书馆，2007：882.

最有价值的木材雕成的。[1]

在这段文字里，尼采将现代文明社会与“荒原”“山岳”或“海洋”所代表的原始自然加以对比，认为后者才是适合理想的人即“强者”生活的场所。当然，这段话的重点是为罪犯大唱赞歌。尼采首先认定罪犯是“强者”，只不过是在文明社会里“处于不利条件下的强者”，因而是“病态的强者”。他们的缺点与局限与其说是他们自身导致的，不如说是社会环境造成的，因为他们“缺少荒原，缺少某种更自由更危险的自然和生存方式”，而在这种“荒原”和危险的生存方式中，“凡属强者本能中进攻和防卫的素质均可合法存在”，但在现代社会中，这些素质是不能存在的。是社会驯化和阉割了他们，拒绝了他们作为强者应该拥有的“进攻和防卫的素质”。在人类世俗的眼光和标准看来，“来自山岳或海洋冒险的自然生长的人必然堕落成罪犯”，一个“比社会更强有力”的人必然被视为罪犯，如拿破仑。但长期生活在西伯利亚囚犯中间的俄国作家陀思妥耶夫斯基根据的切身体会终于发现，被切断回到社会的归路的重罪犯们实际上是“正直的”，他们“是用俄罗斯土地上生长的最好、最坚硬、最有价值的木材雕成的”良品。其《死屋手记》《罪与罚》等作品中的罪犯莫不是此类良品。

除此之外，尼采还发现，陀思妥耶夫斯基对俄国农民等底层人物的描绘和评价也高于其他作家。尼采指出：“在生命实践上，在忍耐、善良和互助方面，小人物远胜于德性哲学家们：大致就像陀思妥耶夫斯基或者托尔斯泰为俄国农民所下的评判：他们在实践上更哲学，他们具有某种更果断的性格去应付必然性……”[2] 也就是说，尼采认为陀思妥耶夫斯基笔下的俄国农民等小人物，不仅在生命实践上“更哲学”，即更具有哲学家的品质和眼光，因而“具有某种更果断的性格去应付必然性”，而且在“在忍耐、善良和互助”等性格和境界方面，也“远胜于德性哲学家们”，也远胜于那些空谈“德性”、伦理而不愿或不敢付诸实践的伦理学家们。

---

[1] （德）尼采．偶像的黄昏［M］．周国平，译．北京：光明日报出版社，2000：88－89.
[2] （德）尼采．权力意志（下卷）［M］．孙周兴，译．北京：商务印书馆，2007：1043.

同样是描述险恶苦难的境遇、痛苦纠结的心态，陀思妥耶夫斯基表现出积极奋发、昂扬向上的情绪和格调，而法国自然主义作家左拉、龚古尔兄弟等人则流露出玩味丑陋、颓废沉沦的嗜好和倾向，所以尼采特别将两者的美学旨趣与思想追求做了一个对比。他指出：左拉和龚古尔兄弟“所彰显的事物都是丑陋的”，而“他们之所以彰显丑陋的事物，是由于对丑陋的乐趣”，相对来说，塑造“强者”式“罪犯”形象的“陀思妥耶夫斯基是多么具有解救作用啊”[1]！也就是说，左拉、龚古尔兄弟等自然主义作家沉溺于“对丑陋的乐趣”，为写丑陋而彰显“丑陋”，让读者受到不良影响，与其相反，陀思妥耶夫斯基描绘“灵魂的健康”和“百折不挠”的意志，无疑“具有解救作用”。

其次，尼采认为陀思妥耶夫斯基是虔诚的东正教信徒，在自己的创作中极力宣扬基督教伦理。他在晚年未刊遗稿中第 15［9］条中甚至将陀思妥耶夫斯基和耶稣相提并论，该条目的小标题就是“耶酥：陀思妥耶夫斯基”。其下有这样一段文字：

> 在他（指陀思妥耶夫斯基——引者）生活过的这个世界上，基督教是可能的，任何时候都可能出现一位基督……那就是陀思妥耶夫斯基。他猜到了基督：——而且本能地，他还尤其小心翼翼，提防用勒南的庸俗去设想这个基督类型……还有，在巴黎，人们还以为勒南忍受了太多的诡计！……然而，当人们把本身是一个白痴的基督评价为一个天才时，当人们谎称其实与一种英雄感对立的基督是一位英雄时，难道还能有比这种做法更恶劣的失误吗?[2]

尼采在这里两次提到的勒南（Ernest Renan，1823—1892）是 19 世纪法国著名哲学家、历史学家和宗教学家。他早年曾在家乡的神学院学习，22 岁时因信仰危机背弃天主教，成年后在政治上和信仰上倾向于自由主义，宗教上倾向于怀疑论。他著有《宗教历史研究》（1857）、《道德批判短论》（1859）、《基督教起源的历史》（8 卷，

---

[1] （德）尼采．权力意志（下卷）［M］．孙周兴，译．北京：商务印书馆，2007：962.
[2] （德）尼采．权力意志（下卷）［M］．孙周兴，译．北京：商务印书馆，2007：1153.

的兴奋过度”；二是“‘非自由意志’的悲观主义”，其特点是“缺乏对于刺激的抵抗力”；三是“怀疑的悲观主义”，其特点是“害怕一切固定，害怕一切把握和触动”。在此基础上，尼采追问：法国思想家帕斯卡尔信奉的道德悲观主义、英国诗人雪莱秉持的无政府主义者的社会悲观主义以及俄国作家列夫·托尔斯泰坚守的同情的悲观主义分别属于哪个种类呢？尼采最终的回答是：它们没有本质的区别，“都同样地是沉沦和病态现象”，因为它们都“过分看重道德价值，或者过分看重‘彼岸’之虚构，或者过分看重社会困境或一般苦难”[1]。从这里可以看出，虽然尼采很少专门论及托尔斯泰，但还是很关注他，只是对托翁虔诚的宗教信仰和悲观主义态度也持保留态度。

[1] （德）尼采．权力意志（下卷）［M］．孙周兴，译．北京：商务印书馆，2007：775.

4. 尼采的文学批评家论

尼采虽然首先以哲学家闻名于世，但他也是一个极富文学才情的诗人和艺术批评家。无论是哲学著作的写作，还是诗歌的创作，他都非常讲究写作技巧和文体品质。与此同时，他也非常重视写作技巧和文体特点的研究，曾经在生前发表的各种著作和未刊遗稿中谈论过这方面的问题。本章先考察尼采的文体观和写作论，然后再重点梳理他对西方文学批评家的评论情况。

4.1 尼采的文体观与写作论

尼采将语言的表达方式分为两种。他在晚年未刊遗稿第 5［9］条的起首便列出一个提纲："非秘传的——秘传的"。[1] 第 14［191］条中再次明确表示："把学说分为秘传的和非秘传的。"[2] 所谓非秘传的表达方式，是指结构性或系统性的表述，也是普遍可理解的阐述；所谓秘传的表达方式，是指隐秘的、完全个人性、私人化的表达方式，也是读者往往难以理解的叙说方式。中国学者刘小枫给后面这种表达方式取了一个中国特色的名字：微言大义。[3] 在笔者看来，"秘传的"和"非秘传的"，既可以代表两种语言的表达方式，也可以代表两种不同的文体，非秘传的文体就是指那种讲究逻辑条理的、辨析性的理论著作，秘传的文体就是指那种个性化、诗性的文体，尤其指文学性文体，如格言、警句、随笔、寓言、散文诗等。

尼采在《快乐的科学》第 381 节"理解问题"中比较详细地谈论

---

[1] （德）尼采．权力意志（上卷）［M］．孙周兴，译．北京：商务印书馆，2007：217.

[2] （德）尼采．权力意志（下卷）［M］．孙周兴，译．北京：商务印书馆，2007：1118.

[3] 刘小枫．尼采的微言大义［J］．书屋，2000（10）．

过“秘传的”写作风格的特点和原因：

> 有人撰文，不仅希望别人看懂，而且也希望别人看不懂。当某人觉得某本书不好理解，那么，这绝不是对这本书的指责和埋怨，这或许正是作者的意图哩，他就是不愿让“某人”读懂啊。
>
> 任何高尚的思想或意趣要推销和介绍自己，必须择其知音。既有选择，当然也就会树立藩篱以摒拒“其他人”。大凡写作风格的所有准则盖源于此：站得老远、保持距离、不准“入内”，也就是不让人懂；但另一方面又寻觅知音，让那些与我们听觉相似的人细听其心曲。❶

读者“看不懂”“不好理解”的文章就是“秘传的”文体。这种文体往往是作者有意为之，暗含作者的“意图”。原来，“任何高尚的思想或意趣要推销和介绍自己，必须择其知音”“让那些与我们听觉相似的人细听其心曲”，而要选择知音，自然就要屏蔽一些人，叫这些人“站得老远、保持距离、不准‘入内’”，让他们读不懂，知难而退。

尼采本人偏爱“秘传的”文体。他曾经在《查拉图斯特拉如是说》的《读和写》一章中阐述过创作与阅读、作者与读者的关系。他说：

> 在一切写出的作品中我只喜爱一个人用血写成的东西。用血写：你会体会到，血就是精神。要理解别人的血，不是容易办到的：我憎恨懒洋洋地读书的人。谁要是了解读者，他就不会再为读者做什么。❷

尼采此处所说的“血”，是一种比喻的说法，是指精神层面的“心血”，也可引申指一个人的气质、思想和意志。尼采自己也说得很清楚：“血就是精神（daβ Blut Geist ist）。”❸ 用自己的心血创作出来的东

---

❶ （德）尼采．快乐的科学［M］．黄明嘉，译．上海：华东师范大学出版社，2007：391.

❷ （德）尼采．查拉图斯特拉如是说［M］．钱春绮，译．北京：生活·读书·新知三联书店，2007：38－39.

❸ F. Nietzsche. Also Sprach Zarathustra［M］//Karl Schlechta. Friedrich Nietzsche Werke：Band 2. München：Carl Hanser Verlag，1955：305.

西，即是“秘传的”著作，也是最有价值的著作。心不在焉、“懒洋洋地读书的人”是不能够理解这类“秘传的”著作的。用心血创作的作者一旦了解到读者大多是懒洋洋的阅读者，他就不再愿意为读者真心写作了，因为他无法从这些读者中寻觅到真正理解自己“心血”的知音。

尼采在收录于《快乐的科学》一书中的组诗《戏谑、计谋与复仇——德国韵律短诗序曲》第52首《用脚书写》中表达了类似的观点。他宣称：“我不独用手书写，/脚也参与其事。/它坚定、自由、勇敢，/为我时而穿过原野，时而越过白纸。”❶ 脚接触地面，最接地气，在这里主要代表人的肉体。这里所说的用脚书写，就是指将自己的本能欲望、精神状态和思想立场用文笔传达出来，跟用心血来创作是同样的意思。

尼采在《快乐的科学》第93节“你为何要写呢?”中，以对话的方式讨论作者写作与自己内心世界的关联：

> A：我不属于那些一面挥笔疾书一面思考的人；更不属于面对墨水瓶、坐在椅子上、呆视着稿纸、任凭激情所左右的人。我总对写作感到烦恼和羞愧，但写作于我又是必不可少的事务。我甚至讨厌用一种比喻来说明。
>
> B：你为何要写呢?
>
> A：噢，亲爱的，说句知心话：我至今还没有找到其他办法以摆脱我的思想。
>
> B：为什么要摆脱呢?
>
> A：为什么？我想摆脱吗？我必须摆脱！
>
> B：够了！我懂了！❷

对A来说，写作成了传达思想的唯一方式和途径，成了“必不可少的事务”。要将自己的思想表达出来，从而摆脱思想，唯一的办法就是写作。写作和思想传达的关系之密切，由此可见一斑。

---

❶ （德）尼采．快乐的科学［M］．黄明嘉，译．上海：华东师范大学出版社，2007：64.

❷ （德）尼采．快乐的科学［M］．黄明嘉，译．上海：华东师范大学出版社，2007：166.

尼采在《快乐的科学》第 367 节中从另外一个角度谈到艺术作品的分类问题。该节标题是“怎样区别艺术品”。全节摘录如下：

> 凡是思考、写作、绘画、作曲，乃至建筑和雕塑的作品，要么是独白式的艺术，要么是见证人的艺术。对上帝的信仰艺术、祈祷抒情诗的艺术表面上是独白式艺术，实则属于见证人的艺术，因为对虔诚的信徒来说，是不存在孤独的，这，是我们无神论者发现的真理。
>
> 要鉴别一个艺术家的整个观点，我以为没有比这更深刻的方法了：他是从见证人的角度出发看待自己的作品（看待“自己”），还是“忘却了这个世界”呢？每一种独白式艺术的本质都是基于“遗忘”，实为遗忘的音籁。❶

尼采在这里将艺术品分为“独白式的艺术”和“见证人的艺术”两种。所谓独白式的艺术，就是表达作者内心情感与思想的艺术作品，往往以第一人称的口吻叙事和抒情；所谓见证人的艺术，是指以第三人称全知全能的视角来叙事和议论的艺术作品。在尼采看来，圣徒传、赞美诗等表达对上帝的信仰的艺术以及祈祷抒情诗，表面上看是独白式艺术，实际上是见证人的艺术，因为这里艺术的作者是从见证人的角度出发看待自己以及自己的作品的，始终保持一种冷静和清醒，同时这类艺术也特别期望向读者剖白自己的内心世界。真正的独白式艺术是遗忘自我、甚至忘却世界的艺术，是“遗忘的音籁”，它不寄望一般的读者（特殊的读者如“知音”除外）能够理解。实际上，尼采这里所说的见证人的艺术，就是前面提及的非秘传的表达方式，独白式艺术就是秘传的表达方式。

尼采本人酷爱格言、警句这种文体。尼采虽然是哲学家，但除了《悲剧的诞生》《论道德的谱系》《超善恶》等少数几本著作之外，其他著作的文体总体上属于散文类，如格言、警句、随笔、散文诗等。他曾经自述：“格言和警句是‘永恒’之形式，我在这方面是德国首屈

❶ （德）尼采．快乐的科学［M］．黄明嘉，译．上海：华东师范大学出版社，2007：371－372.

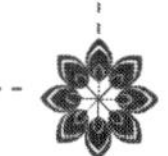

一指的大师；我的虚荣心是：用十句话说出别人用一本书说出的东西。”❶ 格言和警句是最言简意赅的表达方式，语言简短却含义隽永，言有尽而意无穷，尼采偏爱于此，力图“用十句话说出别人用一本书说出的东西”，并自诩在使用格言和警句方面是“德国首屈一指的大师”。尼采也的确不愧对“诗化哲学家”的称号。

尼采在《查拉图斯特拉如是说》的《读和写》一章中对格言这类文体赞不绝口：“用血写箴言（又译格言，下同——引者）的人，不愿被人读，而是要人背出来。在山中，最近的路是从山顶到山顶：可是，要走这条路，你非有长腿不行。箴言应该是山顶：可对他说箴言的人，必须是长得高大的人。山顶的空气稀薄而清新，危险近在咫尺，精神充满快活的恶意：它们都互相合得来。”❷ 箴言本来是指规劝人的话，当然不是一种文体，但常常以简洁的格言或警句的形式出现。尼采著作的另外一个中译者孙周兴将这里的“箴言”翻译为“格言”。上引的几句他是这样翻译的：“谁若用鲜血和格言写作，他就不愿被人阅读，而是要被人背诵的。在群山中，最近的路程是从顶峰到顶峰：但为此你必须有长腿。格言当是山之顶峰：而领受这些格言者当是伟大而高强的人。空气稀薄而纯洁，危险近在眼前，精神充满一种快乐的恶意：这些都相配得当。”❸ 将格言比喻为山顶，将格言的读者比喻为长得高大的人或者长有大长腿的人，是指格言含义深刻，必须有思想深刻、跨越度很大的人才能够真正理解它的内涵。

尼采非常欣赏简明、清晰的语言风格，多次不厌其烦地加以提倡。他在《快乐的科学》第 381 节“理解问题”中，长篇大论自己这种写作风格的妙处与价值：

> 我在处理较为深奥的问题时，就像洗冷水澡一样，快进快出。有人说，不可在水里浸得太深，其实这是怕水的迷信，是冷水之

---

❶ （德）尼采．偶像的黄昏［M］．周国平，译．北京：光明日报出版社，2000：94.

❷ （德）尼采．查拉图斯特拉如是说［M］．钱春绮，译．北京：生活·读书·新知三联书店，2007：39.

❸ （德）尼采．查拉图斯特拉如是说［M］．孙周兴，译．北京：商务印书馆，2010：54－55.

敌，是无亲身体验之论。噢！冰冷的水迫使你动作迅速！但顺便问一句：对事物只做蜻蜓点水式的接触和闪电般的观察，是否就不能理解和认识它呢？是否非要像母鸡孵蛋一样终日穷究这事物不可呢？是否必须像牛顿在谈论自己时所说的那样，夜以继日对此深思呢？但至少还存在许多特别令人发怵、棘手的真理，它们都是蓦然间被人领悟到的，这委实令人惊喜……

我的简明风格还有另一价值。我必须把一些让我颇费思量的问题中的许多东西说得简明些，使人听来要言不烦。我作为非道德者必须当心，别毁了别人的清白无辜，我指的是两性之中的笨伯和老处女，这些人从人生中获得的除了清白无辜便一无所有，再者，我的文章还应该鼓励和提升他们，激发他们追求美德。我不知道，世上还有什么别的东西比看到欢欣鼓舞的老"蠢驴"、被美德的甜蜜感弄得激情难抑的老处女更令我高兴的了。"我看见了这个"，查拉图斯特拉如是说。我已经说得过多，实在有违简明的初衷。糟糕的是，我对自己也无法掩饰我的愚昧，有时，我真为此而汗颜，当然有时也为这汗颜而汗颜。

也许，我们哲学家今天面对知识没有一个不是十分尴尬的：科学在不断发展，同人中腹笥渊博者甚至也发觉自己知之甚少；然则，倘若是另一种情形——倘若我们知之过多，那又将如何呢？说不定还更糟呢！我们的要务一直是：切勿把自己的角色搞错，尽管我们也必须博学多闻，但与学者是有区别的。我们的需要不同，成长不同，消化也不同。我们有时需要得更多，有时又需要得更少。一位天才需要多少营养，这是没有定则的，倘若他的兴趣旨在独立、变化、冒险、来去匆匆——这些只有动作迅捷者方能胜任——那么，他还是宁可活得自由些，食谱窄一些为好，而摒弃羁束和阻塞。一个优秀的舞蹈家向营养索要的不是脂肪，而是最大的柔韧性和力量。我不知道，哲学家的思想所渴求的东西与优秀舞蹈家有何不同。舞蹈即是哲学家思想的典范、技艺，也

是它唯一的虔诚、“对上帝的礼拜”……[1]

从上文可知，尼采将自己理解问题尤其表达思想的方式概括为“简明”风格，并用“洗冷水澡”式“快进快出”作风做比喻。针对有人怀疑“对事物只做蜻蜓点水式的接触和闪电般的观察”就不能理解和认识它，因而主张“像母鸡孵蛋一样终日穷究这事物”、像牛顿一样夜以继日对事物进行深思，尼采加以反驳：“还存在许多特别令人发怵、棘手的真理，它们都是蓦然间被人领悟到的。”如同释迦牟尼顿悟佛理，谁说不深刻？尼采强调，自己写作的简明风格还有另一个价值，也就是，将那些颇费思量的问题中的许多东西说得简明些，可以“使人听来要言不烦”。尼采还在更宽阔的背景上探讨简明这种写作方式与表达风格的必要性：科学知识在不断发展，即使学富五车者也会发觉自己知之甚少，况且哲学家与学者不同，他的兴趣和目标旨在独立、求变和冒险，他宁可活得自由些、食谱窄一些，而摒弃羁束和阻塞，正如优秀的舞蹈家不是索要脂肪，而是柔韧性和力量。简而言之，在尼采看来，真正的哲学家唯一的追求是，用最精练、最简明扼要的语言表达自己最想要表达的思想和见解。

尼采在晚年自传《瞧，这个人!》中再次谈论写作风格的问题，并颇为自得地概述自己的写作风格和技巧：

> 我要概述一下我写作风格的技艺。用文字，也包括文字的韵律，表述一种状态，一种充满激情的内在的紧张——这就是一切风格的意义。鉴于我身上内在状态非同一般的多样性，因而我具备运用多种风格的可能性——具备人们所曾具有的五光十色的风格的技艺。任何优秀的格调表达的都是内在状态，它通过对文字、文字的韵律、表情——一切周期性法则都是表情——都是没有闪失的风格。我在这方面的本能不会有错的。——独特的优秀风格——纯洁的愚行，纯粹的“理想主义”，有点像“自在之美”，像“自在之善”，像“自在之物”一样……前提总是这样，假定世界上有听

---

[1] （德）尼采．快乐的科学［M］．黄明嘉，译．上海：华东师范大学出版社，2007：392－393.

众存在——假定还有能够产生同样的激情并与之相称的人存在，假定不乏允许我们对之表白的人。——譬如，我的查拉图斯特拉就在寻找这种人——啊！他一定要花更长的时间去寻找哟！——人们值得考验他……可是直到那时为止，将不会有人理解我在本书所运用的技艺：因为，能够大胆运用崭新的、前所未有的、真正为这种人创造的技艺手法的人，还从未有过。有人认为，诸如此类的东西，过去德语中可能有过，此说尚有待证明。因为，我本人曾断然否认过此事。在我之前，人们不知道用德语能完成什么事业——即人们用一般语言所能完成的事业。伟大韵律的技艺，圆周句艺术的伟大风格，表现一种超凡的、超人激情的大起大落，这都是我首先发现的；借像《查拉图斯特拉如是说》第3部分最后一节《七个印记》这样的酒神颂歌，我就在那一向称为诗歌的东西的上方，凌空翱翔了。[1]

在这段文字里，尼采首先谈到写作风格与个人性情、志趣之间的关系。表面上看，写作风格仅仅与文字、文字的韵律、表情相关，实质上却诠释着“充满激情的内在的紧张”“任何优秀的格调表达的都是内在状态”。尼采自负地认为自己“身上内在状态”拥有“非同一般的多样性”，因而“具备运用多种风格的可能性——具备人们所曾具有的五光十色的风格的技艺”。他认为自己的写作具有“独特的优秀风格”，折射出自己“纯洁的愚行，纯粹的‘理想主义’”。尼采认为自己最先创造了“伟大韵律的技艺，圆周句艺术的伟大风格”，以“表现一种超凡的、超人激情的大起大落”，如《查拉图斯特拉如是说》的《七个印记》一章的酒神颂歌是这种风格的典型例证。尼采在《查拉图斯特拉如是说》一书中第一次大胆运用“崭新的、前所未有的”的技艺手法，完成了此前人们用德语不能完成的事业，他唯一担心的是不会有人理解自己在该书所运用的技艺。尼采所说的写作风格和技艺，就是格言、警句、散文诗、寓言故事等文体及其表现出的简明风格，

[1] （德）尼采．看哪这人！［M］//权力意志．张念东，凌素心，译．北京：商务印书馆，1991：46－47.

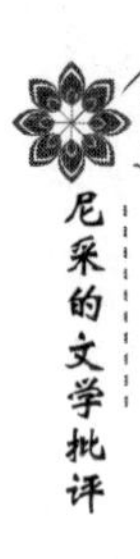

由于这些文体频频使用比喻、象征、寓意等表现手法，所以一般的读者难以全部理解和完全接受。

以此为标准，尼采坚决反对作家在写作时各种各样的废话连篇。他在《快乐的科学》第97节中集中讨论和批判“作家的废话”。尼采写道：

> 世间存在愤怒的废话，常见于路德和叔本华。因为概念和公式太多而产生另一种废话，康德便属这种情形。因为喜欢用不同的说法来表达同一事物又产生第三种废话，蒙田便是佐证。第四种废话来自不良的本性。
>
> 凡是阅读当代文章的人都会想起两类作家。喜欢说好话的和喜欢语言形式而生废话，这在歌德的散文中并非少见；因为对内心情感的喧嚣和混乱而感到称心快意，故而废话连篇，例如卡莱尔。❶

尼采将文学史和思想史上作家们写作中的啰唆废话归纳为4种：一是“愤怒的废话”，即因控制不住愤怒的情绪而唠唠叨叨说出的一大串反反复复的言辞，德国神学家、宗教改革家和翻译家马丁·路德及德国哲学家叔本华著作中此类废话最多；二是“因为概念和公式太多而产生”的废话，德国哲学家康德著作中此类废话最多；三是因为“喜欢用不同的说法来表达同一事物”而产生的废话，欧洲随笔文体创始人、法国散文家蒙田作品中此类废话最多；四是因为作家身上“不良的本性”而产生的废话，如“喜欢说好话的和喜欢语言形式”的歌德作品中有此类废话，英国历史学家、思想家、散文家托马斯·卡莱尔因为“对内心情感的喧嚣和混乱而感到称心快意”，故而著作中废话连篇。

也因此，尼采鼓励用精练含蓄的诗化语言来写散文，因为“只有用诗的形式才能写出优美的散文”，并指出：“本世纪（19世纪——引者）有四位具有诗人气质的奇才，其散文达到炉火纯青的境界。……这四位

---

❶ （德）尼采．快乐的科学［M］．黄明嘉，译．上海：华东师范大学出版社，2007：170－171.

是里奥帕蒂（意大利诗人——引者）、梅里美、爱默生和兰道（英国作家——引者）。”[1]

尼采为什么会形成偏爱格言、警句以及随笔、散文诗这类简短文体的习惯和态度呢？尼采曾经交代过自己在这方面受到古罗马历史学家和文学家启示的情形。他在晚年著作《偶像的黄昏》的“我感谢古人什么”一章的第1节，谈及古罗马历史学家、作家萨卢斯提乌斯（或译萨鲁斯特）和诗人贺拉斯对自己偏爱警句这种文体的影响情况。[2] 这段文字在尼采的晚年未刊遗稿第24［1］条第7节再次得到全文再现，在这一节里，尼采还增补了古罗马作家佩特罗尼乌斯的创作对自己产生影响的内容。相关内容摘录如下：

> 我对风格、对作为风格的警句的感觉，是在与萨鲁斯特的首次接触中几乎一下子苏醒的：我忘不了我尊敬的老师科森的惊讶，当时他不得不给他最差的拉丁文学生最好的分数……简练、严厉，骨子里有着尽可能丰富的实质内容，——对“华美辞藻”和“美好感情”怀着一种冷酷的恶意：在这方面我猜中了自己。人们将在我这里，直至我的《查拉图斯特拉如是说》，重新认识一种十分严格的对于罗马风格、对于“微言大义”、对于“永垂不朽”的野心。这与我第一次接触贺拉斯时的情形并无不同。直到今天，在其他任何一个诗人那里，我都没有重新找到过贺拉斯的一首颂歌让我产生的那种艺术上的喜悦。在某些语言当中，例如在德语里，这里所臻至的境界甚至是不能要求的。这种话语的镶嵌细工，这种符号规模的最小化，以及由此达到的符号表现力的最大化——所有这一切都是罗马式的……我要归因于拉丁人的第三个无可比拟的印象，乃是佩特罗尼乌斯。那种在词语、句子和思想跳跃方面纵情放肆的最急板，那种在庸俗拉丁语与“高雅”拉丁语的混合方面的精美，那种不可遏制的好心情，那种在“道德”面前、在“美好心灵”的德性贫穷面前的独立自主的自由——我想不出任何

[1] （德）尼采．快乐的科学［M］．黄明嘉，译．上海：华东师范大学出版社，2007：165.

[2] （德）尼采．偶像的黄昏［M］．周国平，译．北京：光明日报出版社，2000：95.

一本书，哪怕它只是依稀地对我产生过一种类似的印象。我最为个人的本能轻声告诉我，这位诗人乃是一个普罗旺斯诗人：人们必须魔鬼附身，才能作出此类跳跃。当我需要摆脱一种低级的印象时，也许有几页佩特罗尼乌斯的文字就足以使我完全恢复健康了。❶

萨鲁斯特（Sallustjus，前 86—前 34）是古罗马历史学家、恺撒的部将。他的传世之作是《喀提林叛乱记》与《朱古达战争》。萨鲁斯特写史的笔法像古希腊史学家修昔底德，遣词造句讲究，行文绮丽，章法严整。尼采认为自己对写作风格和格言、警句形式的特别感觉，源于对萨鲁斯特历史著作的接触，从此以后，尼采就爱上并形成了一种“简练”“严厉”而“骨子里有着尽可能丰富的实质内容”的写作风格，与此同时，对“华美辞藻”和温柔的“美好感情”却持有一种“冷酷的恶意”，舍之不顾。

贺拉斯（Quintus Horatius Flaccus，前 65—前 8）是古罗马诗人、批评家。其美学思想见于写给皮索父子的诗体长信《诗艺》。他的诗歌作品有《讽刺诗集》《长短句集》《歌集》等。贺拉斯的讽刺诗主要进行道德说教，以闲谈形式嘲笑吝啬、贪婪、欺诈、淫靡等各种恶习，宣扬中庸之道和合理享乐。尼采认为自己从贺拉斯那里学到了精细、简练的写作风格，后者诗歌和书信中“话语的镶嵌细工，这种符号规模的最小化，以及由此达到的符号表现力的最大化”，让尼采赞叹不已，并因此产生了对于“微言大义”和靠写作而流芳百世、“永垂不朽”的野心。

佩特罗尼乌斯（Petronius，？—66）是古罗马抒情诗人与小说家。据塔西佗《编年史》记载，佩特罗尼乌斯曾任比提尼亚总督、执政官等职。他精于享乐，得到罗马皇帝尼禄（54—68 年在位）的赏识，被召为廷臣，主管宫中娱乐，故有“风流总裁”之称。一般认为长篇讽刺小说《萨蒂利孔》是他的作品。小说有 20 章，现仅存第 15 章、第

❶（德）尼采．权力意志（下卷）［M］．孙周兴，译．北京：商务印书馆，2007：1415－1416.

16章。故事由书中人物恩科尔皮乌斯自述，描写公元1世纪意大利南部城镇的社会生活，对社会中下层人物如流浪汉、诗人、修辞学家、骗子等做了鲜明、生动的刻画。特里马尔奇奥的家宴是小说残留部分中最完整的一段，作者用讽刺、夸张的手法，刻画了一个暴发的获释奴隶的形象。作者站在贵族立场，对这种暴发户投以蔑视的眼光。作者描写宴会通宵达旦的喧闹豪华场面，突出地表现了当时奢靡的社会风尚。小说用诗文间杂的体裁写成，穿插一些民间传说和文艺批评，抨击当时浮夸空洞的修辞，强调诗歌要有真实感情。尼采非常熟悉佩特罗尼乌斯的生平与创作情况，特别在阅读波德莱尔的《遗稿及未刊书信集》(1887)之后，半引述半评价地写道："关于佩特罗尼乌斯，波德莱尔谈到其惊人的淫荡，其令人心酸的诙谐。"❶ "惊人的淫荡"是就佩特罗尼乌斯的日常生活而言，而"令人心酸的诙谐"主要是就其残缺的长篇讽刺小说《萨蒂利孔》来说。尼采认为自己从佩特罗尼乌斯的小说和诗歌作品中学到了行文的跳跃、语言的精美和思想情感的自由洒脱，后者"在词语、句子和思想跳跃方面纵情放肆的最急板，那种在庸俗拉丁语与'高雅'拉丁语的混合方面的精美"以及"那种在'道德'面前、在'美好心灵'的德性贫穷面前的独立自主的自由"，感佩不已。尼采忍不住将佩特罗尼乌斯同普罗旺斯的骑士抒情诗人媲美，觉得"必须魔鬼附身，才能做出此类跳跃"，认为只要阅读几页佩特罗尼乌斯的文字，就足以帮助自己摆脱低级的趣味。

讨论尼采的文体观与写作论之后，下面梳理尼采对欧洲文学理论家和批评家的评论情况。据笔者查证，尼采品评过的文学理论家和批评家，主要有古希腊的亚里士多德、德国的席勒与奥·弗·施莱格尔、法国的圣伯夫和泰纳等。

4.2 古代文学批评家论

据笔者查证，尼采关注和讨论过的古代文学批评家只有亚里士多

❶ (德)尼采. 权力意志(下卷)[M]. 孙周兴，译. 北京：商务印书馆，2007：755-756.

德一位。

亚里士多德（Aristotle，前 384—前 322）是古希腊哲学家、科学家、教育家和文学理论家。他的写作涉及伦理学、形而上学、心理学、经济学、神学、政治学、修辞学、自然科学、教育学等多个学科，以及文学、风俗、法律等多个领域。亚里士多德的主要著作有《工具论》《形而上学》《物理学》《伦理学》《政治学》等。作为文学理论家和文学批评家，亚里士多德的主要著作有《诗学》《修辞学》。

尼采并没有对亚里士多德的所有文学理论主张加以评论，而是集中讨论他的悲剧理论。尼采关于亚里士多德的悲剧理论的评论，主要涉及两个方面：一是悲剧的定义；二是悲剧的效果说。

先看尼采对亚里士多德的悲剧定义的评论。亚里士多德在《诗学》第 6 章中宣称："悲剧是对于一个严肃、完整、有一定长度的行动的模仿。"❶ 尼采对这一定义表示异议。他在晚年未刊遗稿第 14［34］条中指出："戏剧并不像那些半通不通的学者所以为的那样是情节。依照'戏剧'（Drama）一词的多立亚语的起源，我们也必须对戏剧作多立亚僧侣式的理解：它是事情、'事件'、神圣故事、奠基传说、对僧侣使命的'沉思'和回忆。"❷ 尼采虽然没有明说"半通不通的学者"就是亚里士多德，但亚里士多德所说的"一个严肃、完整、有一定长度的行动"是指情节，则是毫无争议的事实。尼采认为悲剧（"戏剧"）不仅仅模仿一个严肃、完整、有一定长度的行动即情节，它应该叙写完整的"事情"或"事件"尤其是与神话相关的故事、传说，并应包含多立亚僧侣对事件的理解、"沉思"。所以很明显，尼采对亚里士多德关于悲剧的定义是不赞同的。

相对来说，尼采更不赞同的是亚里士多德的悲剧效果说。现在来看看这方面的具体情况。

亚里士多德在《诗学》第 6 章中宣称："（悲剧）借引起怜悯与恐惧来使这种情感得到陶冶。"❸ 此处汉译为"陶冶"的希腊文词汇是

---

❶ （希）亚里士多德．诗学［M］．罗念生，译．北京：人民文学出版社，1997：19.

❷ （德）尼采．权力意志（下卷）［M］．孙周兴，译．北京：商务印书馆，2007：954.

❸ （希）亚里士多德．诗学［M］．罗念生，译．北京：人民文学出版社，1997：19.

κάθαρσιζ，其拉丁文形式是 katharsis，汉语通译卡塔西斯。卡塔西斯在汉语中有 3 种译法：一是净化，朱光潜先生持这种译法；二是宣泄；三是陶冶，罗念生先生持后两种译法。不管哪一种翻译，卡塔西斯都是指悲剧的效果。亚里士多德认为悲剧的效果是帮助观众或听众宣泄痛苦和悲伤，最终稳定自己的情绪，净化或陶冶自己的心灵。尼采认为亚里士多德的悲剧效果说是伪命题，持鲜明的否定态度。

针对亚里士多德认为“由严肃剧情引起的怜悯和恐惧应当导致一种缓解的宣泄”的观点，尼采早在处女作《悲剧的诞生》中就提出了质疑：“对于许多人来说，悲剧的效果正在于此并且仅在于此；由此也可以明确推知，所有这些人连同他们那些指手画脚的美学家们，对于作为最高艺术的悲剧实在是毫无感受。这种病理学的宣泄，亚里士多德的净化，语言学家真不知道该把它算作医学现象呢，还是算作道德现象。”❶ 尼采认为，亚里士多德认定悲剧的效果是通过“严肃剧情引起的怜悯和恐惧”而“导致一种缓解的宣泄”，根本上就是对“作为最高艺术的悲剧”的误解和无知，或者说是对悲剧的“毫无感受”。将悲剧的效果仅仅看作帮助观众和听众做“病理学的宣泄”，或者做罪过的“净化”，是对悲剧效果的污蔑和贬低。

尼采在晚年著作《偶像的黄昏》再次质疑亚里士多德的悲剧效果说，认为悲剧“是为了摆脱恐惧和怜悯”“是为了通过猛烈的泄泻而从一种危险的激情中净化自己”，这正是亚里士多德的“误解”❷。尼采在晚年未刊遗稿第 24 ［1］ 条中也说：认为悲剧是“为了摆脱恐惧和同情”“为了涤除一种危险的情绪，诸如通过一种强烈的宣泄”“这是亚里士多德的路径”❸。他还明确指出，关于悲剧的卡塔西斯说，是“亚里士多德的古老误解”❹❺。其中尼采晚年未刊遗稿第 15 ［10］ 条是对亚里士多德的悲剧效果说的集中剖析和抨击，值得全文摘录：

❶ （德）尼采．悲剧的诞生：尼采美学文选（修订本）［M］．周国平，译．太原：北岳文艺出版社，2004：90.

❷ （德）尼采．偶像的黄昏［M］．周国平，译．北京：光明日报出版社，2000：101.

❸ （德）尼采．权力意志（下卷）［M］．孙周兴，译．北京：商务印书馆，2007：1421.

❹ （德）尼采．权力意志（下卷）［M］．孙周兴，译．北京：商务印书馆，2007：953.

❺ （德）尼采．权力意志（下卷）［M］．孙周兴，译．北京：商务印书馆，2007：1153.

我再三指出过亚里士多德的大误解，他认为在两种沮丧的情绪即恐惧和同情中认识了悲剧情绪。倘若他是对的，那么，悲剧就会是一种危害生命的艺术了：人们就必得提防悲剧，犹如要提防某种损害公众和声名狼藉的东西。艺术通常是生命的伟大兴奋剂，是一种生命的陶醉，是一种求生命的意志；而在这里，它效力于某种下降运动，仿佛是作为悲观主义的奴婢，成了危害健康的。（——因为说人们是通过激发这些情绪来“涤除”这些情绪，就像亚里士多德所相信的那样，那完全是不真实的。）某种通常激发恐惧或者同情的东西，是具有瓦解、弱化、使人沮丧的作用的：——而且，叔本华有权说，假如人们必须从悲剧中取得听天由命的断念，也即温顺地放弃幸福、放弃希望、放弃求生命的意志，那么，人们由此就设想了一种艺术，一种使艺术自我否定的艺术。于是乎，悲剧就意味着一种消解过程，一种在艺术本身的本能中自我摧毁的生命本能。基督教、虚无主义、悲剧艺术、生理颓废：它们携手并进，在同一时刻取得了优势，相互驱动着向前——实即向下！……悲剧就成了衰落的征兆。

对于这样一种理论，我们可以用极其冷酷的方式来加以驳斥：其做法就是，借助于测力计来测量一种悲剧情绪的效果。而且，我们得出的结论在心理学上最后只能否认一个体系学者的绝对谎言——我们的结论就是：悲剧是一种 tonicum［力量滋补剂］。如果说叔本华把总体沮丧设定为悲剧状态时并不意愿理解，如果说叔本华是要使希腊人明白，他们并没有处于世界观的高地：那么，这就是一种偏见了，是体系逻辑、是体系学者的伪造了——它属于那些恶劣伪造中的一种，它一步一步地败坏了叔本华的整个心理学……

亚里士多德想要把悲剧视为涤除同情和恐惧的泻药，——视为两种过度积聚起来的病态情绪的一种有益发泄……

其他情绪也起滋补作用：但唯有两种沮丧的情绪——因而是特别有害的和不健康的情绪——即同情和恐惧，在亚里士多德看来应当通过悲剧排除出去，犹如通过泻药把两者排出去：通过激

> 发这些过度的危险状态，悲剧使人摆脱此种状态——使人变善。悲剧作为一种同情的治疗法。[1]

尼采认为，如果按照亚里士多德的看法，悲剧只会引起恐惧和同情这两种“沮丧的情绪”，悲剧就成了一种“危害生命”“危害健康”的艺术，成了一种“损害公众和声名狼藉的东西”，成了“悲观主义的奴婢”，甚至成了衰落的征兆，这与尼采的“艺术通常是生命的伟大兴奋剂，是一种生命的陶醉，是一种求生命的意志”这一主张完全是背道而驰的。尼采特别指出亚里士多德关于卡塔西斯说的逻辑问题：通过激发恐惧或者同情情绪来“涤除”这些情绪，“完全是不真实的”，也是不可能实现目的的，因为通常激发恐惧或者同情情绪的东西，是“具有瓦解、弱化、使人沮丧的作用的”。正如叔本华所设想的，如果观众从悲剧中获取听天由命的断念，温顺地放弃幸福、希望和求生命的意志，悲剧就意味着一种消解过程，一种在艺术本身的本能中自我摧毁的生命本能。在尼采看来，同情和恐惧是两种“特别有害的和不健康的情绪”和“过度的危险状态”，亚里士多德却幻想让悲剧成为“涤除同情和恐惧的泻药”“作为一种同情的治疗法”，无异于痴人说梦。尼采甚至为此做了一个科学实验：借助测力计测量悲剧情绪的效果。他得出的结论是：悲剧是一种力量滋补剂。这一结论无异于在心理学上宣布亚里士多德的卡塔西斯说是一个“绝对谎言”。

尼采在《快乐的科学》第80节“艺术与自然”中，从希腊人酷爱听人高谈阔论的角度否定亚里士多德的卡塔西斯说：

> 希腊人，至少雅典人很喜欢听人高谈阔论，他们的确有此癖好。这是他们与非希腊人的一大区别。他们甚至要求在舞台上要有高谈阔论的激情，要狂喜地、矫揉造作地朗诵台词。可是，人性中的激情却是少言寡语的，是静默和窘态的！激情即使找到了言辞，也是混乱的，非理性的，自我羞惭的！
>
> 因希腊人之故，我们现在全都习惯了舞台上的矫揉造作，正像

[1] （德）尼采：权力意志（下卷）［M］．孙周兴，译．北京：商务印书馆，2007：1153－1155.

我们因意大利人之故习惯了另一种不自然，即忍受，并且喜欢忍受歌唱的激情。倾听处境极度困难的人高谈阔论，已成了我们的一种需要，而这需要在现实中是得不到满足的。悲剧英雄在生命濒临深渊之时——现实中的人在此刻大多失去勇气和美好言辞——尤能滔滔不绝地慷慨雄辩，给人造成思想开朗的印象，这实在令我们如痴如狂，这“脱离自然的偏差”也许是为人的尊严而制备的惬意的午餐吧。所以，人需要艺术，以表达能够高尚的、英雄式的做作和习俗。

……

希腊人在这条路上走得实在太远、太远了，远得叫人惊异！他们把戏台建得尽可能的狭窄，禁用深层背景制造效果；不让演员有面部表情和细微动作，把演员变成庄重、生硬、面具一样的妖怪，同样，他们也抽掉了激情的深层内容，而只给激情制定高谈阔论的规则，是呀，他们不遗余力这样做，目的就是不让出现恐惧和同情的剧场效果，他们就是不要恐惧和同情啊——这是对亚里士多德的尊崇，无以复加的尊崇！可是，亚里士多德在谈及希腊悲剧的最终目的时，显然是言不及义的，更谈不上鞭辟入里！❶

尼采认为希腊人尤其是戏剧发源地和中心雅典的人们很喜欢听人高谈阔论，他们要求在戏剧舞台上要有高谈阔论的激情，哪怕是狂喜地、矫揉造作地朗诵台词，哪怕这种激情是混乱的、非理性的，依然痴迷不已。在古希腊的戏剧舞台上，悲剧英雄在生命濒临深渊之时尤能滔滔不绝地慷慨陈词，让观众和听众如痴如狂。为了倾听演员充满激情的高谈阔论，希腊人把戏台建得尽可能狭窄，尽量少用背景制造效果，不让演员有面部表情和细微动作。他们不遗余力地这样做的目的，就是不让出现恐惧和同情的剧场效果，因为他们就是不要恐惧和同情。可惜亚里士多德在谈及希腊悲剧的最终目的时，却偏偏认定希

---

❶ （德）尼采．快乐的科学［M］．黄明嘉，译．上海：华东师范大学出版社，2007：147－149.

腊悲剧的效果是激发恐惧和同情，以宣泄观众的痛苦，净化人们的罪恶感。由此看来，亚里士多德的卡塔西斯之说是“言不及义”的。

那么，尼采为什么会质疑甚至抨击亚里士多德的悲剧效果说呢？有两个原因。第一个原因，是尼采强调古希腊悲剧起源于音乐，悲剧精神的实质是酒神精神即狄俄尼索斯（或译狄奥尼索斯）精神和日神精神的二元整合或有机融合，而以酒神精神为底色和根本。

尼采在晚年著作《偶像的黄昏》中质疑亚里士多德的悲剧效果说，强调古希腊悲剧精神的本质与酒神精神密切相关：

> 酒神祭之作为一种满溢的生命感和力感，在其中连痛苦也起着兴奋剂的作用，它的心理学给了我理解悲剧情感的钥匙，这种情感既被亚里士多德误解了，更被我们的悲观主义者误解了。悲剧远不能替叔本华意义上的所谓希腊悲观主义证明什么，相反是对它的决定性的否定和抗议。肯定生命，哪怕是在它最异样最艰难的问题上；生命意志在其最高类型的牺牲中，为自身的不可穷竭而欢欣鼓舞——我称这为酒神精神，我把这看作通往悲剧诗人心理的桥梁。不是为了摆脱恐惧和怜悯，不是为了通过猛烈的泄泻而从一种危险的激情中净化自己（亚里士多德如此误解），而是为了超越恐惧和怜悯，为了成为生成之永恒喜悦本身——这种喜悦在自身中也包含着毁灭之喜悦……❶

尼采认为，“理解悲剧情感的钥匙”或者“通往悲剧诗人心理的桥梁”在于理解酒神精神。什么是酒神精神呢？它代表“一种满溢的生命感和力感，在其中连痛苦也起着兴奋剂的作用”，它代表“肯定生命，哪怕是在它最异样最艰难的问题上”，它代表生命意志“为自身的不可穷竭而欢欣鼓舞”，总之，酒神精神是一种正面的、积极的精神。酒神精神不是亚里士多德所说的“摆脱恐惧和怜悯”以求宣泄和净化，而是“超越恐惧和怜悯”，达成“生成之永恒喜悦”，在这种喜悦中甚至“包含着毁灭之喜悦”。

尼采在晚年未刊遗稿第 14［33］条中说：古希腊悲剧的激情“是

❶（德）尼采．偶像的黄昏［M］．周国平，译．北京：光明日报出版社，2000：100－101.

把肉欲和残酷变形为希腊精神：在恣意狂欢的节日中出现的成分”，其根基是狄奥尼索斯精神即酒神精神，这种精神“乃是多重的、部分地可怕的激动情绪的一种充溢和统一”❶。“肉欲和残酷”“恣意狂欢”以及“激动情绪的一种充溢”，都表明酒神精神是一种旺盛的生命力，代表的是一种积极的精神状态，而非消极的甚至病态的情绪如恐惧和同情。

在质疑亚里士多德的悲剧效果说的问题上，尼采将歌德和温克尔曼关于希腊精神的看法也拉进来一并讨论。德国诗人、文艺批评家歌德从古希腊艺术中归纳出“古典”概念，“在希腊人那里重新认识‘美的心灵’‘和谐的雕塑品’”，德国艺术史家、文艺批评家温克尔曼将希腊精神概括为“高贵的单纯，静穆的伟大”，尼采称他们的观点是“德国式愚蠢”。针对这些说法，尼采在晚年未刊遗稿第 24［1］条写道：“我看到了他们（指古希腊人——引者）最强大的本能，即权力意志；我看到他们在这种欲望不可遏制的强力面前颤抖……希腊人卓越而灵活的身体性乃是一种必需，而不是一种‘天性’。……通过节庆和艺术，人们也无非是想要感觉到自己越来越强壮、越来越美、越来越完满——这些都是自我颂扬的手段，权力意志的提高手段。”❷ 换言之，与歌德与温克尔曼不同，尼采在古希腊人及其艺术那里看到的，不是“和谐”“静穆”和“单纯”，而是蓬勃的生命力、“不可遏制的强力”，也就是致力于“越来越强壮、越来越美、越来越完满”的强力意志。

正是基于这一发现，尼采继续写道：

> 我是第一人，为了理解更古老的希腊人而重又严肃地看待那种被命名为狄奥尼索斯的奇妙现象。……对我们来说，狄奥尼索斯因素是与整个“希腊”的概念不相容的，更与温克尔曼和歌德所形成的“古典的”概念不相容：我担心，歌德本人根本上是把这样一个因素从希腊心灵的种种可能性中排除出去了。而实际上，惟有在狄奥尼索斯的神秘中才表达出希腊本能的整个基础。因为，

---

❶ （德）尼采．权力意志（下卷）［M］．孙周兴，译．北京：商务印书馆，2007：953－954.
❷ （德）尼采．权力意志（下卷）［M］．孙周兴，译．北京：商务印书馆，2007：1418.

希腊人以这种神秘为自己担保了什么呢？那就是永恒的生命，生命的永恒轮回，在生殖中得到预兆和奉献的将来，超越死亡和变化之外对生命的胜利肯定，那种作为在社群、城邦、种类联系中的总体永生的真实生命；性的象征作为最可敬的一般象征，整个古代虔诚感真正的象征总体；在生殖、怀孕、诞生行为中对每个细节的最深感恩。在神秘学说中，痛苦被神圣地言说出来："产妇的阵痛"把一般痛苦神圣化了，一切生成、成长，所有将来的担保，都会引起痛苦；为了获得永恒的创造快乐，就必须永远地有产妇的痛楚……我不知道有什么更高的象征表达力了。——惟有基督教把性变成了一种肮脏行为：关于 imm〈aculata conceptio〉[圣母〈无原罪〉] 的概念，乃是迄今为止世上达到过的最高的心灵无耻，例如，它把污水泼在生命之源头上……

在作为一种充溢的生命感的放纵中，甚至痛苦也只是作为兴奋剂而起作用的。有关这种放纵的心理学给了我理解悲剧感的钥匙，而无论是亚里士多德还是——特别是悲观主义者，都误解了这种悲剧感。悲剧远不能为叔本华意义上的希腊人的悲观主义证明什么，以至于相反地，它恰恰是这种悲观主义的极端对立面。肯定生命本身，乃至于那些最异己和最艰难的问题，在其最高类型之牺牲中的生命意志享有自己的不可穷尽性——我称之为狄奥尼索斯的，我把它理解为一种有关悲剧诗人的心理学的真正桥梁。不是为了摆脱恐惧和同情，也不是为了涤除一种危险的情绪，诸如通过一种强烈的宣泄——这是亚里士多德的路径：而倒是为了超越恐惧和同情去享受创造和生成的永恒欢乐，去控制和支配自己的恐惧、自己的同情。[1]

与前引《偶像的黄昏》中那段文字相同，尼采认为，只有在酒神精神即狄奥尼索斯的神秘中才能表达希腊本能的整个基础。酒神精神的实质就是宣示一种永恒的生命或者生命的永恒轮回，宣示超越死亡

[1] （德）尼采．权力意志（下卷）[M]．孙周兴，译．北京：商务印书馆，2007：1419－1421.

和变化之外的对生命的无条件肯定，宣示一种被神圣地言说的痛苦即“产妇的阵痛”，因为这种痛苦是一切生成、成长和将来的担保，总之，酒神精神是最高生命力和生产力的象征表达。因此，以酒神精神为底色和根基的希腊悲剧，既不能为叔本华意义上的希腊人悲观主义提供证明，也不能为只求通过强烈的宣泄以摆脱恐惧和同情的亚里士多德式路径解码，而是“为了超越恐惧和同情去享受创造和生成的永恒欢乐，去控制和支配自己的恐惧、自己的同情”。

尼采质疑亚里士多德的悲剧效果说的第二个原因，是尼采认为悲剧最重要的效果是能够提供一种“形而上慰藉”即“玄思的安慰”。

尼采在《悲剧的诞生》第 7 节中写道：“每部真正的悲剧都用一种形而上的慰藉来解脱我们：不管现象如何变化，事物基础之中的生命仍是坚不可摧和充满欢乐的。”[❶]《悲剧的诞生》第 8 节指出：“悲剧以其形而上的安慰在现象的不断毁灭中指出那生存核心的永生”。[❷]《悲剧的诞生》第 24 节指出：“悲剧神话具有日神艺术领域那种对于外观和静观的充分快感，同时它又否定这种快感，而从可见的外观世界的毁灭中获得更高的满足。……艺术不只是对自然现实的模仿，而且是对自然现实的一种形而上补充，是作为对自然现实的征服而置于其旁。悲剧神话，只要它一般来说属于艺术，也就完全参与一般艺术这种形而上的美化目的。”[❸] 这些话的共同之处，就是指出古希腊悲剧的“形而上的慰藉”“形而上的安慰”“形而上补充”和“形而上的美化目的”。

按照尼采的说法，古希腊悲剧的形而上慰藉在于，作为艺术的一种，它也具有所有必备的艺术的本原和根基，而艺术的本原就是生命，艺术的本质和根基就是对生命的肯定。尼采指出：“艺术是生命的最高

---

❶ （德）尼采．悲剧的诞生：尼采美学文选（修订本）［M］．周国平，译．太原：北岳文艺出版社，2004：27.

❷ （德）尼采．悲剧的诞生：尼采美学文选（修订本）［M］．周国平，译．太原：北岳文艺出版社，2004：29.

❸ （德）尼采．悲剧的诞生：尼采美学文选（修订本）［M］．周国平，译．太原：北岳文艺出版社，2004：96－97.

使命和生命本来的形而上活动。”[1]“艺术本质上是对此在的肯定、祝福、神化。”[2]通俗地讲，尼采认为古希腊悲剧让观众和听众看到的、听到的，虽然是悲剧故事和悲剧场景，但他们由这些失败、毁灭、死亡的故事和场景，体悟到的不是死亡、毁灭，而恰恰是不息的创造欲望、勃发的生命力和生命的永恒轮回，体悟到的是这样的二重性：失败之中蕴含成功，毁灭之中蕴含创造，死亡之中蕴含重生。

不论是强调古希腊悲剧精神的实质是酒神精神和日神精神的二元整合并且以酒神精神为底色和根本，还是认为悲剧最重要的效果是能够提供一种“形而上慰藉”，尼采的悲剧效果说都远比亚里士多德的陶冶、净化说要积极、正面和深刻得多。这也是尼采在自己的著作中一再调侃和抨击亚里士多德的卡塔西斯说的根本原因。

4.3 近现代文学批评家论

在欧洲文学史上，古希腊属于古代阶段，因此，亚里士多德属于古代的文学理论家和文学批评家。除亚里士多德外，尼采还关注过德国诗人、戏剧家兼文学批评家席勒，德国文学理论家奥·弗·施莱格尔，法国文学评论家圣伯夫，法国文学理论家与批评家泰纳，这些人在18世纪末至19世纪中后期活跃于欧洲文坛，属于近现代阶段的文学批评家。

尼采在《悲剧的诞生》第7节中介绍关于古希腊悲剧起源的各种观点时，提到席勒和奥·弗·施莱格尔的观点，并对两人的观点做了评价。

席勒（J. C. F. von Schiller，1759—1805）是德国伟大的戏剧家、诗人、美学家和文艺批评家。《美育书简》（又译《审美教育书简》，1793—1794）是其美学理论的代表作，由他写给丹麦王子的27封信整理而成。席勒的文艺理论和批评著作有《论崇高》（1793—1794）、

[1] F. Nietzsche. *Die Geburt der Tragödie*. *Friedrich Nietzsche Werke*: Band 1. Hg. von Karl Schlechta. München: Carl Hanser Verlag, 1954: 20.

[2] （德）尼采．权力意志（下卷）［M］．孙周兴，译．北京：商务印书馆，2007：961.

《论素朴的诗与感伤的诗》(1795) 等。

奥·弗·施莱格尔 (August Wilhelm von Schlegel, 1767—1845) 是德国文学批评家、语言学家和翻译家。在《关于文学和艺术的讲稿》和《论戏剧艺术与文学》(1809—1811) 两部著作中,他系统地阐述了浪漫主义文学观和美学观,尖锐批判资本主义的现实,美化基督教中世纪。这两部著作对19世纪上半叶欧洲文学的发展影响很大,后者被译成多种文字。奥·弗·施莱格尔在文学评论方面还有一个特殊的贡献,那就是用流畅的语言进行论述,为后世评论家树立了榜样。

回到《悲剧的诞生》中席勒和奥·弗·施莱格尔关于古希腊悲剧起源的观点。

尼采认为,从流传下来的各种传说中可知,古希腊悲剧是从悲剧歌队中产生,而且起初只有歌队,因此,解码古希腊悲剧的关键就是探究悲剧歌队的作用与实质。随后,尼采梳理了关于古希腊悲剧歌队的作用与实质的几种看法。第一种看法认定歌队"代表平民对抗舞台上的王公势力"。尼采称这种看法为"流行的艺术滥调",因为它是一种政治色彩太强的考量,是一种"政治解释",根本没有触及歌队对于悲剧产生的作用与价值问题,或者说,"未触及悲剧的纯粹宗教根源"[1]。接着,尼采提到了关于古希腊悲剧歌队的作用与实质的第二种看法,这种是奥·弗·施莱格尔的见解。尼采指出:

> 比歌队的政治解释远为著名的是A. W. 施莱格尔(即奥·弗·施莱格尔——引者)的见解。他向我们建议,在一定程度上,可把歌队看做观众的典范和精华,看做"理想的观众"。这种观点同悲剧一开始仅是歌队这一历史传说对照起来,就原形毕露,证明自己是一种粗陋的、不科学的,然而闪光的见解。但它之所以闪光,只是靠了它的概括的表达形式,靠了对一切所谓"理想的"东西的真正日耳曼式偏爱,靠了我们一时的惊愕。只要我们把我们十分熟悉的剧场公众同歌队作一比较,并且自问,从这种公众

[1] (德)尼采. 悲剧的诞生:尼采美学文选(修订本)[M]. 周国平,译. 太原:北岳文艺出版社,2004:24.

> 里是否真的可能产生过某种同悲剧歌队类似的东西，我们就惊诧不已了。我们冷静地否认这一点，既奇怪施莱格尔主张的大胆，也奇怪希腊公众竟有完全不同的天性。我们始终认为，一个正常的观众，不管是何种人，必定始终知道他所面对的是一件艺术品，而不是一个经验事实。相反，希腊悲剧歌队却不由自主地把舞台形象认做真人。扮演海神女儿的歌队真的相信亲眼目睹了提坦神普罗米修斯，并且认为自己就是舞台上的真实的神。那么，像海神女儿一样，认为普罗米修斯亲自到场，真有其人，难道便是最高级最纯粹的观众类型了吗？难道跑上舞台，把这位神从酷刑中解救出来，便是理想观众的标志？我们相信审美的公众，一个观众越是把艺术品当做艺术即当作审美对象来对待，我们就认为他越有能力。可是，施莱格尔的理论却来指点我们说，对于完美的、理想的观众，舞台世界不是以审美的方式，而是以亲身经验的方式发生作用的。我们不禁叹息：啊，超希腊人！你们推翻了我们的美学！可是，习惯成自然，一谈到歌队，人们就重复施莱格尔的箴言。
>
> 然而，古代传说毫不含糊地反对施莱格尔：本来的歌队无须乎舞台，因此，悲剧的原始形态与理想观众的歌队水火不相容。这种从观众概念中引申出来、把“自在的观众”当做真正形式的艺术究竟是什么东西呢？没有演员的观众是一个悖理的概念。我们认为，悲剧的诞生恐怕既不能从群众对于道德悟性的尊重得到说明，也不能从无剧的观众的概念得到说明。看来，这个问题是过于深刻了，如此肤浅的考察方式甚至没有触到它的皮毛。❶

奥·弗·施莱格尔将古希腊悲剧的歌队视为一种特殊的和理想的观众，他称之为“观众的典范和精华”。尼采认为这种看法虽然因为迎合了“日耳曼式偏爱”并引起人们的“惊愕”，从而成为一种“闪光的”“著名的”见解，但它是“粗陋的、不科学的”。最根本的原因在

❶ （德）尼采．悲剧的诞生：尼采美学文选（修订本）［M］．周国平，译．太原：北岳文艺出版社，2004：24－25．

于，悲剧歌队成员和观众根本不是一回事，两者之间有本质的区别：观众始终知道自己观看的、面对的是一件艺术品，而不是一个亲身经验的事实，希腊悲剧歌队的成员却不由自主地把舞台形象当作活生生的真人，把自己参与的故事当作真事。换言之，真正的观众是审美的公众，他越是能够把艺术品当作艺术或即审美对象来对待，就越有审美能力，但施莱格尔告诉我们，完美的、理想的观众不是以审美的方式对待舞台上的人和事，而是将舞台上的一切视为自己亲身经验的人和事。尼采最后决绝地说："悲剧的原始形态与理想观众的歌队水火不相容。"在完全否定施莱格尔的观点之后，尼采还不忘调侃自己的同胞："看来，这个问题是过于深刻了，如此肤浅的考察方式甚至没有触到它的皮毛。"

在讨论并评价奥·弗·施莱格尔关于悲剧起源特别是关于悲剧歌队的作用的观点之后，尼采又提到关于古希腊悲剧歌队作用与实质的第三种看法，这种看法出自席勒。尼采指出：

> 在《麦西拿的新娘》的著名序言中，席勒已经对歌队的意义发表了一种极有价值的见解。他把歌队看做围在悲剧四周的活城墙，悲剧用它把自己同现实世界完全隔绝，替自己保存理想的天地和诗意的自由。
>
> 席勒用这个主要武器反对自然主义的平庸观念，反对通常要求于戏剧诗的妄念。尽管剧场上的日子本身只是人为的，布景只是一种象征，韵律语言具有理想性质，但是，一种误解还始终完全起着作用。把那种是一切诗歌之本质的东西仅仅当作一种诗意的自由来容忍，这是不够的。采用歌队是决定性一步，通过这一步，便向艺术上形形色色的自然主义光明磊落地宣了战……
>
> 按照席勒的正确理解，希腊的萨提儿歌队，原始悲剧的歌队，其经常活动的境界诚然是一个"理想的"境界，一个高踞于浮生朝生暮死之路之上的境界。希腊人替这个歌队制造了一座虚构的自然状态的空中楼阁，又在其中安置了虚构的自然生灵。悲剧是在这一基础上成长起来的，因而，当然一开始就使痛苦的写照免去了现实性。然而，这终究不是一个在天地间任意想象出来的世

界；毋宁是一个真实可信的世界，就像奥林匹斯及其神灵对于虔信的希腊人来说是真实可信的一样。酒神歌舞者萨提儿，在神话和崇拜的批准下，就生活在宗教所认可的一种现实中。悲剧始于萨提儿，悲剧的酒神智慧借他之口说话，对我们来说，这是一个可惊的现象，正如一般来说，悲剧产生于歌队是一个可惊的现象一样。❶

尼采首先肯定席勒关于古希腊悲剧的萨提儿歌队的意义发表了一种“极有价值的见解”。原来席勒把歌队看作围在悲剧四周的“活城墙”，悲剧凭此同现实世界完全隔绝，替自己保存理想的天地和诗意的自由。尼采认为席勒的看法是向艺术上形形色色的自然主义宣战，悲剧因而“高踞于浮生朝生暮死之路之上的境界”，通过酒神智慧阐述其形而上慰藉。席勒的观点跟尼采的看法不谋而合，所以尼采接着就明确宣称：“我已经指出，每部真正的悲剧都用一种形而上的慰藉来解脱我们：不管现象如何变化，事物基础之中的生命仍是坚不可摧和充满欢乐的。这一个慰藉异常清楚地体现为萨提儿歌队，体现为自然生灵的歌队，这些自然生灵简直是不可消灭地生活在一切文明的背后，尽管世代更替，民族历史变迁，它们却永远存在。”❷

有感于席勒与自己见解的契合，尼采在《悲剧的诞生》第 8 节里再次提到席勒关于古希腊悲剧歌队的作用与实质的看法，并给予高度评价：“在悲剧艺术的这个开端问题上，席勒同样是对的：歌队是抵御汹涌现实的一堵活城墙，因为它（萨提儿歌队）比通常自视为唯一现实的文明人更诚实、更真实、更完整地模拟生存。”❸

由此可见，在关于古希腊悲剧的起源问题上，奥·弗·施莱格尔和席勒的分歧主要表现在悲剧歌队的作用与实质方面，尼采赞同后者的观点，否定前者的看法。更重要的是，尼采认为席勒猜到了悲剧的

❶ （德）尼采．悲剧的诞生：尼采美学文选（修订本）[M]．周国平，译．太原：北岳文艺出版社，2004：26.

❷ （德）尼采．悲剧的诞生：尼采美学文选（修订本）[M]．周国平，译．太原：北岳文艺出版社，2004：27.

❸ （德）尼采．悲剧的诞生：尼采美学文选（修订本）[M]．周国平，译．太原：北岳文艺出版社，2004：28.

形而上慰藉功能，而这正是他的《悲剧的诞生》一书的核心观点。

尼采评论过的圣伯夫（C. A. Sainte - Beuve，又译圣伯甫，1804—1869），是19世纪法国文学评论家和诗人、小说家。他是将传记方式引入文学批评的第一人，认为了解作者的性格以及成长环境对理解其作品有重要意义。圣伯夫将这一理论应用于其最重要的著作中，如《文学肖像》（1844）、《当代肖像》（1846）、《周一的讨论》（1851—1862）和《新的周一》（1863—1870）。作为浪漫主义文学思潮与运动的支持者，圣伯夫还创作过浪漫主义风格的诗歌以及一部浪漫主义风格的小说。

尼采对圣伯夫似乎特别关注，多次提及并评论过他，不过以否定性的评价为多。尼采在晚年著作《偶像的黄昏》中写道：

> 伯夫甫（即圣伯夫——引者）毫无男子气；满怀对一切阳刚精神的渺小的怨恨。四处游荡，纤细，好奇，无聊，好探听——根本是女性人格，具有女人的复仇欲和女人的感官。作为心理学家，是一个流言的天才；这方面的手段层出不穷；没有人比他更善于搀和毒药和谀词。在至深的本能中极为粗鄙，与卢梭的愤懑一脉相承：所以是个浪漫主义者——因为在一切浪漫主义背后都有卢梭的复仇本能在嘟哝和渴求。一个革命者，但可惜被恐惧控制住了。在一切有力量的事物（公众舆论、科学院、法院，甚至皇家服饰）面前毫无自由。激烈地反对一切伟大人物和伟大事物，反对一切自信者。一个诗人和半女人，尚足以感觉到伟大的威力；不停地蠕动，就像那条著名的虫子，因为它老觉得自己被践踏。像一个没有准则、立场和脊梁的批评家，以不信教的世界主义者的口吻谈论种种事物，却没有勇气承认他不信教。像一个没有哲学、没有哲学洞察力的历史学家，——所以在一切重要问题上拒绝下判断，拿“客观性”遮掩自己。在一种更纤细、更有利的趣味占据支配地位的地方，他对万物的态度有所不同，在那里他确实有面对自己的勇气和乐趣，——在那里他是大师。——在某些

方面，他是波德莱尔的一个雏型。❶

尼采首先对圣伯夫的人品极为不满，称其“毫无男子气”“根本是女性人格”，是一个不择手段、喜欢散布流言的天才和心理学家。尼采认为圣伯夫本能粗鄙，满怀卢梭式愤懑之情和复仇本能，是个空想的浪漫主义者和胆怯的革命者。作为一个诗人和半个女人（“具有女人的复仇欲和女人的感官”），圣伯夫能够感觉到伟大的威力，但他以追求平等为幌子，激烈反对伟大人物和伟大事物。总之，圣伯夫是“一个没有准则、立场和脊梁的批评家”，是一个没有哲学和哲学洞察力的历史学家，在一切重要问题上拒绝下判断，拿“客观性”遮掩自己的折中和无能。这段文字的最后一句话提到作为诗人的圣伯夫，是波德莱尔的一个“雏型”。一般认为，波德莱尔（C. P. Baudelaire，1821—1867）是法国现代派诗人、象征主义诗歌的先驱，现在尼采认为，浪漫主义诗人圣伯夫是波德莱尔的一个“雏型”，意味着圣伯夫是现代派诗人先驱的先驱，是最早的开路者。

与这段文字的内容相差不远但稍微详细些的一段文字收录在尼采晚年未刊遗稿之中。该遗稿第11［9］条是这样的：

> 圣伯夫：毫无男人味；充满一种对一切男子气的虚假仇恨：他到处闲荡、胆怯、好奇、无聊、造谣中伤——压根儿就是一妇人，具有女人的报复欲和女人的感性。此外他还是一个真正的诽谤天才，手段极其丰富多样，举例说，能够以致命的方式吹捧某人；不无一种优雅的演奏高手的热心肠，总是想在某个合适的地方，也就是在有所畏惧的形形色色的听众面前，把他的技艺好好炫耀一番。当然啰，他也会在背后报复他的听众，偷偷地、狭隘地、肮脏地；一切注定高贵的人们一定会在特殊情况下为此而忏悔，因为他们具有对自身的敬畏——而他却决没有这种敬畏感！光是男子气、高傲、整体性、自信之类的东西，就已经激怒了他，使他颤抖而躁动不安。——现在，按照法兰西精神的尺度和需要来看，他就是一位体面的心理学家了；而法兰西精神是那么迟迈、

❶（德）尼采. 偶像的黄昏［M］. 周国平，译. 北京：光明日报出版社，2000：55-56.

> 病态、好奇，与他一样喜欢探听、贪得无厌；和他一样到处打听秘密；本能地力求从私底下结识他人，与狗类相互间的做法没有多少差别。他在根本上说是粗俗的，与卢梭的本能相类，因此是浪漫主义者——因为在一切浪漫主义中，群盲们都是嘟囔着要求“高贵”的；他是革命性的，但由于畏惧而一直勉强压抑着自己。在一切强大的事物面前，他没有了自由。他彻头彻尾厌倦了自己，有时甚至不相信自己有活着的权利；一个从青年时代起就挥霍自己的家伙，他自己也感到挥霍了自己，变得越来越瘦弱和衰老。只是出于怯懦，这个人还活下来，日复一日地苟延残喘着；这个人对人和物的一切伟大之处都心生怨恨，痛恨一切相信自己者，因为遗憾的是，对诗人和半雌雄来说，这就已经足以把伟大感受为权力了；这个人就像那条著名的蠕虫一样不断地蜷缩起来，因为他感到自己总是受到了某个伟大的东西的践踏。作为没有标准、没有脊梁和支柱的批评家，他对于各色各样的事物总有一番世界主义的放荡者的鼓噪，但本身又没有勇气去承认自己放荡，因而屈从于某种不确定的古典主义。作为没有哲学和目光之强力的历史学家，他本能地拒绝在一切大事情上下判断的任务，并且端出一副客观性的面具；而在那些细小琐事上——这是多么蹩脚呀——他却有着一种精致而充分发挥的鉴赏力，而且真的有直面自身的勇气、对于自身的兴趣。❶

尼采在这段文字里特别提到圣伯夫缺乏对自身的敬畏感和男子气，而这正是法兰西精神的体现和化身，因为法兰西精神的内涵就是“迟迈、病态、好奇”。从上引两段文字可以看出，尼采对圣伯夫的性格、人品和精神境界评价极低。

尼采在晚年未刊遗稿第 11［69］条中转引圣伯夫的一段原话。那段话是这样的：“年轻人太热烈，养不成良好趣味。要有良好趣味，光有品尝精神中美好而温柔事物的能力还是不够的，还必须有闲暇，一颗自由而闲适的心灵，重新变得像婴儿一般纯真，不为激情所役，不

❶ （德）尼采．权力意志（下卷）［M］．孙周兴，译．北京：商务印书馆，2007：674－676.

汲汲于俗务，不为苦涩的操心和实利的关怀所折磨；一颗无所动心的心灵，甚至没有写作欲望的烈焰，不做自身名利心的俘虏；需要休息、需要遗忘、需要沉默、需要有周遭空间。为了享受精致的事物，精神中得具备何等的条件啊！”❶ 圣伯夫不愧为浪漫主义者和理想主义者，他嫌弃同时代的年轻人性情过于热烈，“汲汲于俗务”，常常“为苦涩的操心和实利的关怀所折磨”，所以认为他们注定不能养成“良好趣味”。在圣伯夫看来，要养成良好趣味，单有欣赏事物中美好而温柔成分的能力还不够，还得有闲暇，有一颗自由、纯真的心灵，有足够充裕的空间。尼采引述圣伯夫这段话，固然显示了后者作为浪漫主义者和理想主义者的追求与旨趣，但他的调侃口气也流露出对圣伯夫的旨趣以及浪漫主义精神的否定。

此外，尼采还在晚年未刊遗稿中摘录了一些他人著作中涉及圣伯夫的语句。如他摘录过波德莱尔的《遗稿及未刊书信集》（1887）中的这样一段话：1844 年，圣伯夫对年仅 23 岁的新锐诗人波德莱尔说：“您说得对，我的诗与您的诗有关。我也品尝过同样的苦果，里面满是灰烬。”❷ 前面已经提到，尼采曾经说圣伯夫是波德莱尔的一个“雏型”。从波德莱尔记载的圣伯夫这句话来看，圣伯夫也是对现代社会尤其是巴黎大都市生活有更多的负面体会，他的诗歌中表现的多是自己在都市生活中体会到的“苦果”以及因各种理想和希望落空而生的挫败感和幻灭感（“里面满是灰烬”）。

再如，尼采还在未刊遗稿第 11［296］条中摘录《埃德蒙·龚古尔日志》中的一段话，提到圣伯夫和法国作家茹贝尔（1754—1824）之间的相似之处：“其思想缺乏法国式的确定性。既不清晰又不坦率。闻起来有一点日内瓦学派的味道：诸如内克尔夫人、德特拉西、茹弗鲁瓦。糟糕的圣伯夫也出自该派。”❸ 引文中的内克尔夫人是法国国王路易十六的财政总监雅克·内克尔（Jacques Necker，1732—1804）的夫人，雅克·内克尔生于瑞士日内瓦的新教徒家庭。内克尔夫人是作

❶ （德）尼采．权力意志（下卷）［M］．孙周兴，译．北京：商务印书馆，2007：704.
❷ （德）尼采．权力意志（下卷）［M］．孙周兴，译．北京：商务印书馆，2007：776－777.
❸ （德）尼采．权力意志（下卷）［M］．孙周兴，译．北京：商务印书馆，2007：809.

家、社会活动家，是当时最具文化素养的女性之一，她的家中经常聚集各种精英人物，包括法国哲学家德特拉西（de Tracy，1754—1836）、茹弗鲁瓦（Jouffroy，1796—1842）等人，有人称这些人为日内瓦学派。在这段摘录的文字里，尼采认为法国作家茹贝尔在《箴言集》等著作所表达的思想“缺乏法国式的确定性”“既不清晰又不坦率”，有“日内瓦学派的味道”，而圣伯夫也出自日内瓦学派，受其熏陶，其文学批评和诗歌、小说等文学创作中所表达的思想缺乏确定性，同样也不够清晰和坦率。在同一条目中，尼采还摘录《埃德蒙·龚古尔日志》中关于圣伯夫的另一句话：“他（指圣伯夫——引者）的谈话缺乏恢弘气派；纯然纤细、微末、忸怩的东西。”[1] 由此可知，法国自然主义作家埃德蒙·龚古尔也认为作为文学批评家的圣伯夫“缺乏恢弘气派”，缺乏高屋建瓴的气度和视野，只关注那些纤细、微末的细节，而且态度和立场不明确，忸怩作态，首鼠两端。埃德蒙·龚古尔与尼采对圣伯夫的看法不谋而合。

尼采评论过的另外一位法国文学理论家和文学批评家是泰纳。

泰纳（H. A. Taine，又译丹纳，1828—1893）是19世纪法国以及欧洲杰出的文学批评家、艺术史家、文艺理论家、美学家，主要著作有《拉封丹及其寓言》《巴尔扎克论》《英国文学史引言》和《艺术哲学》等，在欧洲文艺界引起过强烈而广泛的反响。泰纳最著名的理论是“三因素”说，这一理论不仅在他本人的美学体系中占有重要位置，也是西方美学史中探讨艺术发展规律的重要理论。所谓三因素，指的是种族、环境和时代。在泰纳看来，艺术作品是记录人类心理的文献，而人类心理的形成，离不开一定的外在条件，这些外在条件主要就是种族、环境和时代三种力量。泰纳将这三者称为“三个原始力量”，并依据其作用不同，分别称为“内部主源”“外部压力”和“后天动量”。在《艺术哲学》中，他还对这三种力量的不同作用进行具体解析，认为种族是植物的种子，全部生命力都在里面，起着孕育生命的作用；环境和时代犹如自然界的气候，起着自然选择与淘汰的作用。

---

[1] （德）尼采．权力意志（下卷）［M］．孙周兴，译．北京：商务印书馆，2007：810.

泰纳主张研究作家作品，必须在这三个方面占有大量材料，运用科学的方法进行分析研究。泰纳的文艺理论和文学批评具有浓厚的唯物主义、自然主义和科学主义色彩。

尼采对泰纳的主张基本上是否定的。他在晚年自传中明确表示对泰纳的贬抑态度，宣称："贬抑那些教过他们的、全然受了德国哲学毒害的伟大的先师们（譬如，泰纳先生就受过黑格尔的毒害，他对伟人和时代的误解就是黑格尔的礼物）。凡是德国势力所及，文化就会遭到摧残。"❶ 尼采的本意是在抨击德国文化和德国精神，清算德国哲学的毒害以及德国势力对欧洲文化的摧残，在尼采看来，深受德国哲学和美学思想影响的泰纳正是德国哲学的受害者，他受过黑格尔哲学和美学思想的毒害，泰纳"对伟人和时代的误解就是黑格尔的礼物"。这里所谓对伟人和时代的误解，也就是他的种族、环境和时代三因素论。

尼采对泰纳的环境理论特别反感。他在晚年未刊遗稿中多次表明这一态度。如第 7［33］条声明："反对'环境'理论。物种非常重要。环境仅仅得出'适应'；在其中起作用的是积聚起来的全部力量。"❷ 第 15［105］条又指出："环境学说乃是一种颓废理论，但已经侵入并且在生理学中成了主宰。"❸ 第 15［106］条宣称："关于环境的理论，在今天是卓越的巴黎理论，本身就是关于一种严重的人格分裂的证明：当环境开始形成，并且合乎事实情况的做法是，可以把那些显突的天才理解为自身环境的单纯凝结……"❹ 尼采提倡强力意志说，认为人和万事万物的本原是自身具备的求丰富、求扩张、求强大的强力意志，所以他对环境和时代这些外部因素的作用是不屑一顾的，因而对泰纳的环境理论是排斥的。

尼采对泰纳的环境理论的不满实际上是源于对达尔文进化论的不满。不管是达尔文进化论也好，还是泰纳的环境和时代等外部因素论

---

❶ （德）尼采．看哪这人！［M］//权力意志．张念东，凌素心，译．北京：商务印书馆，1991：29.

❷ （德）尼采．权力意志（上卷）［M］．孙周兴，译．北京：商务印书馆，2007：352.

❸ （德）尼采．权力意志（下卷）［M］．孙周兴，译．北京：商务印书馆，2007：1220.

❹ （德）尼采．权力意志（下卷）［M］．孙周兴，译．北京：商务印书馆，2007：1220.

也好，它们都强调外部客观环境因素的巨大作用，但尼采是唯意志论者，特别看重人的主观意志的作用，自然会大为不满。

最后要提及的是，尼采曾经摘录法国文学家和政治思想家邦雅曼·贡斯当的戏剧评论集和长篇小说中的文字。身为文学家和政治思想家的邦雅曼·贡斯当（Benjamin Constant，1767—1830），是法国乃至欧洲近代自由主义的奠基者之一。他出生于瑞士一个法裔贵族家庭，跟法国著名文学理论家、浪漫主义文学先驱斯塔尔夫人有着长达 14 年的充满感情风暴的浪漫关系。后者不仅影响了他的政治观念，也激发了他的文学激情。贡斯当 1806 年创作的长篇小说《阿道尔夫》在很大程度上就是描述自己与斯塔尔夫人关系的自传性作品。贡斯当 1807 年还翻译了德国戏剧家、诗人席勒的剧本《华伦斯坦》。

尼采摘录的贡斯当的戏剧评论集是 1809 年在巴黎和日内瓦出版的《关于德国戏剧的若干沉思》，载于他的晚年未刊遗稿第 11［304－307］条❶和第 11［311］条❷。同时，尼采还摘录了贡斯当的长篇小说《阿道尔夫》中的一些文字，载于晚年未刊遗稿第 11［308－309］条。❸ 需要说明的是，在这些引文中，尼采只是客观地摘录邦雅曼·贡斯当的原话，没有发表任何评论，因而看不出尼采的态度。鉴于此，本书就略而不论了。

---

❶ （德）尼采．权力意志（下卷）［M］．孙周兴，译．北京：商务印书馆，2007：825－827.

❷ （德）尼采．权力意志（下卷）［M］．孙周兴，译．北京：商务印书馆，2007：828.

❸ （德）尼采．权力意志（下卷）［M］．孙周兴，译．北京：商务印书馆，2007：827.

5. 尼采的文学思潮流派论

尼采不仅在微观层面逐个鉴赏过戏剧家、诗人、散文家、小说家及其创作的情况，讨论过文学评论家的观点及其特色，而且在宏观层面关注和评论过西方的一些文学思潮与运动。据笔者查证，尼采关注和品评过的文学思潮与运动主要集中在18世纪至19世纪的欧美地区，按照其兴起的时间顺序，包括浪漫主义、现实主义、自然主义以及唯美主义、象征主义等现代主义思潮等。总体来看，尼采对这些文学思潮与流派颇多微词，但又不乏精辟独到的见解。本章将对尼采的文学思潮与流派品评情况做系统的梳理。

5.1 浪漫主义思潮论

18世纪末19世纪初，德国和英国几乎同时兴起浪漫主义文学思潮。尼采对这股文学思潮多次发表自己的看法。

他在1887年新版《快乐的科学》（1882年初版）时增加了第5卷，其中第370节属于新增的这一卷。该节的标题是“何谓浪漫主义”？集中讨论哲学领域、文学及音乐等艺术领域以及一般知识领域的浪漫主义现象。在这段文字里，尼采谈及自己刚刚进入学术与思想领域时即1872年一直到晚年即1887年对浪漫主义以及悲观主义的理解的演变过程。鉴于该篇文字的重要性，全文摘录如下：

何谓浪漫主义？——也许有人记得，至少我的朋辈中有人记得，当初［德文本注：指尼采创作处女作《悲剧的诞生》（1872年）之时。］我带着某些错误和过高的估计迈向现代社会之时，无论如何是以一个满怀希望之人的面目出现的。我对十九世纪哲学家悲观主义的理解——天知道是依据哪些个人经验——觉得它是

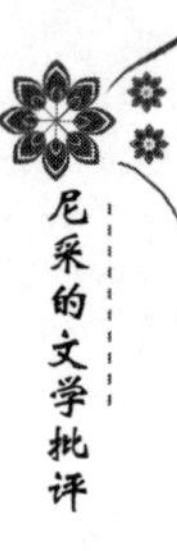

一种象征，即象征着比十八世纪（休谟、康德、康迪拉克和感觉论者的时代）更强劲的思考力，更大胆的勇气，更充满胜利的丰富生活。所以，我觉得悲观主义犹如我们文化的繁华，是文化所许可的最珍贵、最高雅，也最具危险性的豪奢，自然是文化鼎盛使然。

我以为德国音乐所表现的无非是德国人心灵中酒神的强大力量。我听到地震的巨响，那自古积聚的原始力终于爆发了；而对于一切被称之为文化的东西被深深震撼，我是漠然置之的。人们发觉，当初我对哲学上的悲观主义以及对德国音乐的特质——浪漫主义——做了错误的理解。

何谓浪漫主义？每一种艺术和哲学都可能被视为治疗手段和辅助手段，为倾力奋斗的、变幻莫定的人生服务，它们无不以痛苦和受苦之人为前提。而受苦者又分为两类：一类是因生活过度丰裕而痛苦，这类人需要酒神艺术，同时也用悲观的观点审视生活；另一类是因生活的贫困而痛苦，他们需要借助艺术和知识以寻求安宁、休憩和自救，或者寻求迷醉、麻木、痉挛和疯狂。各种艺术和知识中的浪漫主义完全适合于受苦者的这两类需要，叔本华和里夏德·瓦格纳也与之相宜。这二位是最负盛名、最典型的浪漫主义者，当初我是误解了他们。倘若人们承认我的话是公平的，那大概不会对他们造成什么损害吧。

生活丰裕的富翁，酒神，不仅观察可怕和可疑的事物，而且施行可怕的行动，肆意进行破坏和否定。他身上可能出现邪恶、荒谬和丑陋的东西，这是创造力过剩所致，这过剩的创造力甚至能把荒漠变成良田。反之，受苦者，生活赤贫者大多需要温和、平静和善良，在思想和行动里需要一个上帝，一个庇佑病人的真正上帝，一个“救主”。他们也需要逻辑，需要领悟现实，因为逻辑安抚人，使人产生信赖，总之，他们需要在乐观的境域建立一个温暖、狭小、隔绝、能抵御恐惧的空间。

于是，我开始学会理解与酒神悲观主义者相对立的伊壁鸠鲁和“基督徒”。事实上，后者只不过是伊壁鸠鲁追随者当中的一种类型，类似于浪漫主义者。我的目光在观察最困难和最棘手的反推论形式（大多数错误皆因反推论而铸成）时愈益锐利了，即由作品推论作者，由行为推论施行者，由理想推论需要理想的人，由每种思维方式和评估方式推论在其背后起指挥作用的需求。

在美学价值评估方面，我们现在使用这样的主要区别方法：每遇事就问："在此，是饥饿还是奢侈变成了创造力?"然而在开始之际，另一种区别方法似乎更值得推荐，它远比上述的方法明显，即把注意力放在创作动机上，看它是追求固定、永恒和现存，还是追求破坏、更新、变化和冀盼未来，倘若我们审察更深入一些，便发现这两种追求还是模棱两可，意义暧昧，所以还不如使用前面提及的、我以为很合理的区别模式更一目了然。

对破坏、改变和变化的追求可能是一种孕育未来的过剩力量之表示（对这力量，我使用的术语便是大家已知的"酒神力量"），但也可能是失败者、穷人和失意者产生的恨意。由仇恨而施破坏，这是势在必然，现存的一切无不在激怒这仇恨并使其发作。鉴于此，也就不难认识身边的无政府主义者了。

那期求永恒的意志也有两种解释，一种它可能源于感激和爱，发轫于此的艺术必然是神化的艺术，比如鲁本斯对酒神的赞颂，哈菲斯的欢愉和揶揄，歌德的明丽和善意，这类艺术将荷马式的荣耀和光明播撒到万事万物。但这意志也可能是受苦者、奋斗者和 Torturierten（德文本注：受刑讯者）的那种暴君式的专断意志：它在自己的痛苦之特质和私密性上全部贴上必然规律和强制之标签，要对一切实施报复，把自己受折磨的图像强加并烙铸在其他一切事物上。

另一种是浪漫的悲观主义的最具特征的形式，叔本华的意志哲学也罢，瓦格纳的音乐也罢，浪漫的悲观主义是我们文化命运中最近的伟大事件。[也可能还有一种截然不同的悲观主义，即古典悲观主义——这感觉和想象是属于我个人的，是挥之不去的 proprium 和 ipsissimun（德文本注：分别为：特点、私人的。合在一起译为：私人特质。）。但"古典"这个字眼颇有些刺耳，过于陈

旧、笼统而含混，我姑且称止为未来的悲观主义吧，因为它一步步走来了！我看见它来了！这种酒神的悲观主义呀！]❶

从这段文字可以看出，尼采刚刚进入学术与思想领域时是将音乐等艺术领域的浪漫主义和哲学上的悲观主义紧紧联系在一起来对待的，甚至是当作同一回事，他发明了一个术语：浪漫的悲观主义。尼采承认自己起初误解了悲观主义和浪漫主义，因为那时他认为哲学上的悲观主义的内涵是比启蒙主义或理性主义的 18 世纪“更强劲的思考力，更大胆的勇气，更充满胜利的丰富生活”，悲观主义代表“文化的繁华”和“文化鼎盛”，“是文化所许可的最珍贵、最高雅，也最具危险性的豪奢”，而德国音乐如瓦格纳歌剧中的浪漫主义所表现的也“无非是德国人心灵中酒神的强大力量”和“自古积聚的原始力终于爆发”。两者何其相似乃尔！

但后来尼采理解的浪漫主义却与悲观主义大相径庭并最终分道扬镳。艺术和哲学领域的浪漫主义将艺术和哲学都“视为治疗手段和辅助手段”，认为它们的主旨是“为倾力奋斗的、变幻莫定的人生服务”，而它们的存在“无不以痛苦和受苦之人为前提”。尼采将受苦者分为两类：一类是因生活过度丰裕而痛苦的人，他们需要酒神艺术，同时用悲观主义观点审视生活。这类人实际上是生活的富翁，堪称现实中的酒神，他们不仅观察可怕和可疑的事物，而且施行可怕的行动，肆意破坏和否定，他们的生命力和创造力过剩，以至于身上可能出现邪恶、荒谬和丑陋的东西，甚至能把荒漠变成良田；另一类因是生活的贫困而痛苦的人，他们需要借助艺术和知识以寻求安宁、休憩和自救，或者寻求迷醉、麻木、痉挛和疯狂。具体来说，后面这类生活赤贫者大多需要温和、平静和善良，在思想和行动里需要一个庇佑病人和弱者的上帝或“救主”，他们迫切需要逻辑和理性，因为逻辑和理性有助于他们理解现实，并产生信赖感，有助于他们在乐观境域建立温暖、隔绝、能抵御恐惧的空间。在尼采看来，艺术和知识中的浪漫主义正适

❶ （德）尼采．快乐的科学［M］．黄明嘉，译．上海：华东师范大学出版社，2007：375－379.

合受苦者的这两类需要，前一类受苦者及其需要的代表是德国哲学家叔本华，后一类受苦者及其需要的代表是德国音乐家瓦格纳。

由此，尼采发现，虽然同样是受苦者，但因生活过度丰裕而痛苦的受苦者，他们坚守的是酒神悲观主义或积极悲观主义，他们不是浪漫主义者，只有因生活的贫困而痛苦的受苦者如古希腊哲学家伊壁鸠鲁和“基督徒”才属于浪漫主义者，如果用悲观主义的标准来衡量，这种浪漫主义者是消极悲观主义者。尼采承认，自己曾经根据创作动机来判断真假悲观主义者，认为“追求固定、永恒和现存”的人是消极悲观主义者即浪漫主义者，而“追求破坏、更新、变化和冀盼未来”的人是酒神悲观主义者或积极悲观主义者。但这种划分容易导致“模棱两可，意义暧昧”的局面，一来因为“破坏、改变和变化的追求”，既“可能是一种孕育未来的过剩力量之表示”，“也可能是失败者、穷人和失意者产生的恨意”，二来也因为“期求永恒的意志”，既“可能源于感激和爱”，“也可能是受苦者、奋斗者和受刑讯者的那种暴君式的专断意志”。尼采最终决定用一种简明扼要的标准来判断，即创造力是来自于生命力的短缺即“饥饿”还是生命力的过剩即“奢侈”。如果是前者，就是消极悲观主义即浪漫主义，如果是后者，则是酒神悲观主义即积极悲观主义。

尼采特别讨论了期求永恒的意志的两种来源及其结果，因为它们与尼采要探讨的浪漫主义联系更为直接。按照尼采的理解，第一种“期求永恒的意志”“源于感激和爱”，立基于此的艺术必然是“神化的艺术”。尼采列举的“神化的艺术”的代表是鲁本斯对酒神的赞颂、哈菲斯的欢愉和揶揄、歌德的明丽和善意，它们的共同特点是将荷马式的荣耀和光明播撒到万事万物。鲁本斯（Peter Paul Rubens，1577—1640）是荷兰画家，他将文艺复兴时期美术的高超技巧及人文主义思想和佛兰德斯民族的美术传统结合起来，形成一种热情洋溢地赞美人生欢乐的宏伟气势。哈菲斯（Hāfez，通译哈菲兹，1320—1389），是古代波斯抒情诗人穆罕默德（Shamsoddin Mohammad）的别名，他的诗歌讴歌美酒、爱情和大自然的美，讽刺虚伪和庸人。哈菲兹的诗歌被翻译成多种欧美文字，影响深远，如他的《诗集》德译本就启迪和激

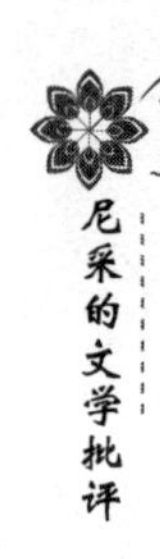

励德国诗人歌德创作诗集《西东合集》。歌德是18世纪后期至19世纪前期德国诗人，他的情况在前面的诗人论一章已经详细介绍，此处不再重复。

第二种“期求永恒的意志”则源于“受苦者、奋斗者和受刑讯者的暴君式的专断意志”，立基于此的艺术热衷于宣泄一己之痛苦、对一切实施报复，将自己受折磨的图像烙铸在一切事物上。尼采随即指出，这类热衷于宣泄痛苦、实施报复和烙铸折磨图像的艺术就是浪漫主义即“浪漫的悲观主义”的典型形式。尼采在写作《悲剧的诞生》时极为推崇的叔本华的意志哲学和瓦格纳的现代歌剧，正是这类艺术的典范。尼采不无讽刺也不无痛苦地指出，“浪漫的悲观主义是我们文化命运中最近的伟大事件”。尼采为什么会感到痛苦呢？因为他发现，当下的艺术（包括文学）作品中缺乏他期盼的与浪漫的悲观主义截然不同的古典悲观主义或未来的悲观主义，而这种悲观主义也就是酒神的悲观主义。

关于浪漫主义和悲观主义的密切关联，尼采后来还阐述过。如在晚年未刊遗稿第2［101］条中，尼采指出：“从作品反推造物主：可怕的问题，是充盈抑或匮乏、匮乏之疯狂要求着创造……这说到底是一个力量问题：这整个浪漫主义艺术都可能从一种呈献和意志强大的艺术家，完全被歪曲为反浪漫主义特性，或者——用我的公式来讲——被歪曲为狄奥尼索斯特性，恰如最强大者手上的任何种类的悲观主义和虚无主义更多地只能成为一把锤子和工具，人们用它来为自己添加一对新翅膀。”❶ 这段话的主要意思是，浪漫主义艺术本质上是生命力“匮乏”的表现，是“匮乏之疯狂要求着创造”的结果；乐于“呈献”和“意志强大的艺术家”具有“狄奥尼索斯特性”即酒神精神，而酒神酒神是一种“反浪漫主义特性”，是浪漫主义艺术的对立面。虽然浪漫主义艺术的哲学基础也是悲观主义，但这种悲观主义不是最强大者的悲观主义即积极悲观主义，而是消极悲观主义或弱者悲观主义。

---

❶ （德）尼采．权力意志（上卷）［M］．孙周兴，译．北京：商务印书馆，2007：131－132.

总体来看，尼采认为文学和其他艺术领域的浪漫主义思潮有几个鲜明的特点，而这些特点同时也是它的缺陷。

第一，浪漫主义思潮发源于作者不满现实从而逃往内心、追求异国情调的一种心绪。尼采在晚年未刊遗稿第 2［101］中说："任何一种浪漫主义理想都是虚构理想者的一种自我逃遁，一种自我蔑视和自我谴责。"❶ 他在第 2［112］条中曾经以调侃的语气写道："一个浪漫主义者是这样一个艺术家，对自身的大不满使他具有创造性——他从自身及其周围世界那里调转目光，回观自己。"❷ 紧接着在第 2［114］条，尼采又肯定地指出：浪漫主义表明，"艺术是那种对现实的不满的结果。"❸ 也就是说，由于对自身不满、对现实不满，浪漫主义者从自身和周围世界那里调转目光，"自我逃遁"，转而回观自己的内心世界，倾听自己的情感和理想，沉溺于想象和虚构的世界。

由于过于关注自己的内心世界，无视周围现实世界及其发展变化，浪漫主义者不仅"把萎缩视为可能的"，而且"浪漫主义者意味着一种病态的颓废形式：他们十分超前，十分迟缓、根本不可怕……对于从前的要求本身就是一种深刻的反感和无将来状态的证据"，"也就是说，回归倾向能证明反面情形，表明人们十分迟缓，来得太迟了，人们老了……"❹ 这里所说的浪漫主义者的"超前"就是指他们"对于从前的要求"和"回归倾向"，他们身上有一种挥之不去的恋旧情怀，这一要求和倾向证明他们对当下现实和周围世界的深刻反感，是他们缺乏对未来的理想即"无将来状态"的证据或征兆，最终反映他们的迟缓、衰老和"病态的颓废"。

尼采特别注意到法国浪漫主义者的表现。他发现，这些法国艺术家沉迷于"异国情调、陌生时代、风俗、激情的魔力"，他们的创作"给整个地平线涂上新的色彩和新的可能性，让人们得以理解非同寻常

❶ （德）尼采．权力意志（上卷）［M］．孙周兴，译．北京：商务印书馆，2007：131.

❷ （德）尼采．权力意志（上卷）［M］．孙周兴，译．北京：商务印书馆，2007：139.

❸ （德）尼采．权力意志（上卷）［M］．孙周兴，译．北京：商务印书馆，2007：140.

❹ （德）尼采．权力意志（下卷）［M］．孙周兴，译．北京：商务印书馆，2007：1214－1215.

的遥远的史前异国土地”，让读者感受到“踏入这种国度时的欣喜”和“对更遥远的未开化世界的预感”；法国的“浪漫主义的音乐家告诉我们，异国情调的书本在他们身上做成了什么：人们喜欢体验异国风情，带有佛罗伦萨或者威尼斯趣味的激情。最后，人们就满足于在图像中寻找这种东西了……本质性的东西乃是那种全新的欲望，一种模仿意愿，仿效他人生活的意愿，心灵的粉饰、伪装……浪漫主义艺术只不过是匮乏的‘实在性’的权宜之计……”❶ 尼采将以法国浪漫主义者为代表的浪漫主义艺术家对异国情调或异国风味的沉迷视为对“全新的欲望”的追求，这种全新欲望本质上是一种“模仿意愿”或“仿效他人生活的意愿”，是一种“心灵的粉饰、伪装”，归根结底是因为现实社会生活不符合他们的理想，即缺乏某种“实在性”，因而往他处寻求理想的境界。

第二，浪漫主义者向往古代理想和历史人物，他们热衷于宣传基督教理想，所以是怀旧的，也是虚弱无力的。

尼采发现，浪漫主义不仅是对异国风味的向往，而且追慕历史或过往的理想。他曾经明确表示：“我反对浪漫主义，其中既有基督教理想又有卢梭的理想，而同时又带有一种对教士—贵族文化的古时代的思慕，对德性、对‘强大的人’的思慕——某种极度杂交的东西；一种虚假的和仿效的更强大的人类，它看重的是极端状态，并且在其中看到了强大的标志（‘激情崇拜’）。”❷ 尼采还说，19 世纪英国散文家、思想家托马斯·卡莱尔（Thomas Carlyle，1795—1881）“不断地渴望拥有一种强大的信仰，而又感觉无能于此——正因为这样，他是一个典型的浪漫主义者”❸。尼采认为卡莱尔等浪漫主义者念念不忘基督教众生平等的理想和卢梭追求天赋人权和平等的理想，同时又思慕“强大的人”、仿效“更强大的人类”，看重“极端状态”，崇拜“激情”，这本身既是矛盾的、“极度杂交的”，又是“虚假”的。

---

❶ （德）尼采．权力意志（下卷）［M］．孙周兴，译．北京：商务印书馆，2007：1251－1252.

❷ （德）尼采．权力意志（上卷）［M］．孙周兴，译．北京：商务印书馆，2007：519.

❸ （德）尼采．权力意志（下卷）［M］．孙周兴，译．北京：商务印书馆，2007：690.

尼采还特别指出，浪漫主义者带有“对教士—贵族文化的古时代的思慕”。要理解这句话，我们可以参看他在别处列举的例子：“温克尔曼和歌德笔下的希腊人，雨果笔下的东方人，瓦格纳采纳的《埃达》中的人物，司各脱笔下十三世纪的英国人……所有这一切在历史上是极其虚假的，然而——在现代却是真实的！”❶ “这些浪漫主义者，就像他们的德国大师弗里德里希·施莱格尔一样，全都处于（用歌德的话来说）‘在道德和宗教的荒唐行为的唠唠叨叨中窒息而死’的危险中。”❷ 引文中的温克尔曼（J. J. Winckelmann，1717—1768）是18世纪启蒙运动时期德国著名的美学家和文艺批评家。他以古希腊艺术为楷模，认为古典艺术的最高理想是“高贵的单纯，静穆的伟大”。司各特（Walter Scott，1771—1832）是英国诗人和小说家，被文学史家称为欧洲历史小说之父。他一生共创作《艾凡赫》等27部历史小说，塑造了英国历史上许多栩栩如生的英雄和平民形象，充满浪漫激情，引人入胜。弗里德里希·冯·施莱格尔（Friedrich von Schlegel，1772—1829）是德国文学理论家、作家、语言学家，德国早期浪漫主义文学运动的创始人。他的系列论文《片断》使他成为了浪漫主义文学的奠基人。他主张强调文艺的主观性，反对文艺与现实发生任何联系，他的主张对欧洲浪漫主义文学思潮产生了关键性的影响。尼采认为，温克尔曼和歌德笔下的“静穆”而“和谐”的古希腊人，雨果诗集《东方吟》等作品中的古代东方人，瓦格纳采纳的《埃达》中的人物，司各脱笔下的英国历史人物，都是无比美好的，有的英雄气概十足，有的虔诚地信仰宗教，但这些人物身上有“极其虚假”的成分，是作者对他们过分美化的结果。这些浪漫主义艺术家（歌德也曾经向往浪漫主义艺术）美化古人、追慕历史或过往的理想，都面临着“‘在道德和宗教的荒唐行为的唠唠叨叨中窒息而死’的危险”。

第三，浪漫主义者一味排斥理性，宣泄非理性的激情。

尼采发现浪漫主义者热衷于倾诉激烈的爱情。他在晚年未刊遗稿

❶（德）尼采．权力意志（下卷）[M]．孙周兴，译．北京：商务印书馆，2007：839-840.
❷（德）尼采．权力意志（下卷）[M]．孙周兴，译．北京：商务印书馆，2007：1253.

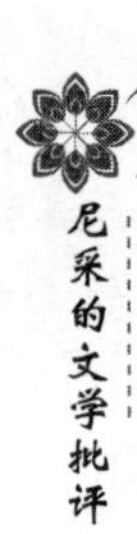

第 15［14］条中说："这都是 1830 年的老游戏了。瓦格纳相信爱情，如同这个疯狂而放纵的年代的全体浪漫主义者一样。其中还留下什么呢？这种对爱情的荒唐神化，以及此外也包括对放荡行为、甚至犯罪的荒唐神化——这在我们今天看来是多么错误啊！首要地，是多么恶浊、多余啊！我们已经变得更严厉了，更冷酷、更不耐烦地对待此种庸俗心理学了，后者甚至还因此自以为是'理想主义的'呢，——我们甚至对这种'美好的情感'的谎言和浪漫主义采取了犬儒态度。"❶德国浪漫主义音乐家理查德·瓦格纳（W. Richard Wagner，1813—1883）在《特里斯坦与伊索尔德》《汤豪舍》和《帕西法尔》等歌剧里颂扬爱情，而 1830 年代"这个疯狂而放纵的年代"里盛行于整个欧洲的浪漫主义文学思潮都忙于神化爱情、放荡行为甚至犯罪行为，他们耽溺于所谓"美好的情感"和"理想主义"，像古希腊犬儒主义者一样全身心地投入享受。

与一般文学史家认为浪漫主义是文学的自由主义、是对 17 世纪古典主义的反拨的观点不同，尼采认为德国浪漫派并没有抗拒古典主义，而是直接反对 18 世纪的理性主义和启蒙主义，张扬"伟大'激情'"。尼采进而表达了对"伟大'激情'的浪漫派"的强烈反对态度。他在晚年未刊遗稿第 11［312］条中明确宣示："反对伟大'激情'的浪漫派。"尼采接着指出："任何一种'古典'趣味都包含着一定量的冷漠、清晰、严厉：首先是逻辑、精神方面的幸福、'三一律'、专心——对情感、心情、精神的仇恨，对多样性、不可靠性、漂浮、预感的仇恨，恰如对简明、犀利、美丽、善良的仇恨。"事实上，"德国浪漫派并没有抗拒古典主义，而是抗拒理性、启蒙、趣味、十八世纪。"❷换言之，浪漫主义反对的主要是 18 世纪启蒙主义宣扬的理性，从而张扬非理性的情感。尼采称这种激情的倾诉是一种"错误的'强化'"。在尼采看来，"在浪漫主义中：这种持续的表现力并不是强大的标志，而是一种匮乏感的标志"，所谓"激情"，其实是"神经和疲乏心灵方面的一件事；

❶ （德）尼采．权力意志（下卷）［M］．孙周兴，译．北京：商务印书馆，2007：1159.

❷ （德）尼采．权力意志（下卷）［M］．孙周兴，译．北京：商务印书馆，2007：828－829.

就像人们对高山、荒漠、暴风雨、放荡和丑陋的享受”，“事实上确有一种对情感放纵的崇拜”❶。由此看来，尼采虽然提倡强力意志，但强力意志并不只有非理性的成分，它实际上是一种融合传统的理性和非理性成分的综合精神。

尼采还特别摘抄法国象征主义诗人波德莱尔《遗稿及未刊书信集》中的一段话，嘲笑“饶舌的”英国浪漫主义诗人拜伦，说他表现出“忧郁，以及激烈的、魔鬼式的、火一般炽烈的个性”❷。拜伦（G. G. Byron，1788—1824）是英国19世纪初期伟大的浪漫主义诗人，代表作有《恰尔德·哈罗尔德游记》《唐璜》等。他的诗歌里充满着火一样的激情，他笔下的“拜伦式英雄”形象饱含坚强的意志和强烈的反叛精神。尼采本人无论是在反驳对手之时还是阐述自己的观点之时，都是富有激情的，此处他却借德莱尔之口攻击拜伦的“激烈的、魔鬼式的、火一般炽烈的个性”，是不是本身也是非理性的举动？实际上，尼采本人在德国文学史上就常常被视为19世纪后期崛起的新浪漫主义诗人的代表。

5.2　现实主义思潮论

19世纪30年代，法国兴起现实主义文学思潮，而后，这股文学思潮传播到欧美其他国家和地区。尼采本人就生活在19世纪中后期，他是如何评价自己所生活的时代兴起的文学思潮的呢？

尼采认为并不存在彻头彻尾的现实主义创作原则，所谓的写实都是相对的，所有的创作都融入了作者的主观愿望和个人喜好。尼采曾经创作《现实主义画家》一诗，嘲讽现实主义画家：

> “忠实于自然，完全忠实！”他开始实干，
> 大自然何时才能被描摹在画上？
> 最终只画上世界最微小的一角！

❶（德）尼采．权力意志（上卷）［M］．孙周兴，译．北京：商务印书馆，2007：537.
❷（德）尼采．权力意志（下卷）［M］．孙周兴，译．北京：商务印书馆，2007：756.

他只画他喜欢的东西。
什么使他喜欢呢？
凡是他能画的他就喜欢。❶

诗歌说现实主义画家起初信奉“忠实于自然，完全忠实”的教训，埋头苦干，但最后他们发现，自己并未能将大自然描摹在画上，而仅仅画出“世界最微小的一角”。通过这微小的世界一角，画家发现只画出了自己“喜欢”的东西。由此可见。主观上“喜欢”与否，已经成为画家“描摹”外部世界的重要的甚至唯一的标准，画出的作品是否忠实于自然，已经被置于次要的地位，至于“完全忠实”自然和外在世界，则更是痴人说梦。说到“喜欢”，那就只能由画家本人的气质、素养和爱好等因素来决定，总之是主观性的成分为主。这首诗虽然说的是现实主义绘画其实并不存在，但迁移到文学创作领域来同样有效，纯粹的现实主义文学创作其实也不存在。

尼采在《快乐的科学》一书中专门设置一节讨论现实主义，这就是第57节“致现实主义者”。全节摘录如下：

你们，清醒的人们啊，总以为自己是全力反对激情和幻想的，总乐于从自己的空虚中制造豪情和矫饰。你们自称现实主义者，向别人暗示，世界就是这样实实在在呈现在你们面前，它只在你们面前才揭下面纱，而你们堪称世界的精华。

——啊，你们，亲爱的赛伊斯之形象！
揭下面纱，你们不也和鱼儿一样，
是激情万丈的、忧郁的生灵，
不也类似热恋的艺术家？

对于一个热恋的艺术家而言，什么是“真实”呢？你们仍然崇尚那些起源于过去几个世纪之激情和热恋的事物！你们的清醒总是掺杂着隐秘的、无可消除的醉意！就说你们对“真实”的爱

❶ （德）尼采．快乐的科学［M］．黄明嘉，译．上海：华东师范大学出版社，2007：65.

恋吧，噢，那真是一种古老、原始的“爱”呀！它充实在一切情感和感官印象里，还与某种幻想、偏见、非理性、无知、恐惧等交织在一起。

那儿的一座山呀！那儿的一片云呀！它们的“真实”又是什么呢？你们，清醒的人们啊，能抽掉那山那云的幻象和人为的添加物吗？你们能遗忘自己的出身、过去的历史、学前的教育，即你们整个的人性和兽性吗？

对我们来说，并不存在什么“真实”；对你们也不存在。我们之间的陌生程度并不是你们所认为的那样大。然而，我们要超越醉意的良好意愿，也许与你们无能克服醉意的信念是同样明显的。❶

上述引文中所说的赛伊斯面纱的传说，最早出自古希腊作家布鲁塔希（Plutarch，约45—125）流传下来的古埃及青年的故事。该青年不顾祭司的禁令，在尼罗河畔赛伊斯城揭去伊西斯女神的面纱，想一睹其真容。后来德国诗人席勒和诺瓦利斯都创作作过有关该传说的诗歌。席勒（J. C. F. von Schiller，1759—1805）在《赛伊斯城那影影绰绰的立像》一诗中歌颂这位勇敢的青年：在亵渎神灵地揭去女神的面纱后，该青年却无法讲出他看到了什么，旋即死去。诺瓦利斯（Novalis，1772—1801）在小说《赛伊斯城的学徒们》残篇中有两行诗：“某人成功地掀开赛伊斯城的女神面纱——/可是他看见了什么？他看见了——真是奇中之奇——自己。”

尼采这节文字的中心主旨是，对文学家和艺术家来说，并不存在真正的、绝对的“真实”。第一段开篇就调侃那些自封为“现实主义者”的作家即“清醒的人们”：他们乐于向别人暗示，世界就是这样“实实在在呈现”在自己面前，而且只在自己面前才揭下面纱，因而他们就以为自己看到的、拥有的“堪称世界的精华”。但尼采接着指出，这些所谓清醒的人们，总以为自己“全力反对激情和幻想”，总乐于从

❶ （德）尼采．快乐的科学［M］．黄明嘉，译．上海：华东师范大学出版社，2007：131－132.

自己的理想空虚中“制造豪情和矫饰”，但如果揭开蒙盖在这些“热恋的艺术家”脸上的赛伊斯城伊西斯女神式面纱，就不难发现，所谓真实，其实只不过是崇尚那些起源于过去几个世纪之“激情和热恋”的事物，他们的清醒总是掺杂着隐秘的醉意，而“对‘真实’的爱恋”只不过是一种“古老、原始的‘爱’”，因为“它充实在一切情感和感官印象里，还与某种幻想、偏见、非理性、无知、恐惧等交织在一起”。譬如作家对山和云的描绘，自以为描绘了云和山的本来样子，实际上表现的却是“那山那云的幻象和人为的添加物”，而不是绝对真实的山和云。总之，尼采的看法是，“对我们来说，并不存在什么‘真实’；对你们也不存在”。即是说，所谓的真实其实都是掺杂了作家的“幻想”“偏见”等主观性因素的。

简而言之，尼采认为并不存在真正的现实主义原则，也不存在绝对的现实主义艺术和现实主义文学。

5.3 自然主义思潮论

19 世纪 60 年代前后，法国文坛兴起自然主义文学思潮。自然主义文学思潮的主要代表是法国小说家左拉和龚古尔兄弟等人。左拉(Emile Zola，1840—1902）是自然主义文学流派的领袖和理论代表。他从 1871 年开始发表长篇小说系列《卢贡—马卡尔家族——第二帝国时代一个家族的自然史和社会史》，其中重要的有《娜娜》《萌芽》《金钱》《崩溃》《巴斯卡医师》等。从某种意义上看，《卢贡—马卡尔家族》是拿破仑三世上台到 1870 年普法战争法国在色当失败这段时期法国生活各个方面的写照。左拉把现实主义手法提高到更新的阶段，强调资料考证和客观描写，从科学的哲学观点去全面解释人生，从纯物质的角度去看待人的行为与表现。左拉笃信科学，是科学决定论者。他受 19 世纪法国生理学家贝尔纳论著《实验医学研究导言》的启示，得出作家可以在虚构的人物身上证明在实验室获得的结论，相信人性完全取决于遗传，缺点和恶癖是家族中某一成员在功能上患有疾病的结果，这种疾病代代相传。这些观点在左拉的论文《实验小说》中得到系统阐述。龚古尔兄弟中的哥哥是埃德蒙·德·龚古尔（Edmond de Goncourt，1822—1896），弟弟是茹尔·德·龚古尔（Jules de Goncourt，1830—1870），他们从1860年代开始合写小说，主要作品有《夏尔·德马依》《热曼妮·拉瑟顿》和《玛耐特·萨洛蒙》等。他们小说中的人物大都实有其人，并有根据自己的观察所做的详细笔记作为资料和素材，但在写作时往往过于注重细节，以至于繁简失当。兄弟俩的代表作《热曼妮·拉瑟顿》被视为自然主义的开山之作。作品取材于龚古尔兄弟对女仆罗丝观察的笔记，1862年罗丝死后他们把笔记改写成小说。

尼采对自然主义作家根据观察所作的详细笔记作为资料和素材，而且在写作时往往过于注重细节的做法大为不满。他在晚年著作《偶像的黄昏》中对自然主义态度与自然主义文学表示质疑，宣称：

> 心理学家的道德。——不要制作廉价兜售的心理学！绝不为观察而观察！这会造成一种错觉，一种斜视，一种勉强而夸张的东西。抱着体验的愿望去体验，这是不行的。在体验时不允许凝视自己，否则每一瞥都会变成“邪魔的眼光”。一个天生的心理学家本能地提防为看而看；这一点也适用于像天生的画家。他从不“依照自然”而工作，——他让他的本能、他的摄影机暗箱去筛选、压榨“事件”“自然”“经历”……然后才意识到一般的东西、结论、结果；他不会从个别事例中武断地抽象出什么。——倘若换一种做法，譬如说，像巴黎大大小小的小说家那样制作廉价兜售的心理学，会怎么样呢？这好像是在伏击现实世界，每晚带一把稀奇玩意儿回家去……但是，人们只看到最后的出产是——一堆乱涂乱写的东西，充其量是一件镶嵌工细，但仍保留其堆积、纷扰、俗艳的东西。其中，龚古尔兄弟做的事情最糟，他们不把三句话联在一起，尽管这三句话并不刺痛眼睛、心理学家的眼睛。——用艺术的观点看，自然不是样板。它夸张、它歪曲、它留下漏洞。自然是偶然物。“依照自然”研究，在我看来是一个坏的征象，它暴露了屈服、软弱、宿命论，——膜拜琐事末节是一个完全的艺

术家所不屑为的。❶

上面这段文字出现在尼采晚年未刊遗稿第 9［110］条中，内容稍微压缩了一些。尼采这次是这样说的：

> 决不为观察而观察！这将给出一个错误的透镜，一种斜视，某个被强制和被夸张的东西。体验之为体验意愿；如果人们在此向自身眺望，那是不会成功的；天生的心理学家就像天生的画家，谨防为了观看而观看；他决不会“按照自然”工作——他把对体验之物、“案例”“自然本性”的筛选和表达托付给自己的本能，——他意识到普遍之物本身，而不是对确定案例的任意抽象。谁会有不同做法呢，就像巴黎那些贪得无厌的小说家们，他们可以说在暗中伏击现实，天天把一堆稀奇古怪的东西带回家去：最后会有什么结果呢？充其量是一堆马赛克，某种拼凑添加、色彩醒目、骚动不安的东西（就像在龚古尔兄弟那里）。——从艺术意义上讲，“自然”从来不是“真实的”；它夸张、变形、留下空白。“向自然学习”是屈服、软弱的标志，是一种有失艺术家身份的宿命论。❷

在上述引文中，尼采对自然主义小说家们津津乐道的观察法不以为然，而是明确要求“绝不为观察而观察”“提防为看而看”，因为“为观察而观察”只会“造成一种错觉、一种斜视、一种勉强而夸张的东西”。尼采称龚古尔兄弟、左拉等自然主义小说家为“贪得无厌的小说家”，认为他们热衷于“在暗中伏击现实，天天把一堆稀奇古怪的东西带回家去”，最后弄出“一堆马赛克，某种拼凑添加、色彩醒目、骚动不安的东西”。所谓在暗中伏击现实，就是指暗中不动声色地观察现实，然后将自己中意的对象或者对象身上中意的部分“捕获”，记录在案，改写成作品。

从上面摘录的两段文字可以看出，尼采认为自然主义文学最大的弊端是缺乏创造性。他指出，真正的文学家和艺术家“决不会‘按照

---

❶（德）尼采．偶像的黄昏［M］．周国平，译．北京：光明日报出版社，2000：58－59.

❷（德）尼采．权力意志（上卷）［M］．孙周兴，译．北京：商务印书馆，2007：457.

自然’工作”，也就是绝对不会“把对体验之物、‘案例’‘自然本性’的筛选和表达托付给自己的本能”，因为“‘向自然学习’是屈服、软弱的标志，是一种有失艺术家身份的宿命论”。尼采特别强调创作者的主观愿望，如果一个作家只是模仿自然和外部事物，即只是“‘按照自然’工作”“向自然学习”，那不仅是心理屈服、性格软弱的标志，更重要的乃是有失艺术家的身份，或者说，“膜拜琐事末节是一个完全的艺术家所不屑为的”。

自然主义文学思潮特别强调作家对对象做客观冷静的描写。尼采在《快乐的科学》第347节“信徒与信仰需要”中指出：“巴黎自然主义者仅仅拾取和揭示自然中某些引起人们恶感和惊惧感的东西，人们今天喜欢把它们称为‘La vérité vraie’（德文本注：千真万确）。”❶尼采在晚年未刊遗稿第11［296］条中摘录自然主义作家埃德蒙·龚古尔日记中的一段话：“二十世纪文学：疯狂而又数学般精确，分析的—想象的：事物更重要、更显突，而不再是本质；爱情被取消了（早在巴尔扎克那里，金钱就进入了显要位置）：更多地叙述头脑中的故事而不是心灵中的故事。”❷ 埃德蒙·龚古尔预测深受19世纪现实主义文学尤其是自然主义文学影响的“二十世纪文学”的主要特征：一是描写和叙述像数学一样精确，追求条分缕析；二是凸显事物的外部现象，而不将探讨事物的本质作为第一追求；三是在叙述和描写时保持客观冷静，只“叙述头脑中的故事”，而不掺入激情，即不叙述“心灵中的故事”。这样的文学几乎与学术报告、科学论文没有太多的区别以及丧失文学之为文学的独特性。

尼采还在晚年未刊遗稿第15［66］条中说：“腐朽的巴黎小说家们现在散发出阵阵香味，这并没有使我的鼻子感到更芳香些：神秘主义的玄想和脸上出现的天主教的—神圣的皱纹，更多的只是一种感性形式。”❸ 尼采将巴黎的自然主义小说家们称为“腐朽的巴黎小说家”，

❶ （德）尼采．快乐的科学［M］．黄明嘉，译．上海：华东师范大学出版社，2007：333.

❷ （德）尼采．权力意志（下卷）［M］．孙周兴，译．北京：商务印书馆，2007：814.

❸ （德）尼采．权力意志（下卷）［M］．孙周兴，译．北京：商务印书馆，2007：1198－1199.

他们小说中散发出的明明是阵阵香味，尼采为什么说“没有使我的鼻子感到更芳香些”呢？就是因为自然主义作家们热衷于表现丑陋和畸形的事物或者事物的丑陋和畸形的一面，散发的是阵阵恶臭。这里所谓的“感性形式”也就是事物的表面现象。

在尼采看来，现实主义和自然主义没有本质区别，如果要找出两者之间最大的差异点，那就在于自然主义文学更加强调描绘人的动物本能，模写自然，不仅对对象不加选择，甚至沉迷于凸显对象的丑陋和畸形。在这个意义上说，自然主义文学可以称为丑陋的文学、畸形的文学。

尼采明确指出，左拉和龚古尔兄弟等人“所彰显的事物都是丑陋的”，而“他们之所以彰显丑陋的事物，是由于对丑陋的乐趣”❶。自然主义作家不仅描绘和彰显丑陋的事物，而且已经耽溺“对丑陋的乐趣”之中。尼采进一步指出，自然主义作家对丑陋事物的乐趣实际上代表的是一种颓废情绪和风格。他称龚古尔兄弟等人为“典型的颓废者”“他们感到自己必然地处于风格的败坏中”❷。

自然主义文学强调科学决定论，尼采将根据这种理论确立的创作原则称为“独裁”“残暴”“野蛮”“凶残”和“粗糙化”的原则。尼采在晚年未刊遗稿第 11［56］条中写道：“左拉：——有某种与泰纳的竞争，学会了后者的手段，借以把一种怀疑的环境变成一种独裁。其中也包括对原则的蓄意粗糙化，以使那些原则作为命令而起作用。”❸泰纳（H. A. Taine，又译丹纳，1828—1893）是法国 19 世纪杰出文学批评家、艺术史家、文艺理论家。他在《艺术哲学》等著作里提出著名的“三因素”说，认为人的心理发生的基本原因是种族、环境和时代三个“原始力量的结果”，其中环境是“外部压力”，犹如自然界的气候，起着自然选择与淘汰的作用。如前所述，左拉笃信科学，是科学决定论者，认为自然主义是法国生活中固有的因素。他把现实主义手法提高到更新的阶段，强调资料考证和客观描写，从科学的哲学观

---

❶ （德）尼采．权力意志（下卷）［M］．孙周兴，译．北京：商务印书馆，2007：962.

❷ （德）尼采．权力意志（下卷）［M］．孙周兴，译．北京：商务印书馆，2007：1208.

❸ （德）尼采．权力意志（下卷）［M］．孙周兴，译．北京：商务印书馆，2007：698.

点去全面解释人生，从纯物质的角度去看待人的行为与表现。尼采认为左拉的科学决定论与泰纳的“三因素”说存在内在的关联，如强调环境对人物性格和心理的决定性影响，无异于将环境视为一种“独裁”和“命令”。

尼采在晚年未刊遗稿第 10 ［37］ 条中又说：“现代艺术乃是一种制造残暴的艺术。——粗糙的和鲜明的线条逻辑；动机被简化为公式，——公式乃是折磨人的东西。在线条范围内出现了一种野蛮的杂多性，一种巨大的量，令感官迷乱；色彩、质料、欲望的凶残性。例如，左拉、瓦格纳；在更精神性的秩序上是泰纳。总地说来，就是逻辑、巨量和凶残……”❶ 这里所说的现代艺术是指左拉和瓦格纳等人的文学创作和音乐创作，姑且不论尼采将左拉与瓦格纳并称是否合理，但他认为左拉等自然主义文学家主张客观、理性地描绘人物、叙述事件，讲究“粗糙的和鲜明的线条逻辑”，将人物复杂的心理和动机简化为某种原理和更为直观的公式，则说出了部分事实。左拉这种充满科学决定论色彩的主张跟泰纳的三因素决定论有着异曲同工之妙，左拉自然主义文学观的精神背景是泰纳艺术哲学，用尼采的话来说就是，左拉“在更精神性的秩序上”服从泰纳。

5.4 现代主义思潮论

19 世纪中期和后期，在法国和英国先后兴起唯美主义、象征主义等各种现代主义文学思潮。一般认为，唯美主义发源于法国，由法国浪漫主义诗人戈蒂耶肇其端，这股文学思潮在英国达到巅峰，佩特是其理论代表，王尔德是其创作代表。象征主义也发源于法国，波德莱尔是象征主义思潮的开创者，他的代表作是诗集《恶之花》，第 1 版发行于 1857 年。波德莱尔自陈受美国浪漫主义诗人、小说家和文学批评家爱伦·坡的影响最大。象征主义文学思潮最终在 19 世纪七八十年代的法国形成气候，出现了魏尔伦、兰波和马拉美等象征主义大诗人，

❶ （德）尼采．权力意志（上卷）［M］．孙周兴，译．北京：商务印书馆，2007：543.

人称早期象征主义的“三驾马车”。

尼采本人就生活在19世纪中后期，对同时代兴起的唯美主义和象征主义等现代主义文学思潮，尼采自然也有所关注。不过从尼采的评论来看，他的态度似乎相当消极，以负面评价为主色调。

尼采在晚年未刊遗稿第10［194］条专门讨论唯美主义的“为艺术而艺术”主张。他宣称：

> “为艺术而艺术”——这是一个同样危险的原则，人们借此把一个虚假的对立面带入事物之中，——结果就是一种对实在的诽谤（“理想化”而至于丑陋）。如果人们把一种理想与现实分离开来，那人们就会排斥现实，使之贫困化，对之进行诋毁。“为美而美”，“为真而真”，“为善而善”——此乃对于现实事物的恶的看法的三种形式。
>
> ——艺术、认识、道德都是手段，人们并没有认识到其中含有提高生命的意图，而是把它们联系于一种生命的对立面，联系于“上帝”，——仿佛是一个更高级的世界的启示，这个世界间或为此类启示所洞穿……❶

尼采开宗明义，称“为艺术而艺术”的主张是一个“危险的原则”，因为这种主张设定一个根本不存在的理想，将它当作客观事物的对立面，从而视现实为丑陋，其结果和实质就是对现实的贬低，也就是“对实在的诽谤”。尼采认为，人们一旦将理想与现实分离开来，就会排斥和弱化现实，进而对之进行诋毁。在尼采看来，“理想化”有3种表现形态：“为美而美”“为真而真”“为善而善”，它们都折射出提倡者和信奉者“对于现实事物的恶的看法”。为什么这样说呢？因为上述3种形态分别是艺术、认识、道德三个领域的主张，而艺术、认识、道德都是认识和提高生命的手段，强调“为美而美”“为真而真”“为善而善”，实际上是没有认识到艺术、认识、道德作为认识和提高生命的手段的意图和功用，反而幻想有一个“上帝”在操控一切，有一个“更高级的世界”在不断地提供启示，而尼采是反对上帝这类虚构的神

---

❶（德）尼采．权力意志（上卷）［M］．孙周兴，译．北京：商务印书馆，2007：659.

灵的，认为上帝是生命的对立面。

尼采甚至认为提倡“为艺术而艺术”口号的人都是一些“弱者”和“失望者”，他们信奉“失望之哲学”，假仁假义地“用同情把自己包裹起来，并且发出一道甜蜜的目光”；他们本质上都是一些充满幻想的“浪漫主义者”，因为“在他们那里信仰成了泡影”，所以就提倡“为艺术而艺术”这种玄之又玄、不切实际的主张，他们还把这种主张称为对“客观性”的尊重。❶

尼采在晚年未刊遗稿第7［7］条论及唯美主义先驱团体巴那斯派的基本主张。他指出巴那斯派的“无利害的直观”主张，表面上提倡无功利的静观，提倡一种高雅的境界，但实际上是“美学理论中的悲观主义”。以音乐为例，尼采认为自己急需的，“乃是能使人们忘记痛苦的音乐；是使动物般的生活感到被神化、战胜自己的音乐；是使人们想要舞蹈的音乐”“通过轻快的、果敢的、自信的、放纵的节奏使生命变得轻松，通过纯真的、温柔的、善意的和谐使生命容光焕发——这就是我从全部音乐中取得的东西”❷。换言之，音乐不是超越功利的，不根本不是“无利害的直观”，毋宁说恰恰是最具功利性的艺术，它“使生命变得轻松”，“使生命容光焕发”，从而提升人们的生命力。

巴那斯派（Les Parnassiens）又译高蹈派，是1866年在法国巴黎成立的诗人团体，因出版诗选《当代巴那斯》而得名。巴那斯是古希腊神话中太阳神阿波罗和文艺女神缪斯所居住的山。巴那斯派最大的特点是反对浪漫主义诗歌的粗率和热衷于自我表达，主张诗歌是客观的、非主观自我的，追求纯洁、美丽的风格与境界。巴那斯派以戈蒂耶为开山祖，一般认为，此人是浪漫主义文学思潮的终结者和巴那斯派这一唯美主义诗歌流派的开创者。泰奥菲尔·戈蒂耶（Théophile Gautier，1811—1872）是诗人、理论家，“为艺术而艺术”的首倡者。1835年，他发表长篇书信体小说《莫班小姐》，该小说的长篇序言被公认为唯美主义宣言。在此序言中，戈蒂耶冒天下之大不韪地提出“文学可以无

❶（德）尼采．权力意志（上卷）［M］．孙周兴，译．北京：商务印书馆，2007：343.

❷（德）尼采．权力意志（上卷）［M］．孙周兴，译．北京：商务印书馆，2007：327.

视社会道德”的主张，反对文学艺术反映社会问题，认为艺术的价值在于其完美的形式，艺术家的任务在于表现形式美。他的代表作是诗集《珐琅和雕玉》，被巴那斯派诗人奉为典范。书中37首诗严格遵守格律，词句精雕细琢，力求增强诗歌的音乐性和造型美感，集中体现了作者“为艺术而艺术”美学观念。尼采从自己的生命哲学出发，反对戈蒂耶以及巴那斯派诗人推崇的“为艺术而艺术”这种无视人的生命意义的美学主张，同时尼采也从艺术应该“含有提高生命的意图”的功利性效能的角度，否定“为艺术而艺术”的非功利美学主张。

至于象征主义文学思潮，尼采重点关注过的诗人是法国诗人、批评家波德莱尔，其次是波德莱尔所推崇的美国诗人、小说家爱伦·坡。文学史家一般将波德莱尔和爱伦·坡称为象征主义文学乃至现代主义文学的先驱，象征主义文学思潮是直到19世纪七八十年代才在法国正式兴起，魏尔伦、兰波和马拉美被称为早期象征主义的“三驾马车”。遗憾的是，尼采并未关注和评论过魏尔伦、兰波和马拉美等人。

夏尔·皮埃尔·波德莱尔（Charles Pierre Baudelaire，1821—1867）的代表作有《恶之花》。从1843年起，波德莱尔开始创作后来收入《恶之花》的诗歌，诗集在1857年出版后不久，就因“有碍公共道德及风化”等罪名受到轻罪法庭的判罚。爱伦·坡（Edgar Allan Poe，1809—1849）是19世纪美国诗人、小说家和文学评论家，美国浪漫主义思潮的重要成员。象征主义所谓“纯诗”的主张，最早是由爱伦·坡提出来的。他宣称：“天下没有、也不可能有比这样的一首诗——这一首诗本身——更加是彻底尊贵的、极端高尚的作品——，这一首诗就是一首诗，此外再没有什么别的了——这一首诗完全是为诗而写的。”

在晚年未刊遗稿中，尼采曾经将波德莱尔和德国哲学家叔本华、法国小说家龚古尔兄弟归为“现代悲观主义者”和“颓废者”[1]。尼采将象征主义文学思潮和自然主义文学思潮捆绑在一起，将他们的特征

[1] （德）尼采．权力意志（下卷）［M］．孙周兴，译．北京：商务印书馆，2007：1138.

概括为：“十分现代、病态、复杂而扭曲。”[1]

尼采在晚年自传《看哪这人!》中又将象征主义诗人波德莱尔和浪漫主义艺术联系起来，并称波德莱尔是德国音乐家瓦格纳的第一个追随者：

> 他（指瓦格纳——引者）属于法国后期浪漫主义，是那种像德拉克罗瓦和柏辽兹那样的意志昂扬类的艺术家，都带有病态的特点，即本质不可救药，都是追求表现的狂热分子，都是彻头彻尾的名家……瓦格纳的第一个有才气的追随者到底是谁呢？是夏尔·波德莱尔，他也是首先了解德拉克罗瓦的人，典型的颓废派，整整一代艺术家，都在他身上重新发现了自己。[2]

德拉克罗瓦（Eugène Delacroix，1798—1863）是法国浪漫派画家，代表作是《自由之神引导人民》。柏辽兹（Hector Louis Berlioz，1803—1869）是法国浪漫派作曲家，1830 年创作的《幻想交响曲》是他的代表性。从上面引文可以看出，尼采对法国浪漫主义艺术家德拉克罗瓦、柏辽兹以及他们的德国同仁、浪漫主义音乐家瓦格纳颇多微词，认为他们“都带有病态的特点，即本质不可救药，都是追求表现的狂热分子”。而波德莱尔，既是瓦格纳的第一个追随者，又是“首先了解德拉克罗瓦的人”，他不仅是“典型的颓废派”，而且是整整一代浪漫主义艺术的集大成者，同样也是颓废派的集大成者。

尼采在晚年未刊遗稿第 11［161］条中评价过波德莱尔以丑为美、以恶为美的艺术主张。他以相当粗俗的口吻写道：“这是拉丁种的动物：在他的住处，污秽也不令他讨厌，在文学上，他是个“恋粪者”。他钟情于排泄物……”[3] 波德莱尔曾经创作《腐尸》一类诗篇，让传统上难以登上文学殿堂的发出恶臭味的女人尸体堂而皇之地成为诗歌的意象，实在是大逆不道之举。

尼采甚至认为，波德莱尔和爱伦·坡都不是合格的艺术家。他曾

[1] （德）尼采．权力意志（下卷）［M］．孙周兴，译．北京：商务印书馆，2007：1146.

[2] （德）尼采．看哪这人！［M］//权力意志．张念东、凌素心，译．北京：商务印书馆，1991：32.

[3] （德）尼采．权力意志（下卷）［M］．孙周兴，译．北京：商务印书馆，2007：755.

经在晚年未刊遗稿中说过这样一段话：

> 一般而言，在自身使命、自身要求精益求精的意志的强制下，艺术家事实上是一个适度的人，甚至常常是一个贞洁之人。他的主导本能就是这样来要求他的：这种本能不允许他以这种或者那种方式耗尽自身。这是同一种力量，就是人们在艺术构思和性行为中消耗的力量：只有一种力量。在这里屈服，在这里挥霍自身，对一个艺术家来说就是暴露性的：它透露了本能之其缺乏，一般意志之缺乏，它可能成为颓废的一个标志，——无论如何，它都会把他的艺术贬到一个无法估量的地步。……这样一个“不自由者”必需有一个大麻世界，陌生的、沉重的、笼罩着的云雾，理想的形形色色的异域色彩外来词以及象征体系，只是为了有朝一日摆脱它的实在性，——它必需有瓦格纳的音乐。……首要地，理想的某种普遍性在一个艺术家那里几乎是自我轻蔑、“泥坑”的证据：法国的波德莱尔，美国的埃德加·爱伦·坡，德国的瓦格纳，都是这方面的例子。❶

尼采提倡强力意志，艺术家更要有强力意志，但拥有强力意志不等于放纵自己的本能欲望，而恰恰相反，要能够控制自己的本能欲望，成为“适度”和“贞洁”之人。尼采认为波德莱尔和爱伦·坡都不是在强制自己的意志和精力方面做到了“适度”和“贞洁”的人，因而不是合格的艺术家。尼采指出，波德莱尔和爱伦·坡过度地消耗自己的力量，“挥霍自身”，从而暴露自己“本能之其缺乏，一般意志之缺乏”的事实，这恰恰是“颓废”的标志。证明他们“颓废”的一个明确标志，就是虚构和编造“理想的形形色色的异域色彩外来词以及象征体系”，这些理想如同“陌生的、沉重的、笼罩着的云雾”弥漫在波德莱尔和爱伦·坡等象征主义诗人的心头，成为他们摆脱现实即“实在性”的由头，也成为他们“自我轻蔑、‘泥坑’的证据”。

顺便提及的是，鲁迅先生曾经将尼采同王尔德、波德莱尔等人合

❶（德）尼采．权力意志（下卷）［M］．孙周兴，译．北京：商务印书馆，2007：1389－1390.

称为“‘世纪末’的果汁”[1]。鲁迅先生的意思是，尼采、王尔德、波德莱尔等人的思想与创作都表达了一种世纪末的颓废情绪。从上面的介绍可知，尼采实际上对唯美主义艺术观（王尔德是唯美主义的突出代表）、波德莱尔等人的艺术主张和创作主题是极为不满的。因此，将尼采和他所否定、抨击的对象归为一类，显然是一种误解。

[1] 鲁迅.《中国新文学大系·小说二集》导言［M］//中国新文学大系·小说二集.上海：上海良友图书印刷公司，1935：5.

6. 尼采文学批评的基本特征

前面5章依次考察了尼采的戏剧家论、诗人论、散文家论、小说家论、文学批评家论、文学思潮与流派论，试图对尼采的文学批评做系统的梳理。那么，总体来看，尼采品评文学家、文学作品、文学思潮流派或者文学观等文学批评活动呈现出什么样的特征呢？在他的文学批评活动背后有没有什么哲学或美学理论作为支撑呢？

事实上，作为哲学家和美学家的尼采，其庞杂而广泛的文学批评活动，的确有着深刻的哲学和美学理论作为基础。首先，其文学批评活动最突出的特点便是，在原则与标准方面以自己的艺术哲学为参照，着重关注文学家及其作品是否凸显形而上学本质，是否具有形而上品质；其次，尼采的文学批评活动最鲜明的特点是厚古人薄今人，具有强烈的时代性，而这同他的艺术家理论、文化理论有着密切的联系；最后，尼采的文学批评与他的透视主义（或称视角主义）认识论相关，因而表现出一定的复杂性、矛盾性和辩证性特点，与此密切相关，其文学批评活动又呈现出非常醒目的精英主义价值取向和情感立场。本章将结合一些典型的个案对这些特征逐一展开讨论。

6.1 学理基础方面的哲理性

尼采文学批评的第一个也是最突出的特点，就是有丰富的哲学与美学理论作为学理基础，同时在原则与标准方面，又自觉地以自己独特的艺术哲学为参照，着重关注文学家及其作品是否凸显了艺术的形而上本质。

先整体了解尼采的艺术哲学。

尼采文学批评的学理基础与依循原则是他本人创立的艺术哲学或

美学。尼采艺术哲学的内涵相当丰富，包括早期的悲剧理论和后来阐述的一般艺术理论。他在处女作《悲剧的诞生》里集中阐述了悲剧理论，此后他在其他著作以及晚年未刊遗稿（中文通译《权力意志》）中继续讨论这一问题，并拓展成系统的艺术哲学。尼采的艺术哲学是一个庞杂、有时又相互冲突的体系，其中最主要的观点是：艺术或美具有形而上的特质。

所谓艺术或美具有形而上的特质，具体来说，就是尼采认为：艺术或美的本原和源泉是生命，艺术也会促成生命的伟大。在《悲剧的诞生》的"前言"里，针对有人抛出的"艺术不过是一种娱乐的闲事，一种系于'生命之严肃'的可有可无的闹铃"这一说法，尼采庄严宣告："艺术是生命的最高使命和生命本来的形而上活动"❶。在尼采看来，艺术不是插科打诨、打打闹闹、只求满足闲情逸致的娱乐之事，而有着严肃而崇高的目的，艺术是人生意义和价值的最高体现，它能够揭示人生和生命的真正本质。尽管人生是痛苦的，但艺术可以让人克制甚至消除痛苦而达到对生命深层意义的理解。随后尼采在《悲剧的诞生》第 5 节和第 24 节两次指出艺术或美的形而上特质："只有作为审美现象，生存和世界才是永远有充分理由的。"❷"只有作为一种审美现象，人生和世界才显得是有充足理由的。"❸ 尼采所说的审美现象，就是人生和现实世界的艺术化。尼采接受德国哲学家和美学家叔本华的观点，认为人生或生命是痛苦的，其间充满着苦难。人类如何摆脱这些痛苦和苦难呢？就是通过艺术或美赋予痛苦的人生和平凡的现实世界以美的外观，从而让人们觉得自己所处的世界是美丽的，人生是值得过的。在尼采看来，古希腊奥林匹斯神话、古希腊的抒情诗、史诗、雕塑、音乐和悲剧等，都是艺术和美的具体表现形态。它们虽然是不同的艺术形态，但都属于审美现象，都是对人生和现实世

❶（德）尼采．悲剧的诞生：尼采美学文选（修订本）［M］．周国平，译．太原：北岳文艺出版社，2004：2.

❷（德）尼采．悲剧的诞生：尼采美学文选（修订本）［M］．周国平，译．太原：北岳文艺出版社，2004：20.

❸（德）尼采．悲剧的诞生：尼采美学文选（修订本）［M］．周国平，译．太原：北岳文艺出版社，2004：97.

界的艺术化，其目的都是让人们觉得自己所处的世界是美丽的，痛苦或苦难的人生是值得一过的。

后来尼采在其他著作中也表达过类似的意见。他在《快乐的科学》第107节“对艺术的感激”中声称：“作为美学现象，存在对于我们来说总还是可以忍受的。”❶ 意思是，存在即生存、生命，本来是痛苦或苦难的，但因为有了艺术和美，也就可以忍受、值得经历了。尼采在晚年未刊遗稿中多次阐述艺术的形而上本质。他表示：“艺术，无非是艺术，它是生命的伟大可能性，是生命的伟大诱惑者，是生命的伟大兴奋剂。”❷ “艺术令我们回忆兽性 vigor［生命力、精力］的状态；一方面，艺术是旺盛的肉身性向形象和愿望世界的溢出和涌流；另一方面，艺术也通过提高了的生命的形象和愿望激发了兽性功能；——一种生命感的提升，一种生命感的兴奋剂。”❸ 说艺术是“生命的伟大诱惑者”，是指艺术会让人们美化生命中痛苦或苦难的一面，体会生命的乐趣，从而让人们觉得生活值得一过。说艺术是“生命的伟大兴奋剂”，它能够促成“生命感的提升”，是指艺术能够提高的生命的形象和愿望，激活人们的生命力、精力。尼采还说：“艺术被视为反对所有否定生命的意志的唯一优越的对抗力量，被视为反基督教的、反佛教的、尤其是反虚无主义的。”❹ “艺术本质上是对此在的肯定、祝福、神化……根本就没有什么悲观主义艺术。”❺ 艺术是“反对所有否定生命的意志的唯一优越的对抗力量”，是“对此在的肯定、祝福、神化”，几乎是在哲学本体论的层面肯定艺术的价值与本质，强调艺术或美的形而上本质。

在尼采那里，艺术的形而上本质是同人生观或生命哲学密切相关的，换言之，尼采将审美主义与生命哲学融为了一体。尼采认为，生命的本质是人和万事万物求丰富、求强大、求超越的本能冲动即强力

---

❶ （德）尼采．快乐的科学［M］．黄明嘉，译．上海：华东师范大学出版社，2007：187.

❷ （德）尼采．权力意志（下卷）［M］．孙周兴，译．北京：商务印书馆，2007：906.

❸ （德）尼采．权力意志（上卷）［M］．孙周兴，译．北京：商务印书馆，2007：451.

❹ （德）尼采．权力意志（下卷）［M］．孙周兴，译．北京：商务印书馆，2007：943.

❺ （德）尼采．权力意志（下卷）［M］．孙周兴，译．北京：商务印书馆，2007：961.

意志（der Wille zur Macht，或译权力意志），而艺术或美的本质就是强力意志或强力感（或译权力感）的表达。强力意志是尼采生命哲学的核心概念，其内涵是肯定生命，尤其是肯定生命的求强力的倾向。受叔本华的影响，尼采也将世界的本质理解为意志，但与叔本华所说的意志是在生存中求生存的意志根本不同的是，尼采认为这种意志只应该是强力意志。他在晚年未刊遗稿中明确指出：“存在的最内在本质就是权力意志。”❶ 尼采还该遗稿的第 14［81］条等条目中解释强力意志的具体内涵：“力求积蓄力量的意志是生命现象所特有的，是营养、生育、遗传所特有的，是社会、国家、风俗、权威所特有的。……从任何一种力量中心而来，要变得强大的意愿就是唯一的实在性，——不是自我保存，而是侵占，是要成为主人、要变得更丰富、变得更强大的意愿。”❷ “权力意志乃是原始的情绪形式，所有其他情绪只不过是权力意志的扩大。……生命体追求权力，追求权力的增加。”❸ 显然，在尼采看来，强力意志不只是求“自我保存”的意志，而是要“侵占”他人、“要成为主人”“要变得更丰富、变得更强大的意愿”，旨在“追求权力的增加”，换言之，强力意志不只是求原地踏步，而要往前疾奔，不只是求苟活、保存，而要求发展、壮大。

生命的本质是强力意志，艺术或美是生命的最高使命，所以艺术或美的本质就是强力意志或强力感的表达。关于这一观念，尼采在晚年未刊遗稿中多次表达和阐述过。他表示：“什么是美？胜利者和成为主人者的表达。”❹ “充盈感、积聚起来的力量的感觉——权力感还会对事物的状态道出‘美’的判断。”❺ “‘美化’是提高了的力的一个结果……美化作为一种胜利意志的表达，所有强烈欲望的一种提升了的协调、和谐的表达……”❻ “权力感，权力意志——它随着美而高扬，

❶（德）尼采．权力意志（下卷）［M］．孙周兴，译．北京：商务印书馆，2007：985.

❷（德）尼采．权力意志（下卷）［M］．孙周兴，译．北京：商务印书馆，2007：986.

❸（德）尼采．权力意志（下卷）［M］．孙周兴，译．北京：商务印书馆，2007：1031－1032.

❹（德）尼采．权力意志（上卷）［M］．孙周兴，译．北京：商务印书馆，2007：285.

❺（德）尼采．权力意志（上卷）［M］．孙周兴，译．北京：商务印书馆，2007：639.

❻（德）尼采．权力意志（下卷）［M］．孙周兴，译．北京：商务印书馆，2007：1024.

随着丑而跌落。”[1] 艺术或美就是“胜利者和成为主人者的表达”，是“充盈感、积聚起来的力量的感觉”，是“胜利意志的表达”，是“强烈欲望的一种提升了的协调、和谐的表达”，是“提高了的力的一个结果”，这些都说明，艺术或美同强力意志的密切关系，即强力意志或强力感的高扬就是美，强力意志或强力感的跌落则是丑。

基于此，尼采又将艺术或美同快乐、幸福勾连起来，认为获得强力意志或强力感是快乐和幸福之源。所以他说：“快乐只是已获得的权力感的一个征兆。”[2] “有权力感处，就有快乐；在权力和胜利的意识洋溢时，就有幸福。”[3] 获得了强力感的外在表现就是快乐和幸福，有了强力感就有快乐和幸福，如此一来，尼采的艺术人生观或审美主义也是一种快乐人生观。如前所述，尼采认为人生本来是痛苦的、充满苦难的，但一旦拥有了强力意志，人们就可以反转人生的痛苦，转而拥有快乐和幸福，经历一种艺术的或审美的生活。

尼采从古希腊神话那里为自己的艺术人生观或审美主义是快乐人生观找到了事实证据和理论根据。最能体现尼采的艺术人生观是快乐人生观这一思想的，是他对古希腊酒神精神的提倡。酒神精神的实质是什么？在古希腊神话中，酒神狄奥尼索斯本是一位痛苦之神，在幼年时曾经被提坦巨人神肢解，“这种肢解，本来意义上的酒神的受苦，即是转化为空气、水、土地和火。因此，我们必须把个体化状态看作一切痛苦的根源和始因，看作本应鄙弃的事情。从这位酒神的微笑产生了奥林匹斯众神，从他的眼泪产生了人。在这种存在中，作为被肢解了的神，酒神具有一个残酷野蛮的恶魔和一个温和仁慈的君主的双重天性。”[4] 酒神的前一种天性即残酷野蛮的恶魔天性构成了人的原始痛苦即人的悲剧性，而后一种天性即温和仁慈的君主天性给人以艺术自救的机会。在尼采那里，以酒神精神和日神精神为根基的古希腊悲

[1] （德）尼采．权力意志（下卷）［M］．孙周兴，译．北京：商务印书馆，2007：1258.

[2] （德）尼采．权力意志（下卷）［M］．孙周兴，译．北京：商务印书馆，2007：1032.

[3] （德）尼采．权力意志（下卷）［M］．孙周兴，译．北京：商务印书馆，2007：977.

[4] （德）尼采．悲剧的诞生：尼采美学文选（修订本）［M］．周国平，译．太原：北岳文艺出版社，2004：39.

剧给人们的启示是："认识到万物根本上浑然一体，个体化是灾祸的始因，艺术是可喜的希望，由个体化魅惑的破除而预感到统一将得以重建。"❶ 换言之，古希腊悲剧的主人公作为酒神精神借日神幻觉的最高显现，在悲剧中遭到毁灭，换来的却是快感和美，因为毁灭的是个体化，得到的则是对"万物根本上浑然一体"这一深刻道理的感悟和认知。由此可知，尼采的艺术哲学在于力图将人类从一个受压抑的、不自由的痛苦世界中解放出来，从而使人类获得最大可能的自由和幸福。艺术世界是一个人们可以在其中为所欲为的天地，艺术家可以为人们假设一个不受任何约束的世界，人们可以充分展现自我，也可以尽情地超越自我。将这一艺术最高目的推广到整个社会生活，便是尼采审美的人生的基本出发点。

在此基础上，尼采明确提出"只有人是美的"的主张和美的功利性理论，认为艺术或美必须对人类有用、有益，才称其为艺术或美。他在晚年未刊遗稿中断然宣称："'没有什么是美的：只有人才是美的'，我们全部的美学都依据于这样一种幼稚的想法：它是美学的第一'真理'。"❷ 尼采认为世界本没有美，只因有了人，人把世界人化了，世界上才有了美。即是说，尼采把美的范围限定在人身上，限定在人类把世界人化的活动领域。"只有人是美的"还意味着，只有人才能够以最丰富的表达方式和形式体现出强力感的增加，只有人才能够超越自我，去实现最高程度的强力意志。尼采在晚年未刊遗稿第 10［167］条中指出："在美学上，凡本能地与我们相抵触的东西，就是根据最悠久的经验，业已证明对人有害的、危险的、理应怀疑的东西……就此而言，美就处于功利、善行、生命提高之类的生物学价值的一般范畴之内：但却是这样，即十分遥远地让我们回忆和联想到有用事物和状态的大量刺激，都会给予我们美感，也就是给予我们权力感增加的感

❶ （德）尼采．悲剧的诞生：尼采美学文选（修订本）［M］．周国平，译．太原：北岳文艺出版社，2004：39.

❷ （德）尼采．权力意志（下卷）［M］．孙周兴，译．北京：商务印书馆，2007：1257－1258.

受。”[1] 即是说，从人类本能要排斥的东西常常是那些“对人有害的、危险的”东西这一事实出发，人们就很容易断定“有用事物和状态”会“给予我们美感”，美因此就“处于功利、善行、生命提高之类的生物学价值的一般范畴之内”。尼采明确说美感就是“权力感增加的感受”，就等于说美是功利性的，因为它能够提高人的强力感。一言以蔽之，尼采将是否提高强力意志或强力感作为艺术或美的核心内涵，在具体的文学批评活动中都是根据这一理论来做出肯定或者否定的评价的。

再来看尼采艺术形而上视域中的文学批评。

尼采的文学批评以哲学与美学理论作为学理基础并作为原则与标准这一特点，在他的戏剧批评方面表现得最为突出。本节便主要结合这一领域的例子展开分析。总体来看，尼采的戏剧批评以艺术哲学为参照，着重关注戏剧尤其是悲剧这种艺术是否凸显了形而上学本质。下面着重考察尼采对埃斯库罗斯、索福克勒斯和莎士比亚的戏剧评价情况。

尼采对古希腊“悲剧之父”埃斯库罗斯评价很高，主要就是因为他的悲剧创作体现了希腊人的形而上学冲动。尼采指出：“他（指埃斯库罗斯——引者）认为命数是统治着神和人的永恒正义。埃斯库罗斯如此胆大包天，竟然把奥林匹斯神界放在他的正义天秤上去衡量，使我们不能不鲜明地想到，深沉的希腊人在其秘仪中有一种牢不可破的形而上学思想基础，他们的全部怀疑情绪会对着奥林匹斯突然爆发。尤其是希腊艺术家，在想到这些神灵时，体验到了一种相互依赖的隐秘感情。正是在埃斯库罗斯的普罗米修斯身上，这种感情得到了象征的表现。”[2] 尼采这里所说的普罗米修斯形象，是指埃斯库罗斯的三联剧《普罗米修斯》，包括《盗火的普罗米修斯》《被缚的普罗米修斯》和《被释的普罗米修斯》三部。基本情节是：普罗米修斯用泥土造人之后，发现人类风餐露宿、茹毛饮血，痛苦不已，便决定偷盗只有奥

---

[1] （德）尼采．权力意志（上卷）［M］．孙周兴，译．北京：商务印书馆，2007：637－638.

[2] （德）尼采．悲剧的诞生：尼采美学文选（修订本）［M］．周国平，译．太原：北岳文艺出版社，2004：36.

林匹斯众神才能享用的火，送给人类，改善他们的处境。因为触犯众神的利益和特权，众神之主宙斯便派暴力神和火神将普罗米修斯绑缚在高加索一处悬崖上，并命神鹰每晚啄食他的心脏，次日又让他恢复如初。面对如此惩罚，普罗米修斯默默忍受，他自认是命数的安排，同时他也坚决不向宙斯屈服，因为作为预言者（普罗米修斯的希腊文意思是“预言者”），只有他才知道宙斯跟哪位女神私通生下的儿子会将宙斯的位置推翻。在埃斯库罗斯看来，命数或命运不仅是古希腊人尊崇的正义之化身，也是奥林匹斯众神必须敬奉的正义之象征，这就让后来的读者和观众感悟到古希腊人的神灵崇拜仪式中暗含着一种形而上学诉求。作为戏剧家，埃斯库罗斯常常通过笔下的人物如普罗米修斯等多种“譬喻形象”传达了这种形而上学思想，让后世的读者从剧中体会到“深沉的希腊人在其秘仪中有一种牢不可破的形而上学思想基础”。唯其如此，尼采对埃斯库罗斯的悲剧评价颇高。

同样，尼采认为被誉为“戏剧艺术的荷马”的古希腊悲剧作家索福克勒斯的《俄狄浦斯王》等戏剧作品，形象地诠释了“‘希腊的乐天’这一严肃重要的概念”，因而赞叹不已。尼采认为，通过戏剧“测出神话本身深不可测的恐怖”的戏剧家是索福克勒斯，因为后者的作品阐释了古希腊人蕴含悲观底色的乐观主义思想即“希腊的乐天”理念。他宣称：“索福克勒斯的英雄的光影形象，简而言之，化妆的日神形象，却是瞥见了自然之秘奥和恐怖的必然产物，就像用来医治因恐怖黑夜而失明的眼睛的闪光斑点。只有在这个意义上，我们才可自信正确理解了‘希腊的乐天’这一严肃重要的概念。”[1] 透过各种光鲜、美丽的“英雄的光影现象”即“化妆的日神现象”，得以瞥见或彰显“自然之秘奥和恐怖的必然产物”，这些光影现象就成了医治和矫正因恐怖黑夜而失明的眼睛的闪光斑点。换言之，底子是恐怖的、黑暗的，但形式是乐观的、光明的，这就是“希腊的乐天”理念。尼采结合《俄狄浦斯王》中的主人公俄狄浦斯形象阐述了索福克勒斯剧作中的

[1]（德）尼采. 悲剧的诞生：尼采美学文选（修订本）[M]. 周国平，译. 太原：北岳文艺出版社，2004：33.

“希腊的乐天”理念。俄狄浦斯王通过坚定不移地追查16年前发生的命案的真凶，并在弄清楚自己是这起命案的真凶之后用金针刺瞎双眼流浪山野以示惩罚，不仅向世人宣示一种责任心和正义感，而且也昭示自己“并没有犯罪”，一切都是命运操纵的结果，因为他刚一出生就在没有任何过错的情况下被神谕预示将“杀父娶母”。索福克勒斯这出悲剧让读者“缓解了对这过程的恐惧的预见”，洋溢着“真正希腊式的快乐”或“明智的乐天气氛”❶。

尼采特别推崇文艺复兴时期的英国戏剧家和诗人莎士比亚，甚至将莎士比亚树立为自己心目中的“超人”之一，主要是因为后者的悲剧《尤利乌斯·凯撒》里的布鲁图斯身上解开“心结”的精神力量具有“惊人的高度”。在莎士比亚笔下，布鲁图斯“热爱自由，并把它视为伟大心灵之必需”，当这种自由受到“完人、无与伦比的奇才、光耀世界者”式的挚友凯撒的破坏，他毅然决然地选择牺牲挚友以换取自己和众人、国家的利益。尽管是坚守个人友谊还是维护众人自由一直是布鲁图斯的“心结”，但国家利益至上的原则还是让他获得了“解开这个‘心结’的精神力量”，而这种精神力量因为来自人文主义者的理想，就具有了“惊人的高度”。与莎士比亚笔下的哈姆雷特王子因为为父报仇之艰难而生发出“生存还是毁灭”的感慨相比，尼采认为：“与布鲁图斯的忧郁相比，哈姆雷特的忧郁又算得什么呢?”即是说，布鲁特斯的忧郁是在个人友谊同国家利益之间产生冲突而形成的，哈姆雷特的忧郁缘起于是否该为父报仇，始终停留在个人恩怨或利益这同一个层面，所以“莎翁对布鲁图斯的形象和美德钦佩得五体投地”❷。总之，布鲁图斯在内心形成个人友谊同国家利益的冲突时，最终做出抛弃友谊而维护国家利益的选择，是一种精神境界和道德境界的提升，从而达到“惊人的高度”。尼采认为这种提升类似于古希腊悲剧艺术通过毁灭个体化现象而达到对生命的胜利肯定，因而具有一种超越的品

---

❶ （德）尼采．悲剧的诞生：尼采美学文选（修订本）[M]．周国平，译．太原：北岳文艺出版社，2004：34.

❷ （德）尼采．快乐的科学[M]．黄明嘉，译．上海：华东师范大学出版社，2007：172－173.

格和形而上学特质。

值得指出的是，尼采主张艺术具有形而上的本质，并不等于他鼓吹艺术如戏剧作品一定要宣扬某种思想观念。事实上，尼采对某些热衷于宣扬某种哲学或思想、表现出理性主义倾向的戏剧家及其戏剧极为不满，评价颇低。这一点，在他对古希腊戏剧家欧里庇得斯和 19 世纪挪威戏剧家易卜生的态度方面表现得特别清楚。

尼采对被誉为“舞台上的哲学家”的古希腊悲剧家欧里庇得斯及其作品语多讥讽。众所周知，欧里庇得斯常常在戏剧中宣扬“智者哲学”，肯定人对命运的反抗并且认为人能够战胜命运的盲目乐观态度，如其代表作《美狄亚》的同名女主人公面临被抛弃的命运，居然靠自己的智慧和法术完美地实施报复计划，最终又成功地逃离险境，“扼住了命运的咽喉”。尼采不只是对这类盲目乐观主义思想不满，更重要的是，尼采之所以贬低欧里庇得斯，是因为后者是古希腊哲学家苏格拉底的代言人，在作品中大力宣传与酒神精神对立的苏格拉底精神即理性主义。所以尼采特别指出：“欧里庇得斯在某种意义上也是面具，借他之口说话的神祇不是酒神，也不是日神，而是一个崭新的灵物，名叫苏格拉底。这是新的对立，酒神精神与苏格拉底精神的对立，而希腊悲剧的艺术作品就毁灭于苏格拉底精神。”❶ 在尼采看来，悲剧艺术同理性主义或科学主义势不两立，后者过于强势，必然扼杀艺术（包括戏剧），使艺术不成其为艺术。

还有一种情况，尼采之所以贬斥某些直接表达思想的戏剧作品，也可能是因为这些戏剧所宣扬的思想属于尼采不赞成的思想，因而大力抨击其观点。他对待 19 世纪社会问题剧的创立者、挪威戏剧家易卜生及其作品的态度就是一个明证。易卜生在《玩偶之家》《群鬼》等戏剧里鼓吹女性觉醒，呼吁她们认清自己在男权社会里的“玩偶”地位，大胆质疑和反叛男权中心观念，从而宣扬女权主义思想。尼采对这类戏剧及其主题评价极低。众所周知，尼采坚决主张男女不平等，

❶ （德）尼采．悲剧的诞生：尼采美学文选（修订本）［M］．周国平，译．太原：北岳文艺出版社，2004：47.

对女性充满歧视。他特别藐视甚至仇视那些争取自身权利和解放的女性及其言行，认为女性“争取平等权的斗争简直就是一种病症”“女人味道浓时，就越是疯狂反对一切权利”，而追求“女人的解放”是“有缺陷的即不孕女人仇恨健全者的本能”。因此，同情女性甚至鼓励女性质疑和反叛男权中心观念的易卜生，就被尼采称为“典型的老处女”，而易卜生所宣扬的以及女性奉为至宝的女性主义思想被尼采视为“一整套恶毒阴险到极点的‘理想主义’”，因为其目的“就在于毒害良知，毒害性爱的天然性”[1]。他痛斥易卜生为“典型的老处女”，其用意在于讥讽支持甚至倡导妇女解放的易卜生对天然性爱和男女绝不平等观念的无知。诚然，尼采对易卜生的负面评价与他厌恶妇女解放的思想与社会活动有关，但也与他不喜欢易卜生像欧里庇得斯一样，在作品里直接通过人物之口宣扬某种思想主张有关。

6.2 情感态度方面的时代性

尼采的文学批评第二个特点是表现出鲜明的时代性或历史性。这个特征的具体表现就是厚古人薄今人，对西方古代和近代的文学家及其作品总体上以肯定性评价为主，而对现代尤其是19世纪的文学家及其创作总体上以否定性评价为主。如果要探寻这一特征的形成原因，则与尼采的艺术家理想以及尼采认为美学是应用生理学的主张有着密不可分的关系。

先看看尼采的艺术家理想。

尼采心目中理想的艺术家（包括文学家）有特定的品质。简单地说，尼采心目中的艺术家是一种特定的人、理想的人，或者说，是准“超人”。

尼采认为艺术家必定是生命力旺盛的人，也必定是快乐而积极的人。在尼采看来，艺术家是“创造性的”“因为他们其实是在改变和改

---

[1] （德）尼采．看哪这人！［M］//权力意志．张念东、凌素心译．北京：商务印书馆，1991：48.

造；他们不像认识者，后者听任万物如其所是地保持原样”❶。他在晚年未刊遗稿中指出：“艺术家属于一个还比较强壮的种族。对我们来说或许已然有害的、病态的东西，在艺术家那里则是天性……所有病态人物在神经怪癖之后都会出现极端的疲乏，这与艺术家的状态毫无共同之处：艺术家是不必为自己的好时光赎罪的……艺术家对此绰绰有余：他可以挥霍而不至于赤贫……”❷ 艺术家对万物的“改变和改造”是一种创造，是充沛的生命力的倾泻。唯其如此，艺术家成了“比较强壮的种族”，他们对“有害的、病态的东西”和“病态人物”的“极端的疲乏”感具有免疫力。尼采认为艺术家离不开陶醉感，但这种陶醉感并不是靠酒精和药物促成的生理上的醉，而是艺术家在由痛苦而达到狂喜的过程中所感受到的力的过剩，只有精力过剩、禀性强健的艺术家才能使醉感常驻。正如尼采所说：“艺术家们，如果他们有点用处的话，就是具有强壮的气质（包括身体上的强壮）、精力过剩、力大如牛、感觉丰富。……艺术家们不应该如其所是地看待事物，而是应该更充实、更简单、更强壮地看待事物：为此，他们身上就必须有一种永恒的青春和春天，一种习惯的陶醉。”❸ 前面尼采认为认识者只会“听任万物如其所是地保持原样”，这里尼采再次说明“艺术家们不应该如其所是地看待事物”，都旨在强调艺术家的创造性和创新力量。

尼采认为伟大的艺术家应该有一种独特的品质，他们能够通过返回到自己丰盈的生命本能中，从而体会到全人类的痛苦。即是说，艺术家作为个人来说有可能会被忧愁和痛苦所纠缠，但是艺术家的狂喜体现在对艺术的执着追求之中，他们对艺术的执着追求是他们对生命的感谢，他们不想向生命索取更多的东西，反而要给予生命更多的东西，促进生命更加丰富。正如尼采所说，“迄今为止，我们的美学都是一种女性美学，因为其中只有艺术受众表达了他们关于‘什么是美?’的经验。直到今天，整个哲学中都缺失了艺术家……因为兴许已经开

❶（德）尼采．权力意志（上卷）[M]．孙周兴，译．北京：商务印书馆，2007：419.

❷（德）尼采．权力意志（下卷）[M]．孙周兴，译．北京：商务印书馆，2007：1028－1029.

❸（德）尼采．权力意志（下卷）[M]．孙周兴，译．北京：商务印书馆，2007：1025.

始理解自身的艺术家会因此弄错自己——他不必回顾，根本不必观望，他要做的是给予——无能于批判，这是一位艺术家的光荣……要不然他就是半吊子的，是‘现代的’……”❶ 在尼采看来，传统的美学本质上是一种“女性美学”，因为它关注的是像女人一样去“接受”，是艺术受众如何“接受”的问题，而尼采理想中的艺术家，必须具有强力意志，必须改变和创造外物，其中心任务是“给予”，是全身心进入创作状态，从外物之中捕捉到美。与传统的“女性美学”相反，尼采要提倡艺术家美学即“给予美学”。

尼采的艺术家理想跟他认为美学是“应用生理学”的主张密切相关。什么是应用生理学呢？尼采一再运用生理学的观点来解释艺术和美。“生理学”一词在尼采时代非常流行。法国作家巴尔扎克写过小说《婚姻生理学》，并讽刺性地谈及这一概念在当时被广泛运用并不断跨越界限的情形：“生理学从前是专门告诉我们尾骨功能、胎儿成长或绦虫演变的科学……今天，生理学是不正确地说或写任何东西的艺术。”当时任何一种描述和探讨，只要加上“生理学”一词，似乎就变得有了科学依据或易于被理解和接受。其实“生理学”就是人们从混乱头绪中找到的解释事物的方法。尼采似乎偶尔也有“赶时髦”的爱好，他在晚年未刊遗稿中曾经草拟一份题为“艺术生理学”的提纲，试图以生理学来奠定他的艺术理论或美学的基础。尼采草拟的艺术生理学共 18 条，其中第 1 ~ 5 条、第 7、9、10 条最为重要。依次如下：第 1 条“作为前提的陶醉：陶醉的原因”；第 2 条“陶醉的典型征兆”；第 3 条“陶醉中的力量感和丰富感”；第 4 条“力的实际增长：力的实际美化”；第 5 条“阿波罗精神、狄奥尼索斯精神”；第 7 条“艺术家的能力对正常生活的参与，这种参与的强身效果”；第 9 条“‘健康’和‘歇斯底里’问题”；第 10 条“艺术作为感应作用、作为传达工具、作为精神运动学归纳方法的发明领域”❷。由此可见，尼采的“应用生理学”

---

❶ （德）尼采．权力意志（下卷）［M］．孙周兴，译．北京：商务印书馆，2007：1094 - 1095.

❷ （德）尼采．权力意志（下卷）［M］．孙周兴，译．北京：商务印书馆，2007：1296 - 1297.

中最重要的因素是陶醉这种心理感觉，而艺术或美是“应用生理学”的核心含义，就是艺术或美能促进生命力的丰盈和高涨。

美是应用生理学，其实表明美是心理学。尼采认为，艺术起源于各种非理性的心理状态。他曾经这样说明艺术家的心理：“我们把一种美化和充盈投置入事物之中，并且在事物身上进行虚构，直到它们反映出我们自身的充盈和人生乐趣——这样的状态有：性欲、陶醉、膳食、春天、战胜敌人、嘲讽、精彩表演、残暴、宗教情感的狂喜。尤其是其中要素：性欲、陶醉、残暴，所有这些都是人类最古老的节庆快乐，所有这些同样在原初的‘艺术家’身上占上风。”[1] 在这里，尼采将性欲和陶醉、残酷视为艺术的3种重要心理源泉。三者之中，陶醉又是最基本的因素。在尼采看来，能使艺术成为艺术的人即真正的艺术家，必须时常处于一种特殊的状态中，这种状态就是“醉”。在《偶像的黄昏》一书中，尼采将艺术家身上3种主要因素中的另外两种即性欲和残酷也视为“醉”的类型，分别称为“性冲动的醉”和“酷虐的醉”，并宣称：“一切美都刺激生殖，——这正是美的效果的特性，从最感性的到最精神性的……”[2] 尼采明确认定，在生理学上讲，“艺术家的创造本能和精液在血液中的分布”没有本质的区别，“对艺术和美的要求乃是一种对于传送给大脑的性欲的狂喜快感的间接要求”[3]。由此看来，尼采认为由性爱导致的陶醉会形成一股强大的艺术力量，其效果不仅在于感情上的变化，而且在于生理上的巨大变化所带来的强大的变形力量。过去人们强调艺术的心理学意义而忽视其生理学意义，尼采现在将两者结合在一起，也就是将艺术的审美意义同性、生殖联系起来，认为一切美都刺激生殖，凸显美和性欲、生殖之间的关联。

如果将尼采的艺术家定义放置到尼采哲学的宏大背景中去考察，就不难发现尼采眼中的艺术家是“超人”（bermensch）的一种。按照尼采的说法，超人只是一种象征和隐喻，被用以暗示灵与肉的完美结

[1] （德）尼采．权力意志（上卷）［M］．孙周兴，译．北京：商务印书馆，2007：450.
[2] （德）尼采．偶像的黄昏［M］．周国平，译．北京：光明日报出版社，2000：69.
[3] （德）尼采．权力意志（上卷）［M］．孙周兴，译．北京：商务印书馆，2007：374.

合和人的生命本质的完成，现实中并不存在超人，但作为一种人生态度，可以在艺术家身上找到超人的体现。

实际上，尼采对“超人”的看法存在矛盾。一方面，他认为超人是一种理想人类的象征，是未来的新物种和统治者，或是一种理想的人格。他借查拉图斯特拉之口说：超人是“沉睡在最坚硬、最丑陋的石头里”的“一个形象”，它目前还只是“万物之中最宁静的、最轻松”的“一个影子”❶。显然，超人只是一种象征和隐喻。尼采在晚年自传《看哪这人!》中明确否定超人同现实中一切出类拔萃的人之间的联系，宣称：“‘超人’是用来形容一种至高卓绝之人的用语，这种人同‘现代’人、‘善良’人、基督徒和其他虚无主义者完全相反……几乎人人都把它想当然地按照与查拉图斯特拉形象对立的价值含义来理解，硬说超人是一种高等的‘理想主义’典型，是半为‘圣徒’、半为‘天才’之人……还有另一个有学问的、头上长角的畜生由此而怀疑我是达尔文主义者。甚至有人在这方面重新发现了那个违背知识和意志的大骗子卡莱尔的‘英雄崇拜’，可这是我深恶痛绝的东西。”❷尼采在晚年未刊遗稿中多次宣称“超人”的未来性和理想性。他说：超人是“一个全新的更高更强的支配性种类”❸；超人是“未来之强者”“是一个具有自己的生命领域、具有一种力之过剩（对于美、勇敢、文化、风度乃至于最精神性的东西而言的力）的种族；一个肯定性种族，它可以给予自己任何大奢侈……强大得足以不需要德性命令之暴行，富有得足以不需要节俭和拘泥，处于善恶的彼岸”❹。尼采还说，在现实生活中的优秀者中间，“应当出现一个更强大的种类，一个更高级的类型，后者具有不同于普通人的形成条件和保持条件。众所周知，对于这个类型，我的概念、我的比喻就是‘超人’一词”❺。

---

❶ （德）尼采．查拉图斯特拉如是说[M]．钱春绮，译．北京：生活·读书·新知三联书店，2007：93.

❷ （德）尼采．看哪这人！[M]//权力意志．张念东、凌素心，译．北京：商务印书馆，1991：42-43.

❸ （德）尼采．权力意志（上卷）[M]．孙周兴，译．北京：商务印书馆，2007：82.

❹ （德）尼采．权力意志（上卷）[M]．孙周兴，译．北京：商务印书馆，2007：487-488.

❺ （德）尼采．权力意志（上卷）[M]．孙周兴，译．北京：商务印书馆，2007：529.

另一方面，尼采又认为超人是人类中曾经存在过、将来还会再次出现的“更高的类型”。他在晚年未刊遗稿中说过这样一些话：“在另一种意义上讲，地球上殊为不同的地点和殊为不同的文化里，出现过一些持续成功的个案，实际上就是在其中呈现出一个更高的类型，即相对于整个人类而言的一种‘超人’。”❶“在人类底层的乌烟瘴气之上，存在着一种更高级的、更光明的人类，后者在数量上看是十分微小的——因为按其本质来讲，一切出类拔萃者都是稀罕的：有人属于这种人类，并不是因为他比底层的人们更有天赋，或者更有美德，或者更有英雄气概，或者更可爱些，而是因为他更冷酷、更光明、更有远见、更孤独，是因为他忍受着孤独，偏爱孤独，要求孤独，把孤独当作幸福、特权，其实就是把它当作此在之条件，是因为他生活在乌云雷电以及暴雨狂风之中，但同样也生活在阳光、雨露、雪花以及必然地来自高空以及永远只在自上而下的方向上运动的一切之中。”❷像欧洲历史上著名的政治家与军事家拿破仑、诗人和戏剧家歌德、莎士比亚等，都符合尼采心目中的“超人”设想。

说艺术家是尼采眼中的一种“超人”，还有这样一段话可以作为根据。尼采曾经说过：“国际种族联合体的形成已经变得可能了，它们为自己设定的任务是把一个主人种族培育起来，那就是未来的‘地球主人’；——一个全新的、巨大的、在最严厉的自我立法基础上建造起来的贵族政体，在其中，哲学暴徒和艺术家暴徒的意志将获得超过几百年的延续：那是人的一个更高种类，他们由于自己的意志、知识、财富和影响方面的优势，把民主欧洲当作他们最顺从和最灵活的工具来加以利用，目的是为了掌握地球的命运，是为了依照‘人’的形象把自身塑造为艺术家。”❸毋庸讳言，尼采的设想有着浓厚的精英意识和贵族偏见，这里暂且不论。在尼采的设想中，作为“人的一个更高种类”的超人，乃是“未来的地球主人”“主人种族”，在这种全新的人类组成的“贵族政体”中，“哲学暴徒和艺术家暴徒的意志”将延续

❶（德）尼采．权力意志（下卷）［M］．孙周兴，译．北京：商务印书馆，2007：903.
❷（德）尼采．权力意志（上卷）［M］．孙周兴，译．北京：商务印书馆，2007：370.
❸（德）尼采．权力意志（上卷）［M］．孙周兴，译．北京：商务印书馆，2007：102.

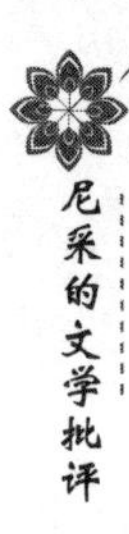

下去。这里的“艺术家暴徒”是跟“哲学暴徒”并列的超人。

说清楚了尼采的艺术家理想理论，现在来分析尼采文学批评的时代性的具体表现和内涵。

尼采文学批评的时代性或历史性特征有两层内涵。第一层内涵，是认为不同时代的读者对同一部作品或者对同一人作品的主题会有不同的理解。这层含义容易理解，笔者略举一例加以说明。尼采曾经谈及这样一件事：“封丹纳尔（通译费奈隆，法国散文家——引者）在其不朽著作《死者对话录》中论及道德问题时使用了大胆的说法，当时被视为诙谐的诡论和游戏，即便是审美鉴赏和思想界的最高权威也看不出书中还有什么更多的深意。……可是现在，不可思议的事发生了：封丹纳尔的思想成了真理！……我们阅读对话时的感受与伏尔泰……当时的感受是不同的。”[1] 按照接受美学的说法，这是垂直接受方面的差异。最初读者认为封丹纳尔的《死者对话录》论及道德问题时只是表现为“诙谐的诡论和游戏”，因而缺乏“深意”，如伏尔泰当时就是这样理解的，但到了尼采时代即19世纪中后期，人们却发现“封丹纳尔的思想成了真理”，而不再仅仅是“诙谐的诡论和游戏”。

尼采文学批评的历史性或时代性特征的第二层内涵，是厚古薄今，即对古代和近代的文学和文学家赞美甚多，而对19世纪的文学和文学家微词颇多。这是尼采文学批评的历史性特征的主要表现形态，本书详细讨论。

讨论尼采对古代和近代文学的赞美、对现代文学的贬斥，可以从他的文化观谈起。如果通读尼采的著作，不难发现一个事实，尼采对西方古代和近代的文化一直多赞美之词，而对19世纪以来的西方文化则颇多微词。文学是文化的子集，尼采在文化方面推崇古代和近代、贬抑现代的态度和立场直接影响到他在文学艺术的推崇古代和近代、贬抑现代的态度和立场。这一态度本身就具有强烈的时代性或历史性。

尼采在《快乐的科学》第89节“现在与从前”中论及古代艺术与

---

[1] （德）尼采．快乐的科学［M］．黄明嘉，译．上海：华东师范大学出版社，2007：166－167.

现代艺术的本质区别："从前，所有的艺术作品都树立在人类节庆的长廊里，作为纪念崇高而欢乐时刻的丰碑；如今，人们企图用艺术作品把可怜的精疲力竭者及病弱者从人类的痛苦长街上引开，哪怕引开渴望中的片刻也好，给这些人提供些许的陶醉和疯狂。"❶ "从前"即古代的文学艺术作品是"纪念崇高而欢乐时刻的丰碑"，"如今"即现代的文学艺术作品则成为"可怜的精疲力竭者及病弱者"的安慰品。尼采对近代时期"文艺复兴的趣味"也评价颇高，认为"这是一个力量和刻苦、敢于创造、过度的快乐和可怕的劳作、耽于声色和英雄主义的时代"❷。在这样一个时代出现的文学艺术作品自然也会体现出"力量""敢于创造"的精神、"快乐"和"英雄主义"等因素。

但尼采发现现代的文化以及文学艺术是病态的，其主要表现是文化和文学艺术被逼进了商业活动的领域，一切都商品化了。他在《朝霞》一书中揭露现代文化的商业化趋势："今天，我们一再看到，一种社会文化正在形成，商业活动是这种文化的灵魂……商人并不生产，却善于为一切事物定价，并且是根据消费者的需要，而不是根据他自己个人的需要来定价：'什么人和多少人来消费这种东西?'这永远是他的头号问题。这种定价方式已经成为他的第二本能；对于出现在他面前的一切事物，他都不断通过这种方式加以衡量，无论它们是艺术和科学的产品，还是思想家、学者、艺术家、政治家、民族、党派乃至一个时代的成就。一切创造出来的事物，在他那里都只具有供应和需求的关系，他探讨这种关系，以便使自己能够决定它们的价值。这就是我们这个时代的文化的精神。"❸ 在商业化趋势的作用下，人们都成了勤奋、忙碌的"日用人"和"可怜的工作动物"❹。同时，尼采还发现现代社会的商业化倾向导致各种喧嚣和表演，人们"粗鲁地讲话""粗鲁地行动"，靠"高谈和叫喊"来吸引人，如同商业广告的炫耀，

❶ （德）尼采．快乐的科学[M]．黄明嘉，译．上海：华东师范大学出版社，2007：163.

❷ （德）尼采．权力意志（上卷）[M]．孙周兴，译．北京：商务印书馆，2007：333.

❸ （德）尼采．朝霞[M]．田立年，译．上海：华东师范大学出版社出版社，2007：218－219.

❹ （德）尼采．朝霞[M]．田立年，译．上海：华东师范大学出版社，2007：221.

很多人都在伪装自己，现实生活中充斥着“戏子”[1]。他在《快乐的科学》中专门设置“宁愿耳聋，不愿震耳欲聋”一节，抨击广告文化和商业气息：“从前，人们只需要轻轻招呼，现在不顶用了，必得大声呼叫才行，因为市场大大扩展了。这么一来，嗓门本来就大的人还得扯开嗓门，增大音量，就是上等货也得声嘶力竭地叫卖。若是没有市场上的嘶哑叫唤，时下也就不存在天才人物了。”[2] 尼采发现现代社会存在细碎而严格的社会分工，专业性极强、片面性极大的职业将本来完整的人性和完美的人格割裂和撕碎，导致各种异化现象的出现。他在晚年自传《看哪这人!》中痛彻地指出，“科学活动方式”“侵蚀和毒害了生命的因素”“生命受到了这种非人化齿轮装置、机械论、工人的‘非人格化’‘劳动分工’这种伪经济学的危害。目的没有了，文化——是手段，现代的科学活动，变得野蛮化了”[3]。如前所述，尼采认为艺术是人生的最高使命和形而上追求，但在现代社会里，文化和文学艺术成了“手段”，这就是异化。

现代社会里的文化与文学艺术究竟是一副什么样的尊容呢？尼采以辛辣而形象的笔触描绘了这种文化和艺术的特征：煽情、做戏，以激起读者和观众的好奇心为旨归。尼采不无愤懑地嘲讽道：“今天这些巴黎诗人和小说家，灵敏猎奇的狗仔，他们以兴奋的双目追踪着‘女人’，直抵其奇臭无比的隐秘部位。”[4] 这里主要指向追求细节真实、不避讳丑陋事物的自然主义文学。在现代社会里，通俗戏剧充斥剧场。尼采在《快乐的科学》第 86 节“戏剧”中这样描绘当时剧场里的场景，并不忘给其间的观众以特写镜头：“向晚时分，那些平庸之辈不像是站在凯旋车上的胜利者，倒像备受鞭笞的疲乏的骡子。倘若世间没有这使人陶醉的戏剧工具和称意的鞭笞，那么，这些人还知道什么‘高昂情绪’呢！……我以厌恶的眼光瞧着那工具，瞧着那些牵强附会

---

[1] （德）尼采．权力意志（上卷）［M］．孙周兴，译．上海：商务印书馆，2007：42.

[2] （德）尼采．快乐的科学[M]．黄明嘉，译．上海：华东师范大学出版社，2007：304.

[3] （德）尼采．看哪这人！［M］//权力意志．张念东，凌素心，译．北京：商务印书馆，1991：56.

[4] （德）尼采．权力意志（上卷）［M］．孙周兴，译．北京：商务印书馆，2007：267.

地、无充足理由地制造戏剧效果的‘戏剧工具’——心灵高潮的拙劣模仿！……在没有能力进行思考和获得激情的人面前，展现最强烈的思想和激情就是自我陶醉了！把这种展现作自我陶醉的手段了！”[1] 他在《快乐的科学》“第二版前言”第（四）节里再次对戏院文化与市场文化合流的倾向加以抨击：“当今，戏院里激情万丈的欢呼真使我们耳膜做痛呀！有教养的群氓所喜爱的那一套浪漫的骚动和思维混乱及其向往崇高、风雅和乖戾的抱负，对我们的审美情趣而言是何等怪异呀！”[2] 尼采还直指现代艺术家的病态、虚荣和伪装本质：“现代艺术家，就其生理来说最接近于歇斯底里，也是以这种病态为其性格的。这个歇斯底里者是虚假的：他因为乐于撒谎而撒谎，他在所有伪装艺术上都是值得赞赏的——除非他病态的虚荣捉弄了他。……他不再是什么人物，充其量是各色人物的一个汇合，而在这各色人物中，时而这个、时而那个以无耻的确信向外射击。正因为这样，他作为演员是伟大的：所有这些可怜的无意志者通过自己的表情、变容以及进入几乎每个所要求的角色的精湛技巧而使人惊讶。”[3] 现代艺术家成了内心里缺乏强力意志的“可怜的无意志者”，而只追求在表情、变容等方面具有“精湛技巧”，徒有其表、名副其实的“演员”。

现在回到尼采根据自己的艺术家理想展开的文学批评中，考察它所折射出的历史性或时代性特征的问题。

如前所述，尼采心目中理想的艺术家有特定的素质，他们是一种特定的人、理想的人，或者说，是准“超人”。正是基于这一标准，尼采对荷马、埃斯库罗斯、索福克勒斯、莎士比亚、歌德等古代和近代文学家多给予肯定性的评价，认为他们是优秀的或者合格的艺术家，而对 19 世纪作家，除个别作家（如司汤达）之外，则颇多微词，认定他们不是合格的艺术家。下面选取一些典型的个案加以分析。

尼采认为莎士比亚是一位敢于反叛传统道德甚至超越传统道德的

---

❶ （德）尼采．快乐的科学[M]．黄明嘉，译．上海：华东师范大学出版社，2007：159－160.

❷ （德）尼采．快乐的科学[M]．黄明嘉，译．上海：华东师范大学出版社，2007：40.

❸ （德）尼采．权力意志（下卷）[M]．孙周兴，译．北京：商务印书馆，2007：1283.

“超人”式作家，也是他所称的“经典作家”。尼采在晚年未刊遗稿中指出：“为了成为经典作家们，人们必须具备所有强大的、表面看来充满矛盾的天赋和欲望：但这样一来，这些天赋和欲望就会在同一枷锁下结伴而行。”莎士比亚超越传统道德，“拥有同样高度的非道德性”，因而“依然成为经典作家”❶。所谓非道德性，是指作家真实地描绘人物的本性和欲望，展示人物旺盛的生命力和强力意志，而不从传统道德的角度来考虑是与非。尼采特别佩服莎士比亚的，是他具有驾驭“强大的、表面看来充满矛盾的天赋和欲望”的能力，这种能力其实就是强力意志的具体表现形式，尼采心目中理想的艺术家必须具备的最重要的品质。

法国作家司汤达是尼采佩服的为数不多的19世纪作家之一。司汤达在《拿破仑传》一书中谈到“超人”思想，对尼采的“超人”哲学有所启发，因为这一点，尼采很年轻的时候就将司汤达当作自己的精神导师。尼采特别欣赏司汤达，还有一个重要的原因，就是后者提倡并且能够践履艺术家的“贞洁”原则，而能否践履这种原则是是否具有强力意志的证明，也是是否合乎尼采的艺术家理想的主要标志。什么是艺术家的“贞洁”原则呢？尼采在晚年未刊遗稿中宣称：艺术家是生命力特别是性欲望和生殖力旺盛的人，他们不仅“具有强壮的气质（包括身体上的强壮）、精力过剩、力大如牛、感觉丰富”，而且常常有“性系统的某种亢奋”“身上必须有一种永恒的青春和春天，一种习惯的陶醉”，这是他们拥有超常的“多产能力”的保证；更重要的是，他们不会让这种活力和欲望失去控制，恣肆无边，而必须拥有精力和欲望方面的克制力即“艺术家的节约”，从而确保“在自己的手艺兴趣方面保持贞洁”。司汤达就是在保持贞洁问题上“毫不迟疑的人”❷。尼采还指出：“一种相对的贞洁，一种在思想中对色情本身的根本而明智的谨防之心，即便在那些内涵丰富而完整的人物那里，也可能属于生命的伟大理性。这个定律尤其适合于艺术家，它属于艺术

❶ （德）尼采．权力意志（上卷）［M］．孙周兴，译．北京：商务印书馆，2007：496－497.
❷ （德）尼采．权力意志（下卷）［M］．孙周兴，译．北京：商务印书馆，2007：1025.

家们最优秀的生命智慧。……按其本性来说，艺术家也许必然地是感性的人，说到底是敏感的，在任何意义上都是平易近人的，喜欢刺激，哪怕是远远而来的刺激感应。尽管如此，一般而言，在自身使命、自身要求精益求精的意志的强制下，艺术家事实上是一个适度的人，甚至常常是一个贞洁之人。”[1] 尼采在这段文字里将司汤达视为真正艺术家的楷模，认为他虽然像所有的艺术家一样，本性上是“感性的”“敏感的”和“喜欢刺激的”，但又能够坚持“一种在思想中对色情本身的根本而明智的谨防之心”，拥有“伟大理性”和“最优秀的生命智慧”，从而“在自身使命、自身要求精益求精的意志的强制下”成为一个“适度的人”“贞洁之人”。显然，尼采虽然鼓励发挥生命的强力意志，但也不主张放纵和肆虐个体的意志。提倡并践履“贞洁”原则的司汤达本身拥有强力意志，但又能够不过度消耗，能够凭借非凡的意志克制自己旺盛的生命力，刚好符合尼采心目中的艺术家理想。

与此相反，尼采对缺乏真正的强力意志而又不能控制自己可怜的生理冲动的文学家则持否定甚至抨击态度。他对现代主义文学的两大先驱即美国的爱伦·坡与法国的波德莱尔等人及其创作的否定，就是基于这一根据，换言之，因为两人的创作没有表达强力意志，他们便不符合尼采的艺术家理想。

具体来看尼采的评论。尼采从艺术家的基本素质这一视角出发，裁定爱伦·坡是一个不合格的艺术家，而只是一个“颓废者”。在尼采看来，爱伦·坡缺乏强力意志，更缺乏“要求精益求精的意志的强制”能力，是一个只知道“挥霍自身”“耗尽自身”的人，因而不能成为一个“适度的人”和“贞洁的人”，自然不是一个真正的“艺术家”。在尼采看来，作为“颓废”的诗人和作家，爱伦·坡是一个“不自由者”，他必须有一个“大麻世界”，以便在幻觉中获取“陌生的、沉重的、笼罩着的云雾”“理想的形形色色的异域色彩外来词以及象征体系”以及“理想的某种普遍性”，而这些都是爱伦·坡“自我轻蔑”、

[1] （德）尼采．权力意志（下卷）［M］．孙周兴，译．北京：商务印书馆，2007：1388－1389.

陷落“泥坑”的标志。[1]

对波德莱尔，尼采首先送上“瓦格纳第一个有才气的追随者”的封号，但这并不是对波德莱尔的赞美，而恰恰是一种负面的定位。在尼采看来，德国浪漫主义音乐家瓦格纳同法国浪漫派画家德拉克罗瓦和法国浪漫派作曲家柏辽兹一样，都属于“意志昂扬类的艺术家”，都属于“追求表现的狂热分子”，但他们的“昂扬”和“狂热”都是“病态”的表现，都是缺乏充沛的强力意志尤其是缺乏克制本能冲动的能力因而无法践履“适度”“贞洁”原则的人。所以，尼采毫不犹豫地称瓦格纳追随者波德莱尔是无可救药的“典型的颓废派”[2]。

6.3 视角眼界方面的个人性

尼采文学批评活动的第三个特点，是在视角与眼界方面呈现出鲜明的个人化与主观化特征。总体来看，尼采的文学批评表现出复杂性、矛盾性和辩证性等特点，但实质可以归结为一点，即个人化特征。尼采文学批评的这一特征同尼采的透视主义（或称视角主义）认识论以及美的欺骗性理论密切相关。

在讨论尼采文学批评的个人化特征之前，先要了解尼采的透视主义认识论与美的欺骗性理论。

什么是透视主义（Perspectivism）呢？尼采对世界的基本看法是只有生成而没有存在，没有存在也就没有事实和真实。既然真是不存在的，那么解释就假借真的名义而存在，因此尼采认为只有解释和关于解释的解释。为此，尼采引入透视主义的观念，试图站在全新的立场上使主客观达到统一。透视主义认为，世界本无真理，只有解释，世界本无意义，意义是人赋予的，人与人是不同的个体，所以意义与真只是相对的、个人性的，也是独创性的。尼采在《快乐的科学》第299节“向艺术家学什么？”中宣称：“与事物拉开距离，直至看不见

---

[1] （德）尼采．权力意志（下卷）［M］．孙周兴，译．北京：商务印书馆，2007：1389.

[2] （德）尼采．看哪这人！［M］//权力意志．张念东，凌素心，译．北京：商务印书馆，1991：32.

它们；或者为了看清事物而追加补看；或者变换角度观察，从横截面观察；或者把事物放在某个地方使其产生部分变形和伪装；或者做透视法观察；或者用有色玻璃观察，在夕阳余辉里观察；或者赋予事物一层不完全透明的表层。凡此种种，我们都应向艺术家学习；岂止学习，我们应比他们更聪明才是，因为他们美好的力量一般是随着艺术的终止而终止，我们呢，我们要成为生活的创造者，尤其是创造最细微、最日常的生活。”[1] 尼采强调观察事物的首要条件是“与事物拉开距离”，然后可以采取各种方式和角度去观看，每种方式和角度看到的都是事物的本来面貌，每种方式和角度看到的都是事物的真实，任何方式和角度的观察都是创造。这就是透视主义的观察法和认识论。

透视主义虽然强调个人性和相对性，但并不主张绝对的相对主义。正如美国普林斯顿大学教授亚历山大·内哈马斯（Alexander Nehamas）在《尼采：生命之为文学》（*Nietzsche*：*Life as Literature*，1985）一书中所指出的：“视角主义并没有导致那种坚持认为‘任何观点都与其他观点一样好’的相对主义；视角主义坚持认为的是，一个人自己的观点，是最有益于他自身的观点，但视角主义并没有暗示，这些观点需要有益于其他任何人。视角主义同样令人们产生了这样的期待：新的观点和价值注定要成为必然的观点和价值。”[2] “最关键的一点是，对尼采来说，不存在单一的最佳叙事，因而也不存在单一的最佳分类。‘什么是最好的’这个问题，总是取决于不同的背景假设、不同的利益与不同的价值。它们中没有应该能够断言只有自己是完全客观有效的——即对所有事物都有效。”[3] 尼采激烈的反传统观点使他对现存的一切事物都表示轻蔑，这是他为实现一切价值的重估所做出的最大努力。但尼采不能无视这样一个事实，即他无法跳出自己所生存的环境和文化背景，无法摆脱哺育他并帮助他形成反传统观点的传统。尼采现在在

[1] （德）尼采．快乐的科学[M]．黄明嘉，译．上海：华东师范大学出版社，2007：283.

[2] （美）亚历山大·内哈马斯．尼采：生命之为文学[M]．郝苑，译．杭州：浙江大学出版社，2016：79.

[3] （美）亚历山大·内哈马斯．尼采：生命之为文学[M]．郝苑，译．杭州：浙江大学出版社，2016：109.

透视主义中找到了出路，因为透视主义要求观察问题的多角度、多立场，而且不同角度、不同立场观察到的结果都是有道理的，都有合理的成分。

与透视主义认识论、方法论密切相关的，是尼采主张艺术或美是一种幻觉和表象，是一种肤浅的表面和面具，因而往往具有欺骗性。

尼采认为艺术或美是“外观的幻觉”。对尼采来说，世界总是处于无休止的生成变化之中，人生也是如此，人无法把握世界，也无法把握自身，因此人生是痛苦的，人无法达到一直梦寐以求的自由。为了破解此类难题，古希腊人创造了神话和悲剧等艺术。尼采指出：“希腊人深思熟虑，独能感受最细腻、最惨重的痛苦……艺术拯救他们，生命通过艺术拯救他们而自救。”❶ “艺术作为救苦救难的仙子降临了。唯她能够把生存荒谬可怕的厌世思想转变为使人借以活下去的表象，这些表象就是崇高和滑稽，前者用艺术来制服可怕，后者用艺术来解脱对于荒谬的厌恶。”❷ 尼采用尖锐刺耳的不谐和音来比喻充满矛盾和痛苦的人生，它们诉诸人的感官之后便形成一种期待壮丽的幻觉，尼采认为这就是艺术和美。他说：“在人生中，必须有一种新的美化的外观，以使生气勃勃的个体化世界执着于生命。我们不妨设想一下不谐和音化身为人……那么，这个不谐和音为了能够生存，就需要一种壮丽的幻觉，以美的面纱遮住它自己的本来面目。这就是日神的真正艺术目的。我们用日神的名字统称美的外观的无数幻觉，它们在每一瞬间使人生一般来说值得一过，推动人去经历这每一瞬间。”❸ 尼采还说：“艺术本身作为人身上的一种自然力量，出现在下面两种状态当中：一是作为幻觉，二是作为狄奥尼索斯式的纵欲狂欢。在生理学上讲，这两者形成于梦与陶醉：前者被理解为那种达到幻觉的力量的施展，一种形象观看、形象塑造方面的快乐。求假象、求幻想、求欺骗、求生

---

❶ （德）尼采. 悲剧的诞生：尼采美学文选（修订本）[M]. 周国平，译. 太原：北岳文艺出版社，2004：27.

❷ （德）尼采. 悲剧的诞生：尼采美学文选（修订本）[M]. 周国平，译. 太原：北岳文艺出版社，2004：28.

❸ （德）尼采. 悲剧的诞生：尼采美学文选（修订本）[M]. 周国平，译. 太原：北岳文艺出版社，2004：99.

成和变化的意志比求真理、求现实、求存在的意志更深刻、更‘形而上学’。”[1] 无论是梦还是幻觉，都是对现实的遮蔽或者美化，而现实之所以需要遮蔽和美化，就是因为它是痛苦的或者丑陋的。尼采甚至将“求假象、求幻想、求欺骗”的意志视为比“求真理、求现实、求存在的意志”更为深刻的意志，更具形而上性质的意志。

与认为艺术和美本质上是一种外观和幻觉这一观点密切相关的，是尼采进而认为艺术和美是一种肤浅的表面，是一种面具。他在《快乐的科学》“第二版前言”第 4 节中说：“那些希腊人呀，他们可善于生活：为了生活，他们必须在表面、皱纹和皮肤上表现出勇敢，崇拜表象，相信形式、色调、言辞、整座表象的奥林匹斯山！他们浮在表面，从深处到表面！而我们不也恰好在重蹈覆辙吗？我们这些思想莽汉已经登上当今思想界那无比危险的极巅，伫立该处，环顾四周，俯视一切，我们不也恰好沦为希腊人了吗？沦为形式、色调、言辞的崇拜者了吗？也因此而成了艺术家了吗？”[2] 希腊悲剧演员在演出中不断变化面具以扮演各种人物，他们不像后来的现实主义戏剧家那样寻求舞台演出的逼真，而只是在面具上做文章。这也许就表明古希腊人认为人本身就包含着各种各样的角色，因此可以有各种各样的面具。明白这是面具，但还是敢于在面具上做文章，这仍不失为深刻。古希腊人逃离真实生活的痛苦，转而“崇拜表象，相信形式、色调、言辞”，相信自己虚构的奥林匹斯山神话，转而“浮在表面”，尼采心目中的艺术家恰恰就是古希腊人再世，因为他们也“沦为形式、色调、言辞的崇拜者”。

艺术和美的表面化、肤浅化以及面具本质，就意味着艺术和美离不开撒谎和欺骗，尼采认为人类正需要艺术的谎言。他在晚年未刊遗稿中甚至做过这样的类比：“说谎的乐趣乃是艺术之母，恐惧和淫荡乃是宗教之母，竭力禁止和好奇乃是科学之母。”[3] 尼采甚至赋予谎言以

---

[1] （德）尼采．权力意志（下卷）[M]．孙周兴，译．北京：商务印书馆，2007：944.

[2] （德）尼采．快乐的科学[M]．黄明嘉，译．上海：华东师范大学出版社，2007：42－43.

[3] （德）尼采．权力意志（上卷）[M]．孙周兴，译．北京：商务印书馆，2007：384.

一种形而上的意义。他指出："没有真实世界与虚假世界的对立：只有一个世界，而且这个世界是虚假的、残暴的、矛盾的、诱惑的、毫无意义的……为了生活，我们必需有谎言……为了生活，谎言是必需的，这一点本身依然也归属于这种可怕而可疑的此在特征。……人必须天生就是一个说谎者，人必须更多地是一位艺术家，更甚于所有其他的……而且人确实也是一位艺术家：形而上学、道德、宗教、科学——这一切只不过是人力求艺术的意志、力求说谎的意志、力求逃避'真理'的意志、力求否定'真理'的意志的怪胎而已。人正是借着这种能力，通过谎言来对实在性施暴的。"❶ 说谎不仅是艺术的源头，还是艺术的本质。艺术家天生的本质就是说谎者。这是生活的需要和人类生活的世界的需要，在尼采看来，连形而上学、道德、宗教、科学这些高大上的东西，也只不过是"人力求艺术的意志、力求说谎的意志、力求逃避'真理'的意志、力求否定'真理'的意志的怪胎而已"。

艺术的谎言本质，艺术家的说谎者本质，既符合尼采对于世界的总体看法，又可避免现实社会中的撒谎所带来的尼采难以接受的后果。尼采在艺术中找到了充分的自由，再也不必担心失去道德束缚会在现实社会中造成自己无法接受的后果。他认为人类需要艺术的欺骗甚至自欺欺人这一特质。关于这一点，尼采在《快乐的科学》第 107 节"对艺术的感激"中说得很清楚："假定我们没有创造出艺术这一虚构的文化形式，那么，看透普遍存在的虚伪和欺骗……看透认识和感觉中空想和错误的局限，那将是无法忍受的。"❷ 艺术或美这种虚构的文化形式俨然成了危险的隔绝层。尼采还以男女两性通过伪装以取悦对方的行为来替艺术的欺骗功能辩护："在艺术中，作为'装饰性的力量'：就像男人看女人，恨不得把自己的一切优点都当作礼物送给她，艺术家也是如此，他把自己的感性投放在一个他尊重的客体上面——这样一来，他就完成了一个客体（把它'理想化'了）。在男人关于女人所感受的那种意识影响下，女人迎合男人的理想化努力，往往梳

❶ （德）尼采．权力意志（下卷）[M]．孙周兴，译．北京：商务印书馆，2007：905.
❷ （德）尼采．快乐的科学[M]．黄明嘉，译．上海：华东师范大学出版社，2007：187.

妆打扮、步态优美、婀娜多姿，表现得温柔多情而善解人意。同时，她又故作羞怯、矜持、不可侵犯——以那种本能的直觉，即这种做法可增强男人的理想化能力。”❶ 现实是丑陋的，直面现实可能是痛苦的，通过伪装而使呈现在对方面前的一切都是美好、光鲜的一面。如何看待这种理想化和装饰行为的实质？无疑它是一种撒谎，是一种欺骗。但吊诡的是，人类恰恰需要这种撒谎和欺骗。

尼采根据艺术或美是一种谎言和欺骗的观点，对一些文学家及其文学作品做出自己的独特评价。这个方面集中体现在尼采对古希腊史诗诗人荷马的观点及其创作特色的分析上。

尼采最早指出，荷马已经明白吟唱的诗人都是在编织“弥天的谎言”❷。现实生活是痛苦的，为了让人类渡过其痛苦与劫难，诗人常常编织谎言，虚构精美的幻象，以近乎自欺欺人的方式忽略现实生活中痛苦与丑陋的一面。正因为这一点，尼采认为荷马是诗人中的出类拔萃者，荷马明白诗人的特质和义不容辞的责任是洞察形象的“至深本质”。所以他特别指出：“诗人之为诗人，就在于他看到了自己被形象围绕着，它们在他面前生活和行动，他洞察它们的至深本质……荷马为何比所有诗人都描绘得更栩栩如生？因为他凝视得更多。”❸ 这里所说的“形象”，是艺术或美的代名词，它就是一种幻觉、美丽的外观。荷马的高明之处在于“凝视”这些形象而“洞察它们的至深本质”。尼采还说：“荷马——难道你们没有感到那个悲观主义者和过度兴奋者，他因为自己痛苦的缘故而虚构出那种威严崇高之人的尽善尽美的丰富性！哲学家的理论要么是对自己的敏感性经验的粗暴普遍化，要么就是他借以主宰这种敏感性的手段，——智慧等等。”❹ 尼采认为与哲学家书写自己的经验或者表达思辨性智慧不同，诗人荷马因为历经痛苦，反而能够用自己的作品虚构出人的威严崇高和尽善尽美的特性。

---

❶ （德）尼采．权力意志（上卷）[M]．孙周兴，译．北京：商务印书馆，2007：373.

❷ （德）尼采．快乐的科学[M]．黄明嘉，译．上海：华东师范大学出版社，2007：158.

❸ （德）尼采．悲剧的诞生：尼采美学文选（修订本）[M]．周国平，译．太原：北岳文艺出版社，2004：30.

❹ （德）尼采．权力意志（上卷）[M]．孙周兴，译．上海：商务印书馆，2007：366－367.

换言之，荷马的虚构艺术比哲学家的理论阐释更为深刻。

下面着重讨论尼采根据透视主义理论展开文学批评的情况。

作为一种认识论与方法论，透视主义特别强调观察对象、解释事物的多角度，因而呈现出相对性和辩证性的特点。尼采在进行文学批评活动时，常常表现出相对性和辩证性的特点。

尼采对歌德的评价表现出既有所肯定又有所否定的辩证态度，折射出透视主义的特色。一方面，尼采对歌德评价很高，甚至将后者视为准超人。他曾经发出这样的感叹："歌德是使我肃然起敬的最后一个德国人。"❶ 尼采认为，在德国历史上，歌德是同德国作曲家亨德尔、德国哲学家兼数学家莱布尼茨、德国"铁血宰相"俾斯麦并驾齐驱的伟人，是"德意志强大种类的典型代表"❷。放到欧洲范围来看，歌德是同法国的拿破仑媲美的历史人物，他们"做出了两种克服十八世纪的伟大试验"，具体来说，拿破仑"重新唤醒了男人、战士、伟大的权力斗争""把欧洲设想为政治统一单元"，歌德则"想象了一种欧洲文化""这种文化继承了已经达到的人性的丰富遗产"❸。换言之，拿破仑渴望在政治方面统一欧洲，而歌德则冀望在文化方面征服欧洲。另一方面，尼采对歌德的评价又有所保留。他说："我们今天的社会只体现了教养，"而缺乏真正有教养的人，尤其"缺乏伟大的综合的人""在这种人身上，各种不同力量毫无疑虑地为某个目标而受到束缚"。那么，现实生活中大多是些什么人呢？尼采认为，"我们所拥有的是多重的人，也许是迄今为止出现过的最有趣的混沌：但并不是创世之前的混沌，而是之后的混沌"，而"歌德乃是这个类型的最完美体现"，乃是"多重的人"的完美体现，"根本就不是什么威严崇高之人"❹。说歌德不是"伟大的综合的人"，就是对歌德的定位有所保留。

同样，关于歌德的创作和艺术观，尼采也是在给予肯定的同时又指出存在的问题。一方面，尼采认为歌德凭借"奥林匹克气质"，成功

---

❶ （德）尼采．偶像的黄昏[M]．周国平，译．北京：光明日报出版社，2000：94.

❷ （德）尼采．权力意志（上卷）[M]．孙周兴，译．北京：商务印书馆，2007：508.

❸ （德）尼采．权力意志（下卷）[M]．孙周兴，译．北京：商务印书馆，2007：1199.

❹ （德）尼采．权力意志（上卷）[M]．孙周兴，译．北京：商务印书馆，2007：463.

地“创作了关于自己的苦难的诗作，为的是解脱苦难”❶。以书写苦难来去除苦难，这颇有古希腊悲剧家的味道。尼采还说：“歌德塑造了一种强健的、具有高度文化修养、体态灵巧、有自制力、崇敬自己的人，这种人敢于把大自然的全部领域和财富施予自己，他强健得足以承受这样的自由。”❷ 尼采没有明说，其实歌德诗剧《浮士德》的主人公浮士德就是这种“强健的、具有高度文化修养、体态灵巧、有自制力、崇敬自己的人”。但问题的另一方面恰恰是，尼采对歌德笔下的浮士德形象又持否定态度。他曾明确宣布：“必须劝说德国人抛弃靡非斯特和浮士德，这二者代表着反对知识价值的道德偏见。”❸ 歌德诗剧《浮士德》中魔鬼靡菲斯特的名言是：“理论是灰色的，生命之树常青。”而浮士德一生中经历的5次追求或5场悲剧，第1场就是知识追求，就是他感受到知识的无用与贻害于人。在尼采看来，魔鬼和浮士德的相同之处就是反对知识或理论的价值。尼采还这样看待歌德《浮士德》的主人公形象和思想主题：“那是何种偶然的和一时的，并非必然和持久的问题啊！认识者的一种蜕化，一个病人，再没有什么了！决不是认识者本身的悲剧！甚至也不是‘自由精神’的悲剧。”❹ 尼采认为浮士德是一个“病人”，是一个蜕化的“认识者”，他经历知识悲剧、爱情悲剧、政治悲剧、艺术悲剧和事业悲剧，最终并没有实现自己的理想，灵魂还差点被魔鬼取走。浮士德意识到实践的重要性，所以主动将《圣经》的“泰初有道”改为“泰初有为”，强调实践和行动的重要性。所以尼采认为，浮士德的悲剧“决不是认识者本身的悲剧”，“甚至也不是‘自由精神’的悲剧”，该作品的主题也未涉及时代普遍关注的问题，而只涉及“偶然的和一时的”问题，“并非必然和持久的问题”。

同样，尼采对德国犹太裔诗人海涅的态度也呈现出鲜明的两面性，即肯定与否定并存，因而也有明显的透视主义色彩。一方面，尼采称

❶ （德）尼采．权力意志（上卷）［M］．孙周兴，译．北京：商务印书馆，2007：184.
❷ （德）尼采．偶像的黄昏［M］．周国平，译．北京：光明日报出版社，2000：93.
❸ （德）尼采．快乐的科学［M］．黄明嘉，译．上海：华东师范大学出版社，2007：236.
❹ （德）尼采．权力意志（上卷）［M］．孙周兴，译．北京：商务印书馆，2007：23.

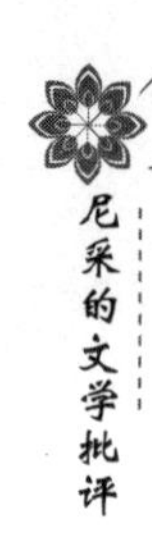

海涅达到了“现代抒情诗的顶峰”，属于“不朽人物”之列。他曾经强调：“现代抒情诗的顶峰，已经为两个天才兄弟所登上，那就是海涅和缪塞（19世纪法国浪漫主义诗人、小说家和戏剧家——引者）。我们的不朽人物——我们并没有太多：缪塞、海涅。”❶ 尼采在晚年自传《看哪这人!》中再次给予海涅以极高的评价：“亨利希·海涅赋予了我抒情诗人这个崇高概念。我在所有千年王国里漫游，试图寻求他那样甜美和激昂的乐章，但是白费力气。”❷ 尼采认为海涅赋予自己关于“抒情诗人”的崇高概念，或者给自己树立了“抒情诗人”的标杆，承认海涅的诗篇让自己见识了何谓抒情诗，居然在欧美千年诗歌王国里都找不到如海涅诗一样“甜美和激昂的乐章”。但是，另一方面，尼采话锋一转，又说作为犹太人的海涅，天生具有演员的才能，是“德国送给欧洲的两大骗子”之一（另一个是德国歌剧家瓦格纳）。❸ 尼采口中的“演员”不是指一种中性的职业，而指一种擅长做作、煽情的欺骗者。将海涅定性为“演员”“骗子”，尼采对海涅又有明显的不满。

尼采对19世纪两位现代主义诗人和新美学的先驱爱伦·坡和波德莱尔的评价，也有两面性，表现出明显的透视主义色彩。如前所述，尼采对两人的诗歌创作总体上是持否定态度的，但对爱伦·坡开启、波德莱尔发扬光大的以丑为美的新美学主张，则没有全盘否定，反而是持赞同态度的。尼采在晚年未刊遗稿中指出：“只要丑陋之物还对艺术家的获胜能量有所传达，艺术家就主宰了这个丑陋和可怕之物；或者说，只要丑陋之物稍稍激发了我们身上的残暴欲（也许是使我们痛苦的欲望，是自虐：而且由此就有了对于我们自身的权力感）。”❹ 尼采认为“丑陋之物”之所以能够同美的事物一样，同样可以成为艺术的题材，是因为“丑陋之物”和美的事物一样，同样有可能传达“艺术家的获胜能量”，或者激发人们身上的“残暴欲”，就等于增加了人

---

❶ （德）尼采．权力意志（上卷）［M］．孙周兴，译．北京：商务印书馆，2007：545.

❷ （德）尼采．看哪这人！［M］//权力意志．张念东，凌素心，译．北京：商务印书馆，1991：29－30.

❸ （德）尼采．权力意志（下卷）［M］．孙周兴，译．北京：商务印书馆，2007：1260.

❹ （德）尼采．权力意志（上卷）［M］．孙周兴，译．北京：商务印书馆，2007：451.

人类的其他事业，都显得贫乏和有限。我是说，在这种激情洋溢中和高山绝顶之上，歌德、莎士比亚可能会喘不过气来；但丁同查拉图斯特拉相比，不过是个皈依者而已，而且也不是首先创造真理的人，不是世界的统治者，不是生命——；编纂《吠陀经》的诗人们，是一帮教士，他们连给查拉图斯特拉脱鞋的资格都没有。”[1] 众所周知，但丁是中世纪意大利乃至欧洲最伟大的诗人，莎士比亚是文艺复兴时期英国乃至欧洲最伟大的戏剧家和诗人，歌德是十八九世纪德国乃至西方最伟大的诗人，他们的代表作《神曲》《哈姆雷特》和《浮士德》都位列西方四大诗体名著。《吠陀》是古印度第一部诗集，是古印度文学史上当之无愧的瑰宝，也可以说是古代东方文学的杰出代表。在上面这段文字里，尼采对这些东西方杰出的诗人都表示出不屑的态度，足见他的狂妄自大。

现在来看看尼采以精英主义或贵族化的态度进行文学批评的情况。

尼采对18世纪启蒙主义作家卢梭、19世纪女性主义作家乔治·桑、乔治·艾略特以及雨果等人及其创作的负面评价，与他对他们的思想主张的厌恶密切相关。这不仅是一种透视主义主义的个人化和主观性评判，更是因思想主张的歧异而导致的一种精英主义或贵族化偏见。

卢梭是法国伟大的启蒙思想家和文学家。他在《论人类不平等的起源和基础》《社会契约论》《论科学与艺术》等理论著述和《爱弥儿》《忏悔录》《新爱洛漪丝》等文学作品里，阐述了“回归自然”“天赋人权”主张。尼采在晚年著作《偶像的黄昏》中对卢梭的主张大加抨击。“回归自然”本质上是“一种上升——上升到崇高、自由甚至可怕的自然和天性”，但尼采认为卢梭提倡此说则是“由于无限的虚荣心和无限的自卑感而生病”的表现，体现他“集第一个现代人、理想主义者和贱氓于一身”的特质。卢梭的“天赋人权”的核心就是“平等学说”，尼采认为这种“卢梭式‘道德’”正是法国大革命崇奉

[1] （德）尼采．看哪这人！［M］//权力意志．张念东，凌素心，译．北京：商务印书馆，1991：79.

的“真理”，是“理想主义者兼贱氓的双料货的世界历史性表现”“这个学说貌似出于公正本身而被鼓吹，其实却是公正的终结”，它旨在“把一切平庸的东西劝诱过来”，因此没有比它“更毒的毒药”。鉴于平等、民主主张会填平人与人之间本来存在和应该存在的差距或鸿沟，会导致各种情绪和思想（如怨恨、不满、破坏欲、无政府主义和虚无主义，如下层阶层的怯懦、狡诈、下流本能等）的泛滥，会导致欧洲愚昧化、欧洲人渺小化的结果，尤其会导致仇视、贬低和诋毁强力意志的局面，尼采竭力主张：“给平等者以平等，给不平等者以不平等”“决不把不平等拉平”，并认定“这才是公正的真正呼声”。❶ 尼采对卢梭的思想主张不仅充满个人化的偏见，而且流露出强烈的贵族式、精英式价值倾向。

尼采最不满意法国女作家乔治·桑的，是她通过作品肆无忌惮地宣扬女性主义思想与行为。乔治·桑的精神导师就是被称为“近代女性运动的点火者”的法国启蒙思想家卢梭，后者在《社会契约论》里首次提出“天赋人权”论，自然也论及女性的“天赋人权”问题。在两性关系上，乔治·桑倡导女性的主导地位。在19世纪二三十年代的法国，“女权”尚未成为一个众人熟知的名词，尼采对乔治·桑的逆天言行大为不满。他在《偶像的黄昏》中以嘲弄的口吻谈及乔治·桑：“我读过《旅行书简》（乔治·桑的游记——引者）第一卷，就像卢梭写的一切东西，虚假，做作，咋呼，夸张。我受不了这种花里胡哨的糊墙纸风格；就如同受不了贱氓想显示慷慨情感的虚荣心一样。当然，最糟糕的还是女人用男子气、用顽童举止来卖弄风情。……她会如何自我欣赏地躺在那里，这条多产的写作母牛，她身上具有某些坏的德国素质，就像她的师父卢梭一样，并且无论如何只有在法国趣味衰败时她才可能出现！”❷ “贱氓想显示慷慨情感的虚荣心”，主要指乔治·桑的创作，而“女人用男子气、用顽童举止来卖弄风情”则是针对乔治·桑日常生活中的言行举止而言的。

---

❶ （德）尼采．偶像的黄昏[M]．周国平，译．北京：光明日报出版社，2000：91－92.

❷ （德）尼采．偶像的黄昏[M]．周国平，译．北京：光明日报出版社，2000：58.

与对法国女作家乔治·桑的态度相似，尼采对英国女小说家乔治·艾略特（又译乔治·爱略特）也给予了负面评价，甚至更为激烈。乔治·艾略特是英国维多利亚时代著名作家之一，主要作品有《弗洛斯河上的磨坊》《米德尔马契》等。首先，尼采不满意乔治·艾略特作为维多利亚时代传统道德的卫道士，一直坚守基督教信仰和伦理道德观。尼采曾经明确表示，自己对“乔治·爱略特这位乡村小女子的所有道德说教”极为不满。[1] 他在《偶像的黄昏》一书里则指出，乔治·艾略特秉持“一种英国的首尾一贯性”，即在“失去了基督教的上帝”之后“相信现在必须更加坚持基督教的道德”，因而成了“道德小女子”[2]。由此看来，乔治·艾略特只是一个没有批判能力的宗教伦理道德的盲目遵守者而已，是名副其实的“道德小女子”。但有意思的是，尼采更不满意乔治·艾略特的，又恰恰是她过于前卫的思想主张和日常行为。乔治·艾略特所处的时代，女性就业依然受到歧视，女性从事文学创作依然受到冷嘲热讽，但她骨子里信奉女性独立的观念，不仅追求自由爱情，与有妇之夫同居，而且步入文坛，从事小说创作，成了“女文人”“文学女人”“文坛女新手”。尼采在《偶像的黄昏》里虽然承认乔治·艾略特这个“女文人”知识渊博，文学素养好，“有足够的教养领悟自然的声音”，但他又用漫画式笔调描绘这位女作家偷偷闯进文学殿堂时的胆怯心虚、心慌意乱和激动不安的内心世界：“不满，激动，心灵和内脏一片荒凉，每时每刻怀着痛苦的好奇心。”[3] 后来尼采在晚年未刊遗稿里更明确地指出，“做文学试验”的乔治·艾略特宛如一个罪犯，动作轻微，“倏忽而过，东张西望”，而她之所以没有底气，就是因为从事文学制作是完美女人身上的“瑕疵和暗斑”，是让女人感受到“羞耻心”的行径；与此同时，乔治·艾略特又期望获得他人的关注，“看看是否有人在注意她，以及人们是怎样注意她的”，表现出一种虚荣心。[4] 尼采戏谑似地写道：“在乔治·爱略特这位乡村

[1] （德）尼采．权力意志（下卷）［M］．孙周兴，译．北京：商务印书馆，2007：678.
[2] （德）尼采．偶像的黄昏[M]．周国平，译．北京：光明日报出版社，2000：57.
[3] （德）尼采．偶像的黄昏[M]．周国平，译．北京：光明日报出版社，2000：72.
[4] （德）尼采．权力意志（下卷）［M］．孙周兴，译．北京：商务印书馆，2007：699.

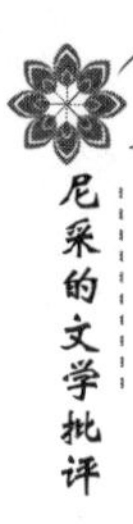

小女子的所有道德说教背后，我总是听到一切文坛女新手那种激动的声音：‘我审视自己，我阅读自己，我对自己心醉神迷，并且说：我有这等才气，可能吗？……’”[1] 总之，乔治·艾略特身上英国式宗教虔诚和基督教伦理道德观以及她言行之中彰显出的女性主义立场，在尼采看来，要么是在张扬扼杀生命力的基督教道德，要么是在挑战男性权威、颠覆天生的男女不平等的格局，这些都是自己不能接受的。也因此，尼采在评价乔治·艾略特及其创作、思想的时候，就表现出鲜明的性别歧视和反女权主义倾向。

尼采对卢梭、乔治·桑和乔治·艾略特的恶评，源于他对那个时代即已开始风起云涌的女权主义思想和运动的厌恶。尼采指责18世纪启蒙主义思想家卢梭最先鼓吹“女权主义”和“情感的统治地位”，最终导致社会风气大变：“十八世纪是由女人统治的，热情奔放，卖弄风骚，平淡乏味，但带有一种为愿望、心灵效力的精神，在享受精神极致方面显得放荡，暗中销蚀一切权威；醉态的、喜悦的、明亮的、人道的、对自己作假、大量骨子里的流氓、社会性的……”[2] 在尼采看来，宣扬女权主义思想、参加女权主义运动的女性们恰恰是弱者和懦夫，她们内心充满着对男性的愤怒和复仇情绪。尼采宣称：“女人！人类的这一半是软弱乏力的、典型病态的、变化多端的、反复无常的……女人总是与颓废类型、教士们一起密谋，反对‘权势’、‘强者’、男子汉。”[3] 无论是女人操起匕首对付男人，还是操刀对付自己即以自杀相威胁，都是作为弱者的女人报复男人的方式。以这样的观点和态度去看待鼓动女性自由和女性解放的文学家及其创作，尼采的文学批评自然会充满着强烈的个人偏见。

同样，尼采对19世纪法国诗人、小说家、戏剧家和文艺理论家雨果的评判，也因为思想主张的不同而形成鲜明的偏见。

尼采认为雨果自诩为思想家，但其实又真正缺乏思想。他曾经断

---

❶（德）尼采．权力意志（下卷）[M]．孙周兴，译．北京：商务印书馆，2007：678.

❷（德）尼采．权力意志（上卷）[M]．孙周兴，译．北京：商务印书馆，2007：505.

❸（德）尼采．权力意志（下卷）[M]．孙周兴，译．北京：商务印书馆，2007：1104－1105.

言："缺乏思想，恰如在雨果那里：一切皆姿态。"❶"一切皆姿态"是指虚张声势、哗众取宠。那么，尼采为什么不满意雨果呢？这从尼采晚年未刊遗稿中的一段话可以看出一些端倪。尼采说：雨果等人"变成了人们借以让人振奋的那些情感的宣告者——同情的音符，甚至那种对于一切受苦、低贱、受蔑视、受迫害者的崇敬之心的音符，压倒了所有其他音符"❷。原来是因为雨果在作品里发出了"同情的音符"，发出了"那种对于一切受苦、低贱、受蔑视、受迫害者的崇敬之心的音符"。众所周知，雨果是法国文学史上卓越的资产阶级民主作家，他信奉人道主义思想，甚至在《九三年》中通过共和军青年司令官郭文之口宣扬人道主义思想的绝对性和至高无上："在绝对正确的革命原则之上，还有一个绝对正确的人道主义。"显然，雨果并非没有思想诉求的作家，恰恰相反，雨果有非常明确和深刻的思想主张。尼采说雨果缺乏思想，只是因为雨果对受苦者、低贱者、受蔑视者、受迫害者表示同情，宣扬了人道主义思想感情，这是一种非常露骨的贵族偏见和精英主义立场。

不仅仅因为思想主张方面的歧异而导致精英主义或贵族化的偏见，有时尼采还会因为自己对某种文体或写作风格的偏好，而根据自己的喜好来评判他人创作的价值和缺失。

尼采本人的写作有着鲜明的个性。如他倾心简明、清晰的写作风格，曾经不无自豪地宣称："我在处理较为深奥的问题时，就像洗冷水澡一样，快进快出。……我的简明风格还有另一价值。我必须把一些让我颇费思量的问题中的许多东西说得简明些，使人听来要言不烦。"❸"格言和警句是'永恒'之形式，我在这方面是德国首屈一指的大师；我的虚荣心是：用十句话说出别人用一本书说出的东西。"❹尼采常常用格言形式来阐发他的文学主张和文学家评论，随意点拨，任性发挥，给读者留下无限的理解空间。与此同时，格言这种文体也给读者的理

❶（德）尼采．权力意志（下卷）[M]．孙周兴，译．北京：商务印书馆，2007：1275.
❷（德）尼采．权力意志（下卷）[M]．孙周兴，译．北京：商务印书馆，2007：1106.
❸（德）尼采．快乐的科学[M]．黄明嘉，译．上海：华东师范大学出版社，2007：392.
❹（德）尼采．偶像的黄昏[M]．周国平，译．北京：光明日报出版社，2000：94.

解带来极大的困难。而这，正是尼采所喜欢的，甚至是故意为之的。尼采曾经在《查拉图斯特拉如是说》的《读和写》一章中阐述过创作与阅读、作者与读者的关系："在一切写出的作品中我只喜爱一个人用血写成的东西。用血写：你会体会到，血就是精神。要理解别人的血，不是容易办到的：我憎恨懒洋洋地读书的人。"❶ 尼采对箴言（格言）赞不绝口："用血写箴言的人，不愿被人读，而是要人背出来。在山中，最近的路是从山顶到山顶：可是，要走这条路，你非有长腿不可。箴言应该是上顶：可对他说箴言的人，必须是长得高大的人。山顶的空气稀薄而清新，危险近在咫尺，精神充满快活的恶意：它们都互相合得来。"❷

因为自己喜欢格言这种文体，也因为自己喜欢或崇尚简明的风格，尼采便以简明风格为标准，反对"作家的废话"。他特别批评法国随笔作家蒙田、德国作家歌德、英国散文家、历史学家卡莱尔的"废话"，认为蒙田"因为喜欢用不同的说法来表达同一事物"而产生连篇废话，歌德因为"喜欢说好话和喜欢语言形式而生废话"，卡莱尔"因为对内心情感的喧嚣和混乱而感到称心快意，故而废话连篇"❸。也许很可能，这些大作家恰恰是想把自己想说的问题说得透彻些，所以条分缕析，语意厚重，而并非真的"废话"。

此外，基于精英主义立场，尼采根本看不起自己所处时代开始出现的大众文化和大众文学艺术。他在晚年未刊遗稿中指责当代文学艺术为了迎合大众的需要，一味追求"伪造"和刺激的做法："人们对女人、受苦者、被激怒者阿谀奉承；甚至在艺术上，人民也让 narcotica［麻醉剂］、opiatica［鸦片制剂］占据优势。人们使'有教养者'、诗人和古老故事的读者们心里发痒。"❹ 尼采所指出的事实肯定存在，但

---

❶ （德）尼采．查拉图斯特拉如是说［M］．钱春绮，译．北京：生活·读书·新知三联书店，2007：38－39.

❷ （德）尼采．查拉图斯特拉如是说［M］．钱春绮，译．北京：生活·读书·新知三联书店，2007：39.

❸ （德）尼采．快乐的科学［M］．黄明嘉，译．上海：华东师范大学出版社，2007：170－171.

❹ （德）尼采．权力意志（上卷）［M］．孙周兴，译．北京：商务印书馆，2007：499－500.

他只看到当代文学艺术成为大众的“麻醉剂”与“鸦片制剂”、让各种故事在大众“心里发痒”的一面，而无视它紧跟时代步伐、积极反映社会变化、争取新的读者的另外一面。事实上，在尼采生活的那个时代还刚刚处于萌芽状态的大众文学艺术，不仅只有尼采提到的那些消极因素，而且在今天人们越来越发现大众文学艺术拥有传统的文学艺术不具备的特质。限于论题，本书对大众文学艺术的特质不展开讨论。但至少有一点是明确的，尼采秉持精英主义和贵族化的价值观和立场，对 19 世纪萌芽的大众文学艺术的品质、作用的理解是不全面的，流露出鲜明的偏见。